SAUERLÄNDER

Kathrin Tordasi lebt in Berlin, erkundet aber auch mit Leidenschaft verborgene Winkel in ihrer Lieblingsstadt London. In ihren Geschichten versteckt sie Türen zu magischen Orten, verwandelt Menschen in Tiere und lässt Lindwürmer Tee trinken. Ihre Held*innen sind schräg, neugierig, manchmal ängstlich, oft mutig und genauso bunt wie das Leben.

Kathrin Tordasi

Die Reise zum Mittelpunkt der Magie

SAUERLÄNDER

MIX
Papier | Fördert gute Waldnutzung
FSC® C083411

2. Auflage
Erschienen bei FISCHER Sauerländer
Umschlaggestaltung und Umschlagabbildung: Max Meinzold

Hedderichstraße 114, D-60596 Frankfurt am Main
Sensitivity Read: Sherin Nagib
Satz: Dörlemann Satz, Lemförde
Druck und Bindung: CPI books GmbH, Leck
ISBN 978-3-7373-6130-9

Für Verena,
meine mutige, großherzige, freche und
rundum fabelhafte Schwester

Zuckersterne und Zusammenstöße

Flo

Der erste Sonntag in London und schon war alles magisch. Flo stand vor der Theke einer Bäckerei. Hinter einer Glasscheibe reihten sich Himbeerschnitten, die mit Puderzucker bestäubt waren. Daneben lagen runde Tartes, gefüllt mit Zitronenpudding, und dunkle Schokoladentrüffel. Es gab Windbeutel mit Sahne drin und Törtchen mit aufgespritzter Buttercreme, garniert mit Marzipankarotten, Schmetterlingen oder regenbogenbunten Sternchen.

Jemand räusperte sich. Flo blinzelte, hob den Kopf und sah die Verkäuferin, die mit der Zange in der Hand hinter der Theke wartete.

Flos Papa lächelte ihr zu. »Na, hast du dich entschieden?«

Das war eine knifflige Frage. »Also, eigentlich schon«, sagte Flo. »Eigentlich sind Himbeeren mein Lieblingsobst. Aber man soll doch öfter mal was Neues ausprobieren, oder?«

»Ja, stimmt, das sagt man«, antwortete ihr Papa.

Flo holte Luft. »Okay, also dann keine Himbeeren. Auch wenn die wirklich lecker aussehen. Auf den Schnitten, meine ich. Mit dem Puderzucker. Wie kleine Berge mit Schnee drauf.« Ihr Blick glitt über die Kuchenauswahl. So viele unterschiedliche Leckereien. Wie um Himmels willen sollte sie sich für eine entscheiden?

»Was ist mit diesen Schokoteilen mit Bananenfüllung?«, fragte sie. »Bananenfüllung klingt nicht so lecker, aber ich hab noch nie welche gegessen, also könnte ich das ausprobieren.« Plötzlich dachte Flo an Papas Freundin Essie, die zu Hause den Tee vorbereitete. Flo stellte sich vor, wie Essie mit einer Hand das heiße Wasser in die Teekanne goss und mit der anderen Hand beruhigend ihren kugeligen Babybauch streichelte. »Mag Essie Bananen?«, fragte Flo. »Sarah aus der Parallelklasse hat gesagt, dass schwangere Frauen komische Sachen mögen, stimmt das?« Flo sah zu der Verkäuferin.

Die hob verwirrt die Brauen. »Also, ich weiß nicht …«

»Mögen *Sie* die Schokoteile mit Banane?«, fragte Flo.

»Flo«, sagte ihr Papa und tippte freundlich an seine Uhr.

Richtig, dachte Flo. Sie musste sich konzentrieren.

»Also, vielleicht doch keine Banane«, sagte sie schnell, »aber dann auf jeden Fall eins von den Törtchen mit den Buttercremehäubchen.« Sie verstummte und überlegte wieder. Welches sollte sie aussuchen? Die sahen alle so niedlich aus. »Das mit dem Schmetterling«, fing sie an. »Oder nein, das mit den Sternchen. Oder …«

»Oh, jetzt wird's aber langsam Zeit!«, stöhnte eine Stimme.

Erschrocken drehte Flo sich um. Der Mann hinter ihr hatte die Arme vor der Brust verschränkt. Hinter ihm warteten noch vier andere Leute. In ihrer Aufregung hatte sie die Warteschlange völlig vergessen. Sofort bekam sie ein schlechtes Gewissen. »'tschuldigung«, sagte sie kleinlaut. Wenn sie nur besser im Entscheiden wäre. Bevor sie jedoch sagen konnte, dass Papa am besten irgendwas aussuchte, legte er ihr eine Hand auf die Schulter.

»Warum nehmen wir nicht von jedem Törtchen eins: ein Möhrchen, einen Schmetterling und eines mit Sternen«, schlug er vor. »Und dann noch das Schokoding mit Banane, für alle Fälle.«

»Und eine Himbeerschnitte?«, fragte Flo hoffnungsvoll.

Ihr Papa lächelte breit und wandte sich an die Verkäuferin. »Drei Törtchen mit unterschiedlicher Deko, ein Schokoeclair mit Bananenfüllung und *zwei* Himbeerschnitten.«

Flo war glücklich.

Fasziniert sah sie zu, wie die Verkäuferin das Gebäck in eine himmelblaue Schachtel packte. Gern hätte sie sich die Nase an der Glasabdeckung der Theke platt gedrückt, um besser sehen zu können, aber das ließ sie gerade so bleiben. Sie wusste nämlich, wie man sich in einer schicken Bäckerei benehmen musste, vielen Dank auch.

Papa zückte den Geldbeutel, die Kassenschublade ging mit einem Klimpern auf, und zwei Minuten später waren Flo und ihr Vater auf dem Weg zur Ladentür. Eine Frau mit einem wunderschönen bunten Kopftuch zwinkerte ihr beim Vorbeigehen zu.

»Gute Wahl«, sagte sie, und Flo drehte sich glücklich zu ihrem Papa.

»Hast du gehört?«, fragte sie. »Die Frau hat gesagt, wir haben uns was Gutes ausgesucht!«

Papa, der sowohl die Kuchenschachtel als auch einen Einkaufsbeutel schleppte, kämpfte mit der Ladentür. »Bin ganz ihrer Meinung«, sagte er und nickte in Richtung Türgriff. »Könntest du?«

»Klar!« Flo stieß die Tür auf, sprang nach draußen und

prallte prompt gegen einen Fußgänger. Es gab einen überraschten Schrei, dann stürzten ein Kaffeebecher, ein Koffer und ein Junge mit wuscheligen roten Haaren auf den Boden.

»O nein!«, rief Flo.

Der Koffer war beim Aufprall aufgesprungen. Ein Pullover und eine gestreifte Schlafanzughose entrollten sich auf den Gehweg, und eine Windbö erfasste ein Stück Papier. Flo rannte dem Papier hinterher und bekam es zu fassen, bevor es die Einkaufsstraße hinunterwehte. Glück gehabt!

Als sie zurückkam, sammelten Papa und der Junge, der etwas älter als sie zu sein schien, den Kofferinhalt wieder ein.

Flo trat dazu, traute sich aber nicht mitanzufassen. Der Wuschelkopf schloss den Koffer und Papa half ihm auf die Beine.

»So was«, murmelte der Junge und fuhr sich durch die ohnehin schon wild abstehenden Haare. Zu seinen Füßen und dem abgestürzten Becher breitete sich eine hellbraune, süß duftende Pfütze aus. Doch kein Kaffee, dachte Flo. Das ist Kakao!

»Tut mir leid«, sagte sie zerknirscht. »Ich hab nicht aufgepasst. Hier.« Sie hielt dem Wuschelkopf das Papier hin. Eigentlich war es ein gefaltetes Papierbündel, das mit einer roten Schleife zusammengebunden war. Hübsch sah es aus. »Das hast du verloren.«

»Oh!« Der Wuschelkopf riss die Augen auf. »Danke!« Schnell nahm er das Papier an sich und steckte es in seine Jackentasche.

»Hat sich jemand weh getan?«, fragte Flos Papa. »Flo?«

Flo schüttelte den Kopf, und auch der Wuschelkopf verneinte. »Nein, nein, alles in Ordnung«, sagte er. Seine Hand glitt noch einmal in seine Tasche, als ob er sichergehen wollte, dass das Papier noch da war. Er seufzte, dann lächelte er Flo schief zu. »Und mir tut es leid«, sagte er. »Ich hätte ja auch besser darauf achten können, wo ich hinrenne. Aber ich bin leider …« Er sah hoch zu einer Uhr, die an einer Stange über den Schaufenstern hing. »… viel zu spät dran«, vollendete er.

Flos Papa deutete auf den verschütteten Kakao. »Kann ich dir einen neuen Kakao kaufen?«, fragte er. »In der Bäckerei hier kochen sie bestimmt einen guten!«

Der Junge schüttelte den Kopf, prüfte den Verschluss an seinem Koffer und klopfte sich ein Kaugummipapier von der Jacke. »Nein, das ist sehr freundlich, danke, aber ich muss wirklich weiter.«

Flo hatte Mitleid mit ihm. Er schien einen stressigen Tag zu haben und hatte sich bestimmt auf den Kakao gefreut. Sie stieß ihren Papa mit dem Ellbogen an.

»Wir haben doch so viel Kuchen«, sagte sie.

»Stimmt, gute Idee!« Flos Papa öffnete die Schachtel und hielt sie dem Jungen entgegen. »Such dir zum Trost wenigstens ein Törtchen aus!«

Der Wuschelkopf hob überrascht die Augenbrauen. »Aber nein, das ist doch nicht nötig!«, sagte er. Sein Blick hing jedoch an den bunten Gebäckstücken, und Flo hatte so eine Ahnung, dass er sich gerade nichts mehr wünschte, als in eins hineinzubeißen.

Sie nahm das Törtchen mit den Zuckersternen aus der Schachtel und bot es ihm an. »Ist zwar kein Kakao«, sagte sie, »aber schmeckt bestimmt genauso gut oder noch besser!«

Er zögerte. »Ganz sicher?«

»Klar«, sagte Flo.

»Wir würden uns freuen«, ergänzte Papa.

»Na, dann.« Der Junge nahm das Törtchen, ganz vorsichtig, als wäre es zerbrechlich. »Vielen Dank!« Sein Blick fiel wieder auf die Uhr über der Ladenzeile, und er zuckte zusammen. »Herrje, ich muss wirklich los! Aber danke. Vielen Dank!« Mit diesen Worten huschte er davon.

»Ulkiger Kerl«, sagte Flos Papa und ging in die entgegengesetzte Richtung davon.

Flo sah dem Jungen noch einen Moment länger hinterher. Sie wollte herausfinden, ob er das Törtchen gleich aufmampfte. Stattdessen beobachtete sie, wie das gefaltete Papier mit der roten Schleife aus seiner Jackentasche fiel.

»He, Achtung!«, rief Flo. Der Junge hörte sie jedoch nicht, sondern ging einfach weiter. Flo rannte los. Sie duckte sich zwischen den Fußgängern, die ihr entgegenkamen, hindurch, schnappte das Papierbündel und sah sich um. Der Wuschelkopf war in der Menschenmenge verschwunden.

»Mist«, murmelte sie. Kurz überlegte sie, ob sie ihm nachlaufen sollte, aber dafür war's vermutlich zu spät.

Flo sah auf das Papierbündel hinunter. »Hoffentlich bist du nicht so wichtig«, sagte sie. Sie zupfte an der roten Schleife. Der Knoten ließ sich leicht lösen, und das Papier knisterte geheimnisvoll.

Ein Blick konnte ja nicht schaden. Neugierig faltete Flo das Papier auseinander und sog im nächsten Augenblick die Luft ein.

Das Papier war leer, bis auf einen kleinen Straßenkartenausschnitt in der unteren linken Ecke und einer Überschrift, die in verschnörkelten braunen Buchstaben geschrieben stand:

Walter Wonderlys Wundersamer Wegweiser
zur Quelle der Magie

Heimweh und Wolkenbruch

Malú

Der erste Sonntag in London, und schon war alles furchtbar. Malú saß neben ihrer Großmutter im Bus und sah zu, wie der Regen an der Fensterscheibe herunterströmte. Die Aussicht hinter den Sturzbächen war auch nicht besser. Enge Gehsteige, auf denen sich zu viele Menschen drängten. Graue Häuserfronten, schwarze Laternenpfähle und nichts als Beton überall.

Malú hatte immer noch die Stimmen ihrer Eltern im Ohr: *London hat total viel zu bieten. Du wirst überrascht sein.*

Das Letzte zumindest stimmte. Sie war überrascht, dass London sogar noch hässlicher war, als sie befürchtet hatte.

Missmutig ließ sie den Kopf gegen die Scheibe sinken und zupfte an dem geknüpften Armband herum, das sie an ihrem Handgelenk trug.

Eigentlich lebte Malú auf dem Land, in einem kleinen Ort namens Puddleston. Das Haus ihrer Familie stand am Ortsrand inmitten von sanften grünen Hügeln. Dort gab es einen großen Garten, in dem im Frühling Flieder und Apfelbäume blühten. Malú hatte mit ihrem Papa zwei Hochbeete angelegt, auf denen sie Radieschen, Salat und Möhren anbaute. Im letzten Jahr hatte sie ganz alleine einen Johannisbeerbusch gepflanzt, hatte im Sommer die roten Beeren geerntet und mit ihrer Nachbarin Mrs. Lowe daraus ein Gelee gekocht, das rubinrot schimmerte. Sie liebte es, draußen zu sein, ihre Finger in die Erde zu graben und den kleinen Pflänzchen beim Wachsen zuzuschauen.

Dort gehörte sie hin. Zu den Apfelbäumen und den Bienen und dem Haus aus Sandstein. Wenn's nach ihr ginge, wäre sie für immer dortgeblieben, hätte ihren Garten gepflegt und abends den Amseln beim Singen zugehört.

Nur leider hatten ihre Eltern andere Pläne. Vor zwei Monaten hatte die Firma, in der Malús Mutter arbeitete, ihr eine Beförderung angeboten. Diese neue Stelle bedeutete jedoch, dass Malús Mutter nicht mehr zu Hause arbeiten konnte. Sie musste in London vor Ort sein. Also beschlossen Malús Eltern, das Haus und die Gärtnerei von Malús Papa zu verkaufen und in die Stadt zu ziehen.

Malú erinnerte sich an das Gespräch am Küchentisch, in dem ihre Eltern sie auf den Umzug vorbereitet hatten.

Ich weiß, du bist kein Fan von Veränderungen, hatte Malús Mutter gesagt. *Aber wir sind ein Team, nicht wahr? Wenn wir alle an einem Strang ziehen, wird das ein richtig tolles Abenteuer. Da bin ich mir ganz sicher!*

Malú hatte genickt und sich später, alleine unter ihrem Lieblingsbaum, die Augen ausgeweint.

Damit ihre Eltern den Umzug in Ruhe organisieren konnten, hatten sie beschlossen, dass Malú schon mal bei ihrer Oma untergebracht werden sollte. Oma Helen wohnte in Bloomsbury, einem Stadtteil in dem es bei schönem Wetter von

Touristen wimmelte. Das Haus ihrer Oma war schmal, drei Stockwerke hoch und grau. Natürlich. Die Haustür war rot, aber unter dem dunklen Wolkenhimmel wirkte selbst diese Farbe matt und traurig.

Malú seufzte. Wenigstens hatte es aufgehört zu regnen.

Oma Helen schloss die Haustür auf, und Malú trat in den engen Hausflur. Sie dachte an die lichtdurchflutete Küche in ihrem alten Zuhause, und eine Welle aus Heimweh überrollte sie.

Ich will nicht hier sein, dachte sie und hatte schon wieder einen Kloß im Hals.

Oma Helen drehte sich nach ihr um, den Hausschlüssel in der einen und Malús Koffer in der anderen Hand. »Was hältst du von einer schönen Tasse Tee?«

Malú schluckte. »Klingt gut«, murmelte sie.

Oma Helen betrachtete sie nachdenklich. »Alles in Ordnung, mein Schatz?«

»Klar«, log Malú. »Bin nur ein bisschen müde von der Fahrt.«

Oma Helen stellte Malús Koffer ab. »So plötzlich woanders hinzuziehen ist bestimmt nicht einfach für dich«, sagte sie. »Wenn du darüber reden möchtest, dann bin ich für dich da. Das weißt du, oder?«

Malú nickte, wünschte sich jedoch, Oma Helen würde gehen und den Tee kochen. Über ihr Heimweh reden wollte sie nämlich auf keinen Fall. Sie hatte Angst, dass die Traurigkeit dann aus ihr heraussprudeln würde und sie vor ihrer Oma weinen würde. Das würde Oma Helen bestimmt ihren Eltern erzählen. Die würden sich schlecht fühlen, oder vielleicht sogar denken, dass Malú gar nicht so vernünftig und verlässlich war, wie sie angenommen hatten.

Nein, sie durfte sich nichts anmerken lassen.

Oma Helen wartete noch einen Moment ab, dann seufzte sie. »Manchmal bist du deiner Mama sehr ähnlich. Die packt auch gerne dicke Deckel auf große Gefühle. Aber es gibt ein Sprichwort, weißt du? Wer sich immer nur zusammenreißt, den zerreißt es irgendwann.« Sie gab Malú einen Kuss auf die Stirn. »Häng deine Jacke auf, und dann machen wir es uns gemütlich.«

Während Oma Helen in die Küche verschwand, streifte Malú ihre Jacke ab. Oma Helens Sprichwort beunruhigte sie, denn sie wollte weder zerreißen noch herausfinden, was passierte, wenn sie ihren Gefühlen freien Lauf ließ. Malú hängte ihre Jacke an die Garderobe. Vielleicht –

Sie hielt inne. Was war das?

Unter der Garderobe befand sich eine Truhe, in der Oma Helen ihre Tücher und Schals aufbewahrte. Und aus der erklang … ein leises Kratzen. Malú runzelte die Stirn. Bildete sie sich das ein? Nein, da war es wieder. Ein Kratzen, gefolgt von einem Knistern und dem Knacken von Holz. Es klang so, als würde sich da drin etwas bewegen.

Konnte das eine Maus sein? Zu Hause war einmal eine Feldmaus in den Mülleimer im Gartenschuppen gekrochen. Das arme Tier hatte verzweifelt an der Tonne gekratzt, bis Malú es gefunden und vorsichtig befreit hatte.

Malú streckte die Hand nach der Truhe aus, da stieß etwas von innen gegen den Deckel. Erschrocken sprang sie zurück. Das war alles, aber keine Maus!

Malú öffnete den Mund, um nach Oma Helen zu rufen, brachte jedoch keinen Ton heraus. Langsam, ganz langsam hob sich der Deckel der Truhe. Ein tiefes, rumorendes Grollen drang aus dem Spalt hervor. Die Dunkelheit unter dem Deckel wirkte schwärzer und dichter, als sie sein sollte. Wie gelähmt starrte Malú in die klaffende Finsternis, bis helle Funken in der Kiste blitzten und zwei grellgrüne Augen wie Geisterlichter aufleuchteten.

Entsetzt prallte Malú zurück. Was war das, was –

Der Deckel flog auf, Malú japste vor Schreck, dann sprang Oma Helens bunt gefleckter Kater aus der Truhe. Er maunzte empört, so als wäre Malú daran schuld, dass er in diese Kiste geklettert war.

»O Mann.« Malú stieß die Luft aus, zählte bis drei, um sich zu beruhigen, und ging vor dem Kater in die Hocke. Natürlich war da kein Blitz gewesen, das hatte sie sich nur eingebildet. Wie albern, sich so zu erschrecken.

»Malú, kommst du?«, rief Oma Helen.

»Ja, gleich!« Malú streckte dem Kater die Hand entgegen, doch er ignorierte sie und stakste stattdessen in Richtung der Küche davon.

Na, dieser Tag wird ja besser und besser, dachte Malú und folgte dem plüschigen Miesepeter.

Drei Wunder und eine Katastrophe

George

Der erste Sonntag zurück in London, und schon versemmelte er alles. George sah auf seine Uhr und zum vierten Mal fiel ihm auf, dass die Zeiger stillstanden. Er hatte vergessen, die Batterie zu tauschen. Dabei hatte er extra einen Knoten in sein Taschentuch gemacht, damit er daran dachte. Dumm nur, dass er das Tuch beim Abendessen mit seinen Eltern als Serviette benutzt und es dann weggeschmissen hatte.

Jetzt war er viel zu spät dran für den wichtigsten Termin seines Lebens.

Mit wehender Jacke hastete er durch die Londoner Innenstadt. Seinen Koffer trug er in der einen Hand, das Buttercremetörtchen mit den Sternen in der anderen. Neben ihm verlief eine der belebtesten Straßen der Stadt. Autos fuhren dröhnend an ihm vorbei, während sich Hunderte Menschen auf dem Gehsteig drängten.

George stellte sich auf die Zehenspitzen und suchte die Häuserfronten ab. Gab es hier irgendwo eine Uhr? Wartete Tante Lavinia womöglich schon auf ihn?

Immer wieder wich er Fußgängern mit wilden Hasensprüngen aus, zum Glück fiel ihm dabei das Törtchen nicht herunter. Endlich tauchte zwischen zwei Häusern die Treppe auf, nach der er gesucht hatte.

Erleichtert steuerte George darauf zu. Er rempelte noch gegen einen schnauzbärtigen Herrn, der ihn wütend anpflaumte, dann sprang er die Stufen hinunter.

Nicht mehr weit, sagte er sich. *Jetzt ist es nicht mehr weit.*

Seit einer Woche absolvierte George Fearnley-Farthington ein Praktikum bei der geheimen *Gesellschaft für den Gebührenden Umgang mit dem Unmöglichen*, kurz GUMU. In dieser Zeit hatte er drei Wunder erlebt. Oder vielmehr hatte er dreimal dasselbe Wunder erlebt. Nämlich das Wunder, nicht gefeuert zu werden.

Beim ersten Wunder hatte er ein Tablett in eine Vorstandssitzung getragen. Die Tassen hatten bedrohlich geklirrt, während er das Tablett ganz vorsichtig von der Kaffeeküche, über den Flur in den Konferenzraum balancierte. Er hatte es noch zwei Schritte weiter geschafft, dann war er mit dem Fuß an einer Teppichkante hängen geblieben und gestolpert. Wenn er die Augen schloss, sah George noch immer, wie ihm das Tablett aus den Händen flog, die Tassen sich in Zeitlupe in die Luft erhoben und dann ein Schwall dampfender Kaffee über den Nacken des zweiten Vorsitzenden platschte.

Beim zweiten Mal hatte er die Aufgabe bekommen, einen Stapel wichtiger Akten in einen Schrank zu sortieren und einen zweiten Stapel Akten ordnungsgemäß zu schreddern. Er hatte schon alles vorbereitet, hatte zur Sicherheit einen blauen Zettel auf den wichtigen und einen gelben Zettel auf den unwichtigen Stapel gelegt. Dann hatte er fünf Minuten einem Schmetterling zugesehen, der vor dem Fenster vorbeitanzte. Dieses Spektakel hatte ihn so verzückt, dass er die

Bedeutung der farbigen Zettel vergessen und fröhlich den blauen Stapel Akten durch den Reißwolf gejagt hatte.

Beim dritten Mal … beim dritten Mal hatte er sich so furchtbar blamiert, dass er die Erinnerung daran aus seinem Gedächtnis gelöscht hatte.

Nach dieser Kette von unglücklichen Auftritten machte George sich nichts vor. Seine Praktikumsstelle stand auf wackligen Beinen. Es war bestimmt auch kein gutes Zeichen, dass Tante Lavinia ihn außerhalb von *Dull House*, dem GUMU-Hauptquartier, treffen wollte. Gut nur, dass er einen Trumpf im Ärmel hatte. Womöglich war das heutige Treffen seine letzte Chance, um sich vor der Geheimgesellschaft zu beweisen.

Nur leider standen die Zeichen für einen Erfolg schlecht. Erst hatte er verschlafen. Dann hatte er in seiner Hektik die U-Bahn in die falsche Richtung genommen. Und um das Chaos komplett zu machen, war er mit diesem Mädchen zusammengeprallt und hätte seinen Trumpf beinahe verloren – der Gegenstand, der wertvoller war als alles, das er je in seinen Händen gehalten hatte: die (vermutlich) verzauberte Karte des Walter Wonderly.

Die Gesellschaft für den Gebührenden Umgang mit dem Unmöglichen suchte bereits seit fünfzehn Jahren nach dieser Karte. Wonderly war früher selbst Mitglied der Gesellschaft gewesen. Überall auf der Welt hatte er nach verzauberten Gegenständen gesucht, die er ins Archiv der Gesellschaft schickte. Bis er eines Tages behauptete, auf die Spur einer Quelle gekommen zu sein, aus der reinste Magie sprudelte.

Und was noch überraschender war: Jene Quelle sollte sich irgendwo in London befinden. Wie immer ging Wonderly allein auf die Jagd. Er fertigte eine Karte an, auf der er die verschiedenen Stationen seiner Suche markierte. Doch dann passierte etwas Seltsames: Aus einem Grund, den George nicht kannte, zerstritt sich die Geheimgesellschaft mit Wonderly. Daraufhin verschwand dieser spurlos. Die Karte, die den Weg zur Quelle der Magie verriet, nahm er mit sich.

Wie groß war die Chance, dass ausgerechnet George, ein schusseliger, vierzehnjähriger Praktikant über diese verzauberte Karte stolperte? Winzig. Ameisenklein. Und dennoch war genau das passiert.

An diesem Wochenende hatte er Wonderlys Karte in einem Antiquariat in seiner Heimatstadt entdeckt. Er hatte sein Glück kaum fassen können. In seiner Vorstellung brachte er das Fundstück nach London und ließ sich vom Vorstand der Geheimgesellschaft dafür feiern. Nicht nur sein Praktikum wäre dann gesichert. Nein, sie würden ihn umgehend als vollwertiges Mitglied aufnehmen!

Auch jetzt schlug Georges Herz beim bloßen Gedanken an diese Möglichkeit schneller. Bisher hatte er nicht den kleinsten Funken Magie bei der GUMU gesehen. Sein Praktikum drehte sich vor allem um Botengänge, Kaffeekochen und Protokolle abtippen. Aber als vollwertiges Mitglied würde er endlich das Archiv der magischen Gegenstände besuchen können. Und vielleicht würde er sogar die Expedition begleiten dürfen, die sich mit Wonderlys Karte auf die Suche nach der Quelle der Magie machte.

»Das klappt schon«, murmelte George. »Ich muss es nur

pünktlich zum Treffen mit Tante Lavinia schaffen und ihr die Karte übergeben.«

Drei Wunder hatte er schon erlebt. Vielleicht hatte er Glück und erfuhr heute das vierte.

Ein Wundersamer Wegweiser

Malú

Zwei Wochen lang sollte Malú bei ihrer Oma wohnen. Ihr Zimmer befand sich direkt unter dem Dach, hatte eine verblichene himmelblaue Tapete und einen plüschigen Teppich.

Nach dem Tee mit Oma zog Malú sich hierhin zurück. Halbherzig begann sie, ihren Koffer auszupacken. Sie stellte ein Foto von sich und ihren Eltern auf den Schreibtisch, dann faltete sie den Stadtplan von London auf, den ihre Mutter ihr geschenkt hatte. *Vergiss die Navigationsapps auf dem Handy*, hatte sie gesagt. *Mit echten Karten kannst du deinen Orientierungssinn viel besser trainieren.*

Die Straße, in der das neue Haus stand, war mit einem Goldstern markiert. Malú presste die Lippen aufeinander und studierte die Gegend um den Stern herum. Hier und da gab es ein paar winzige grüne Flecken, die Gärten oder Parks darstellten. Aber in der Nähe des Hauses, das ihre Eltern ausgesucht hatten, befanden sich beunruhigend viele graue Quadrate.

Ein paarmal hatte Malú überlegt, ob sie ihre Eltern nach Fotos des neuen Hauses fragen sollte, in das sie ziehen würden, hatte sich dann aber nicht getraut. Was, wenn ihr neues Zuhause schrecklich aussah? Nie im Leben würde sie ihr Heimweh dann noch verbergen können.

Wir sind ein Team. Ihre Mutter sagte das oft. In der Regel war Malú stolz darauf, dass sie ein Teil des Familia Carter-Neves-Teams war. Sie hatte ihre Aufgaben im Haushalt, die sie gewissenhaft erfüllte. Sie ging ihrem Papa in der Gärtnerei zur Hand, kochte Tee und packte selbständig ihren Koffer, wenn sie ihre Großeltern in Brasilien besuchten. Nur dieses eine Mal fiel es ihr schwer, ein guter Teamplayer zu sein.

Ich weiß, du magst keine Veränderungen. Das stimmte, da hatte ihre Mutter sie durchschaut. Aber ihre Mutter vertraute ihr auch. Sie glaubte daran, dass Malú mit dem Umzug in die Stadt klarkam.

Malú straffte die Schulter. Sie würde ihre Mutter nicht enttäuschen. Sie musste ihr Unbehagen einfach hinunterschlucken und sich an London gewöhnen.

Malú ließ den Stadtplan auf das Bett fallen und öffnete das kleine Fenster, das nach hinten führte. Draußen erstreckten sich Dächer, so weit das Auge reichte. Schornsteine standen in Reih und Glied, und in der Ferne drängten sich Baukräne neben verglasten Hochhäusern. Nur hier und dort entdeckte Malú Baumkronen, die sich in die Kuhlen zwischen den Gebäuden duckten.

Wieder dachte sie an den Nachmittag, an dem sie von der anstehenden Veränderung erfahren hatte. Sie hatte sich wieder beruhigt, war aber immer noch unter ihrem Lieblingsbaum gekauert, als ihr Papa sich zur ihr gesetzt hatte.

»Das wird besser, als du dir es jetzt vorstellst, *minha Abelhinha*«, hatte er versprochen. *Abelhinha* bedeutete Bienchen auf Portugiesisch. Das war sein Spitzname für Malú, seit sie mit ihren kleinen Händchen das erste Mal geholfen hatte, Unkraut aus seinen Beeten zu zupfen.

Er hatte einen Stängel Lavendel abgezupft und sie damit an der Wange gekitzelt. »Wir können hinter dem neuen Haus auch einen kleinen Garten anlegen. Der wird zwar viel kleiner, aber du und ich, wir werden dort pflanzen, was das Zeug hält. Wenn du willst, können wir auch deinen Johannisbeerbusch mitnehmen.«

Der Gedanke an dieses Gespräch ließ Malús Herz ein kleines bisschen leichter werden. Wenn sie sich diese Stadt so ansah, konnte sie sich zwar nur schwer vorstellen, wie man hier einen Garten anlegen sollte, aber sie vertraute ihrem Papa. Wenn er sagte, dass sie sich hier ein grünes Fleckchen schaffen konnten, dann stimmte das auch.

Der Lärm von Autos und das Knattern eines Motorrads drang zu ihr hinauf. Malú schloss die Augen. *Du wirst dich schon an die Stadt gewöhnen*, sagte sie sich.

Entschlossen ging sie zum zweiten Fenster und hoffte, dort einen etwas freundlicheren Ausblick zu finden. Nur einen halben Meter unter ihrem Fenstersims begann ein flaches Dach, das wie eine Brücke zum Nachbarhaus führte.

Malú stieß das Fenster auf und lehnte sich hinaus. Regenpfützen hatten sich auf dem Flachdach gesammelt und die Luft roch fast frisch. Sie lehnte sich nach links, um an einem Schornstein vorbeizuschauen … und entdeckte ein Mädchen. Malú stutzte. Das Mädchen stand direkt am Rand des Daches, vor einer gerade mal hüfthohen Brüstung. Sie hielt sich ein Fernglas vor die Augen und spähte über die Stadt.

Was, zum Geier?, dachte Malú. Laut rief sie: »Hey, Vorsicht!«

Das Mädchen fuhr zu ihr herum, und Malús Magen verkrampfte sich. Wenn sie das Gleichgewicht verlor und vom Dach stürzte! Doch das Mädchen grinste nur breit, winkte ihr zu und kam herübergelaufen.

»Hi«, sagte sie zur Begrüßung. »Wer bist denn du? Wohnst du hier?«

Malú war überrumpelt. »Ähm, ja, nein, ich meine, nur vorübergehend.« Sie brach ab, erinnerte sich an die zweite Frage und schob schnell hinterher: »Ich heiße Malú.«

Das Mädchen grinste wieder. Sie hatte schulterlange rotblonde Haare, die zu zwei zerzausten Zöpfen zusammengebunden waren. Ihr Gesicht war blassrosa und übersät mit Sommersprossen. Auf der Nase trug sie eine grasgrüne Brille und auch ihre Strickjacke hatte grüne Streifen. »Ich heiße Flo«, sagte sie. »Ich wohne da drüben.« Sie zeigte auf das Haus auf der anderen Seite des Flachdachs. »Für immer. Also, zumindest haben wir das vor.«

Die Worte sprudelten so schnell aus ihr heraus, dass Malú Mühe hatte, ihr zu folgen. Außerdem war sie abgelenkt von dem gelben Plastikfernglas, das Flo an einer Kordel um den Hals trug.

»Papa und ich sind am Donnerstag eingezogen«, plapperte Flo weiter. »Vorher waren wir in Saint Andrews. Kennst du dich mit Schatzkarten aus?«

»Mit Schatz… was?«, fragte Malú verständnislos.

Flo zog ein zerknittertes Papier aus ihrer Tasche und hielt es Malú hin. »Schatzkarten! Die hier habe ich gefunden.«

Stirnrunzelnd nahm Malú das Papier entgegen und strich es glatt. Es hatte tatsächlich Faltstellen wie eine alte Landkarte, aber darauf zu sehen war nur ein einziger kleiner Straßenabschnitt. Und eine Überschrift.

»Walter Wonderlys Wundersamer Wegweiser zur Quelle der Magie«, las Malú vor.

»Cool, oder?«, fragte Flo und lehnte sich über die Karte.

Malú wendete die Karte vor und zurück, fand aber keine weiteren Informationen. »Hast du die gezeichnet?«

Flo schüttelte so heftig den Kopf, dass ihre Zöpfe hin und her wippten. »Nee, ich sag doch, die hab ich gefunden. Ich will herausfinden, wo der Ort ist, der da unten aufgemalt ist. Vorher habe ich gedacht, ich hätte was entdeckt. Bin mir aber nicht sicher. Schaust du mal?«

Ohne abzuwarten, wirbelte sie herum und lief zurück zum Rand des Daches.

Malú hatte keine Ahnung, wie sie auf all das reagieren sollte. Sie sah sich die Karte genauer an. Mit seinen unebenen Rändern sah der kleine Ausschnitt fast aus wie ein Brandfleck. In einem Kästchen stand ein Text aus winzigen, schrägen Buchstaben. Malú musste die Karte dicht vor ihre Augen halten, um zu lesen, was dort stand:

Finde die weißen Türme, die von einem Zaunkönig erbaut wurden. Folge der westlichen Spur der Königin zum Pfad des Bauers, der keine Felder pflügt. Betritt den Garten des schlafenden Wurms und benenne die Kerze, deren Docht keine Flamme entfacht.

Malú runzelte wieder die Stirn. Welche Kerze brannte denn nicht? Und was war das für ein schlafender Wurm?

»Kommst du?«, rief Flo von der Seite des Daches.

Vielleicht geht's um eine Kerze, deren Docht bereits heruntergebrannt war, grübelte Malú. Sie fuhr mit der Fingerspitze Zeilen entlang und blieb an der Stelle mit dem Garten hängen.

Kurzentschlossen kletterte sie aus dem Fenster und ging zu Flo. Allerdings blieb sie in sicherer Entfernung zum Abgrund stehen.

Flo zeigte mit ausgestrecktem Arm über die Dächer. »Ich dachte, das könnte vielleicht einer der Türme sein«, sagte sie. »Was denkst du?«

Malú trat einen vorsichtigen Schritt näher und Flo überreichte ihr ohne Umschweife das Fernglas.

»Da, der Turm direkt neben dem Hochhaus, das aussieht wie ein Ei«, sagte Flo.

Malú drehte das Fernglas in die Richtung, in die Flo zeigte. Da war das Ei-Gebäude und daneben stand ein Büroturm, dessen verspiegelte Fenster silbern glänzten. »Ich finde nicht, dass das weiß aussieht«, sagte Malú zweifelnd und gab das Fernglas zurück.

Flo hängte sich das Fernglas wieder um den Hals und seufzte. »Ja, ich eigentlich auch nicht«, sagte sie. »Wir bräuchten mehr Hinweise, um den Ort zu finden. Ich weiß nicht, wo dieser kleine Ausschnitt auf der Karte überhaupt sein soll.« Sie warf einen Blick über die Stadt, zwirbelte einen ihrer Zöpfe um den Finger und sah kurz so aus, als wollte sie das fransige Ende in ihren Mund stecken. »Vielleicht funktioniert die Schatzkarte so nicht«, sagte sie. »Sie sieht so aus, als wäre sie nicht fertig gemalt worden.«

»Kann sein.« Malú betrachtete die Karte. Irgendetwas an der Farbe der Schrift rüttelte an ihrer Erinnerung. Da war doch dieses eine Experiment gewesen, das sie in der Schule durchgeführt hatten. Konnte es sein …? Neugierig schnupperte sie an der Karte und tatsächlich: An dem Papier haftete ein schwacher angekokelter Geruch.

Malú hob den Kopf. »Vielleicht wurde die Karte mit unsichtbarer Tinte geschrieben?«, schlug sie vor.

Flo riss die Augen auf. »Mit was? So was gibt's?«

Malú zuckte mit der Schulter. »Einer meiner Lehrer hat uns mal gezeigt, wie man welche macht«, sagte sie. »Am einfachsten funktioniert es, wenn du mit Milch oder Zitronensaft auf ein weißes Blatt Papier schreibst.«

Flo pfiff durch die Zähne. »Unsichtbare Tinte! Und wie wird die wieder sichtbar?«

»Unser Lehrer hat unsere Papierseiten damals kurz auf eine Herdplatte gelegt«, erzählte Malú. »Da musst du echt aufpassen, damit nichts ankokelt. Aber wenn du es richtig anstellst, sorgt die Hitze dafür, dass die unsichtbare Tinte braun wird. Wie auf der Karte hier.« Verlegen hielt Malú Flo die Karte hin. »Ich kann mich aber auch täuschen.«

Flo jedoch hatte ein begeistertes Funkeln in den Augen. »Warte mal.«

Sie ließ Malú mit der Karte stehen und lief an der Brüstung entlang zu einem Rucksack. Kurz kramte sie darin herum, dann kam sie mit einem Feuerzeug zurück.

Erschrocken drückte Malú die Karte an sich und wich

einen Schritt zurück. »Das dürfen wir nicht alleine machen! Erwachsene sollten bei so was dabei sein!«

Flo ließ sich jedoch nicht bremsen. »Wir sind supervorsichtig«, sagte sie. »Du weißt doch bestimmt, wie's geht.«

Malú zögerte. Sie wusste genau, dass sie das nicht tun sollte. Aber irgendwie war Flos Begeisterung ansteckend. Und wenn sie wirklich vorsichtig waren, konnte bei den ganzen Pfützen hier draußen eigentlich nichts passieren. »Okay«, lenkte sie ein. »Dann halt du das Feuerzeug und ich die Karte.«

»Mega!« Flo grinste und ließ die Flamme des Feuerzeugs hochspringen. Ganz behutsam hielt Malú die Karte einen Fingerbreit über die Flamme und bewegte sie hin und her. Zwei Sekunden später sog sie scharf die Luft ein und Flo jauchzte auf. Auf der Karte erblühten Straßen, Flusswindungen und Häuserblocks wie kaffeebraune Blüten. Es dauerte nicht lang, dann war das ganze Papier mit einem Stadtplan bedeckt.

Flo schaltete das Feuerzeug aus. Andächtig starrten die beiden auf die Karte.

»Heilige Himbeerschnitte«, flüsterte Flo.

Die Gesellschaft für den Gebührenden Umgang mit dem Unmöglichen

George

Endlich erreichte George den kleinen Park, in dem sie sich verabredet hatten. Wie befürchtet, wartete Tante Lavinia bereits auf der Bank unter dem Platanenbaum.

Wie immer war sie überaus ordentlich gekleidet. Sie trug ein graues Sakko mit einer antiken Brosche, eine hellgrüne Bluse und graue, knöchellange Hosen. Das rötlich braune Haar, das in ihrer Familie verbreitet war, hochgesteckt.

Als George sie dort sah, wurde ihm siedend heiß bewusst, welche Socken er trug. Hellblau waren sie und gesprenkelt mit roten Kirschen. Wenn er mit der Geheimgesellschaft zu tun hatte, dachte er normalerweise daran, ein Paar vernünftige Socken anzuziehen. Nur heute hatte er es in seiner Aufregung vergessen.

Es half nichts. Er konnte ja schlecht kehrtmachen und seinen Kleidungsfehltritt beheben. Oder hinter einem Baum verschwinden und die Socken wechseln.

Da hatte Tante Lavinia ihn bereits erspäht. Mit erhobener Augenbraue sah sie ihm entgegen. George straffte die Schultern und ging die letzten Meter zur Bank im Laufschritt.

»Du kommst zu spät«, sagte Tante Lavinia anstelle einer Begrüßung.

»Es tut mir sehr leid«, entschuldigte sich George. »Ich wollte ...«

Sie unterbrach ihn mit einem Wedeln ihrer Hand und nickte dann vielsagend auf die Bank neben sich. George nahm Platz, stellte seinen Koffer erst links, dann rechts von sich ab. Seine Hosenbeine rutschten nach oben, und er wünschte, er könnte sich unauffällig nach vorne beugen und sie über seine Kirschsocken ziehen.

Als er sich schließlich zu Lavinia drehte, betrachtete diese mit einem Stirnrunzeln seine linke Hand.

George blinzelte verwirrt und folgte ihrem Blick. Das Törtchen! Das hatte er ganz vergessen. Ein Kleks der pinkfarbenen Buttercreme klebte an seinem Daumen. Hastig sah er sich um und stellte das Törtchen neben sich auf der Bank ab. Als er sich wieder umdrehte, hielt ihm Tante Lavinia ein Taschentuch entgegen.

»Danke«, murmelte er und wischte sich die Hand sauber.

»Also, was war es dieses Mal? Hast du den Zug verpasst? Dich verlaufen? Oder warst du von einer Taube auf dem Gehweg abgelenkt?«

George hätte ihr von der falschen U-Bahn und dem Zusammenprall vor der Bäckerei erzählen können. Aber wie immer sorgte Tante Lavinias forscher Ton dafür, dass ihm sämtliche Erklärungen im Hals stecken blieben.

Sie seufzte, und ihr Maiglöckchenparfüm wehte zu ihm herüber. »Wirklich, George. So geht das nicht weiter. Du musst dich endlich zusammenreißen.«

George wrang die Hände in seinem Schoß. »Ich weiß«, antwortete er. Er kam sich schon wie die schäbigste aller familiären Enttäuschungen vor, da fiel ihm ein, was er in seiner Tasche hatte. Sein Trumpf! Sein Beweis, dass er zu etwas nütze war! Doch bevor er überhaupt den Mund öffnen konnte, um die Karte ins Spiel zu bringen, fuhr Tante Lavinia fort.

»Dieses Praktikum war eine Schnapsidee. Ich frage mich, was dein Großvater sich dabei gedacht hat.«

Bei diesen Worten kroch die Scham wie eine Lavaspur Georges Rücken hinauf. Es stimmte. Er hatte das Praktikum seinem Großvater zu verdanken. Der alte Lord Fearnley-Farthington hatte bis zu seinem Ruhestand im Vorstand der Gesellschaft gesessen. Auch heute noch war er einer ihrer wichtigsten Geldgeber. Und wenn jemand wie er die Gesellschaft darum bat, seinen Enkel als Praktikanten über die Sommerferien zu beschäftigen, dann wurde ihm diese Bitte gewährt.

Wobei das Wort *Bitte* in diesem Zusammenhang wohl falsch gewählt war. Robert Fearnley-Farthington III bat nicht, er forderte.

»Ich habe es ihm gesagt«, fuhr Tante Lavinia fort. »Für unsere Arbeit braucht man eine bestimmte Einstellung, ein gewisses Maß an Disziplin. Diese Qualitäten besitzt nicht jeder. Und wäre er nicht so verbohrt, hätte Vater auf mich gehört. Das wäre gnädiger gewesen, auch für dich.«

Die Hitze unter Georges Haut brannte noch heißer. »Was meinst du damit?«, fragte er.

»Ich bin ehrlich mit dir, George«, antwortete sie. »Alles andere würde dir nicht helfen. Der Vorstand ist kurz davor, dein Praktikum als gescheitertes Experiment zu beenden.«

Da. Da war der Satz, vor dem er sich fürchtete. Georges Herz pochte dumpf in seiner Brust. »Wegen … wegen des Kaffees?«, fragte er und ließ den Kopf hängen. »Es ist wegen des Kaffees.«

»George.« Tante Lavinias resignierter Ton ließ ihn aufblicken. »Du kannst dir die einfachsten Anweisungen nicht merken. Du kommst ständig zu spät. Du träumst, wenn du konzentriert sein solltest, und bringst Akten durcheinander, die seit über hundert Jahren einwandfrei archiviert waren. Die Tatsache, dass du ein Tablett Kaffee über die Herren des Vorstands ausgeschüttet hast, steht nicht einmal ganz oben auf der Liste.«

»Aber …«, begann George, doch Tante Lavinia unterbrach ihn.

»Du hast noch genau eine Chance, dich zu bewähren«, warnte sie. Als er sie daraufhin nur entsetzt anstarrte, schüttelte sie den Kopf. »Wenn dein Großvater nicht darauf beharren würde, hätte ich dem Vorstand empfohlen, es kurz zu machen. Es ist ja auch offensichtlich, dass du dich bei uns nicht wohlfühlst.«

Das rüttelte George schließlich aus seiner Starre. »Doch«, widersprach er. »Doch ich … bitte, Tante Lavinia. Ich weiß, dass ich es besser kann. Ich will …« *Mitglied der Gesellschaft sein. In ihre Geheimnisse eingeweiht werden.* Das wollte er. Vor Tante Lavinia konnte er das jedoch nicht in Worte fassen. *Die Karte*, fiel ihm da wieder ein. *Die Karte würde ihn retten.*

»Ich habe etwas gefunden«, platzte er heraus. »Etwas Wichtiges!«

Tante Lavinia beäugte ihn skeptisch. »Was hast du gefunden?«

»Die Karte«, sagte er. »Walter Wonderlys Karte. Du weißt schon, die verloren geglaubte Karte. Peter Greenfield leitet den Arbeitskreis, der die Karte ausfindig machen soll, nicht wahr?«

Tante Lavinia schnaubte.

»Doch, wirklich«, beharrte George. Gestern, bei Mr. Kingsleys, du weißt schon, das Antiquariat unten am Hafen.«

Schon seit er klein war, liebte George Mr. Kingsleys Laden. Der Verkaufsraum war vollgestopft mit alten Landkarten, Globen und vergilbten Reiseführern. Am gestrigen Samstag hatte er sich eine Stunde lang durch vergilbte Postkarten geschmökert, und da hatte er sie gefunden. Zusammengefaltet zwischen einer alten Schwarz-Weiß-Fotografie der London Bridge und einer weihnachtlichen Grußkarte. Dieser Zufallsfund war eigentlich zu wundervoll, um wahr zu sein.

»George«, rügte Tante Lavinia.

»Wirklich!«, wiederholte er. »Es ist Wonderlys Karte! Wir, ich meine, die Gesellschaft wird endlich die Quelle der Magie finden!«

Fieberhaft überlegte er, wie er seine Tante überzeugen konnte. Bis ihm einfiel, dass er ihr lediglich die Karte zeigen musste. Er griff in seine linke Jackentasche, doch seine Finger tasteten ins Leere. Ach ja, er hatte die Karte in die rechte Tasche gesteckt.

Die rechte Tasche war ebenfalls leer.

George hatte das Gefühl, als würden sich seine Eingeweide in Wasser verwandeln.

Nein, dachte er. O nein, nein, nein.

Zuerst versuchte er, ruhig zu bleiben. Doch als auch ein weiterer Griff in seine Jackentaschen keine Karte zutage förderte, wuchs seine Panik. Hektisch klopfte er seine Kleidung ab. Er grub mit beiden Händen in seinen Hosentaschen, schüttelte die Ärmel seiner Jacke aus, sah unter der Bank nach und griff ein drittes Mal in seine Jackentaschen.

Die Karte war fort.

»Ich …«, krächzte er. »Ich habe sie verloren.« Er konnte sein Unglück nicht fassen. »Ich habe Walter Wonderlys Karte verloren.«

Er rechnete damit, dass Tante Lavinia ihn auf die Größe eines Flohs herunterstutzen würde. Doch stattdessen seufzte sie nur müde.

»Mir fehlen wirklich die Nerven für deine Geschichten«, klagte sie. George runzelte die Stirn, dann begriff er. Sie glaubte ihm nicht.

Tante Lavinia schloss kurz die Augen und schüttelte dann den Kopf. »Vor drei Minuten habe ich dich gewarnt, dass dich deine Phantastereien den Praktikumsplatz kosten werden«, sagte sie. »Und jetzt erzählst du mir ein Märchen von einer magischen Karte, die du rein zufällig in einem Laden voller verstaubtem Schund gefunden hast?«

George ballte die Fäuste, sagte jedoch nichts.

Lavinia stand auf und strich mit einer geübten Bewegung ihr Sakko glatt.

»Morgen ist Vorstandssitzung«, sagte sie. »Ich erwarte, dass du ab jetzt als Vorzeigepraktikant auftrittst. Keine Tagträumerei mehr. Keine Verspätungen mehr.« Sie warf einen

Blick auf seine Füße und verzog den Mund. »Und keine albernen Socken.«

George schluckte. Lavinia wartete, bis er nickte.

»Ja, Tante Lavinia«, versprach er.

Ihr Gesichtsausdruck sagte deutlich, dass sie schwer an seinem Versprechen zweifelte. Etwas in seinem Gesichtsausdruck musste sie jedoch ein wenig erweichen, denn als sie wieder sprach, hatte ihre Stimme einen fast tröstlichen Ton.

»Sich einzugestehen, dass man etwas nicht gewachsen ist, ist keine Schande«, sagte sie. »Die richtige Einsicht zum rechten Moment spart Zeit und Energie. Nicht nur deine, sondern auch die anderer Leute.« Mit diesem letzten Dämpfer wandte sie sich ab und ging davon.

George blieb geknickt zurück. Da hatte er den Salat. Noch heute Morgen hatte er geglaubt, nun endlich seinen Platz zwischen jenen Eingeweihten zu finden, die magische Kelche, Tarnhelme oder Schwanenmäntel suchten und beschützten wie noble Ritter aus alten Zeiten. Jetzt sah es so aus, als würde ihm die Tür zu den Wunderkammern der GUMU vor der Nase zugeschlagen. Denn er machte sich keine Illusionen: Niemals würde die Gesellschaft jemanden in ihre Ränge aufnehmen, der mit vierzehn aus einem Praktikum in ihrem Hauptquartier geflogen war.

Ein magieloses Leben. Das blühte ihm jetzt.

George hätte weinen mögen. Sein Blick glitt zu Boden und fiel auf das Buttercremetörtchen. Er musste es bei seiner Fuchtelei hinuntergestoßen haben. Zermatscht lag es auf dem Fußweg vor der Bank, und die schönen bunten Sternchen mischten sich mit den sandigen Kieseln.

Der erste Hinweis

Malú

»Das ist der Hammer«, hauchte Flo, und lauter: »Der absolute Hammer!«

Malú und Flo hielten jeweils eine Seite der Karte. Schulter an Schulter bestaunten sie die Zeichnungen, die bis eben noch nicht da gewesen waren.

Die Straßen auf der Karte hatten keine Namen. Auch sonst gab es keine Beschriftung. Die Tricktinte zeigte lediglich grobe Skizzen von Häuserreihen als schraffierte Flächen und den Lauf der Themse, der sich wie eine Schlange durch die Mitte der Karte wand.

Plötzlich ging ein Ruck durch Flo. »Glaubst du, die Karte ist echt?«

»Wie, echt?«, fragte Malú verständnislos.

»Glaubst du, hier geht's wirklich um Magie?«

Malú hob die Brauen. »Du glaubst an Magie?«, fragte sie.

Bei dieser Frage lief Flo so rot an wie ihre Zöpfe. »Natürlich nicht«, behauptete sie schnell. »Also, ich glaube nicht, dass es echte Magie gibt. Aber diese Karte könnte doch zu einer Schnitzeljagd mit einem Magie-Thema gehören? Vielleicht muss man bei der nächsten Station auch einen Zaubertrick ausführen. So wie jetzt, mit der unsichtbaren Tinte.«

Malú war skeptisch. »Warum würde jemand denn so eine Schnitzeljagd organisieren?«

Flo zuckte mit den Schultern. »Vielleicht ist es was für Touristen? Oder ein Spiel für eine Geburtstagsfeier oder so?«

»Wo hast du die Karte überhaupt her?«, fragte Malú.

»Jemand hat sie verloren«, antwortete Flo. »Ich wollte sie zurückgeben, aber der Junge, dem sie aus der Tasche gefallen ist, war zu schnell weg. Vielleicht hat er bei der Schnitzeljagd mitgespielt? Oder er hat sie geplant?«

»Hm«, machte Malú und studierte die Karte. »Ich finde, die sieht unfertig aus. Normalerweise gibt es bei Schnitzeljagden nicht nur einen Hinweis, oder?«

Flo zwirbelte einen ihrer Zöpfe zwischen den Fingern. »Stimmt«, sagte sie.

»Außerdem wird gar nicht klar, wo man mit der Suche beginnen soll«, fuhr Malú fort. »Steht der Hinweis an der Stelle im Plan, wo die Türme sind oder gibt es da gar keinen Zusammenhang?«

Flo schnippte ihren Zopf über ihre Schulter. »Das ist die erste Herausforderung!«, sagte sie. »Wir brauchen eine Karte.«

»Ähm«, machte Malú und nickte zu der Karte in ihren Händen.

»Ich meine einen normalen Stadtplan«, erklärte Flo. »Von London. Damit können wir herausfinden, welche Gegend hier markiert ist.«

Zugegeben, das war eine gute Idee. Und ein klitzekleines bisschen neugierig war Malú nun auch. »Ich habe einen Stadtplan in meinem Zimmer«, sagte sie. »Oder wir können mein Handy benutzen.«

»Eine richtige Karte ist besser, dann sehen wir nicht nur einen kleinen Ausschnitt und können die Stadtpläne besser vergleichen«, sagte Flo. »Dein Zimmer ist da drüben, oder?« Ohne eine Antwort abzuwarten, stiefelte sie zu dem offenen Fenster und kletterte in Malús Zimmer.

Malú lief ihr hinterher und erhaschte aus dem Augenwinkel einen Blick auf einen gefleckten, plüschigen Po und einen Katzenschwanz, die hinter einem Schornstein verschwanden. Wenn sie's nicht besser wüsste, würde sie langsam glauben, dass Müsli sie mit Vorliebe aus Verstecken heraus beobachtete.

Als Malú ihre Beine über den Fenstersims schwang, sah Flo sich bereits neugierig in ihrem Zimmer um. Ihr Blick fiel auf Malús Rucksack und den großen Koffer.

»Gerade erst angekommen, was?«, fragte sie.

»Heute Nachmittag«, bestätigte Malú.

Flo erspähte den London-Reiseführer auf dem Bett. »Aha! Darf ich?«

»Klar«, antwortete Malú.

Die beiden knieten sich vor das Bett. Flo breitete den Stadtplan auf der geblümten Tagesdecke aus, und Malú legte die Karte mit der Tricktinte daneben.

»Also … wir haben nur den Hinweis selbst und einen kleinen Ausschnitt der Stadt auf der Schnitzeljagdkarte.« Flo tippte auf die Zeichnung. »Wo ist das auf dem richtigen Stadtplan?«

Malú beugte sich über den Stadtplan. »Hier«, sagte sie und tippte auf eine Stelle oberhalb der Themse. »In der Stadtmitte, irgendwo in der Nähe der Blackfriars Brücke.«

»Stimmt«, murmelte Flo aufgeregt und deutete auf eine Linie aus brauner Tinte, die über den Fluss führte. »Das hier ist die Brücke! Aber wie finden wir heraus, welche Türme gemeint sind? Gibt es dort eine Burg oder einen Palast oder so was?«

Malú studierte den Stadtplan. »Sieht nicht so aus.« Ihr Blick fiel auf eine der Sehenswürdigkeiten, die im Stadtplan markiert waren. »Kirchen haben Türme, oder?«, fragte sie und deutete auf den Namen neben einem blau eingezeichneten Gebäude.

»St.-Paul's-Kathedrale«, las Flo, und ihre Augen weiteten sich. »Super Idee! Ich wette, die Kathedrale hat mindestens einen weißen Turm.«

»Das können wir rausfinden.« Rasch zog Malú ihr Handy aus dem Rucksack. Sie tippte den Namen der Kathedrale ein und rief ein Bild von ihr auf. Ihr Herz machte einen Sprung. Die Kathedrale hatte sogar zwei weiße Türme.

»Ha!« Flo stieß sie in die Seite. Malú zuckte erschrocken zusammen, musste dann jedoch lächeln.

»Wobei«, sagte Flo und beugte sich wieder über die Karten. »Ist das nicht zu einfach? Vielleicht ist die Kathedrale eine falsche Fährte? Die Türme aus der Karte sollen von einem Zaunkönig erbaut sein.« Flo zupfte wieder an ihrem Zopf. »Das sind die hier bestimmt nicht.«

Malú, die rasch ein paar Hintergrundinfos zur Kathedrale überflogen hatte, verkniff sich ein Grinsen. »Doch, sind sie.«

Flo hob die Brauen. »Was?«

Malú drehte ihr Handy, damit Flo die betreffende Zeile lesen konnte. »Die Kathedrale ist 1666 abgebrannt«, sagte

Malú. »Der Architekt, der sie wiederaufgebaut hat, hieß Christopher Wren.«

»Wren …«, wiederholte Flo.

»… das bedeutet Zaunkönig«, ergänzte Malú.

Sie sahen sich an und sagten gleichzeitig: »Von einem Zaunkönig erbaut.«

Mit einem Jauchzen trommelte Flo auf der Matratze. »Das ist so, so gut! Ich wette, wenn wir dort sind, finden wir auch die Spur der Königin.«

»Wenn wir dort sind?«, wiederholte Malú.

»Na, wir müssen den Hinweisen doch folgen!«, sagte Flo. »Jetzt, wo wir das erste Rätsel geknackt haben!«

Malú ließ ihr Handy sinken. »Ich weiß nicht«, sagte sie. Doch Flo war nicht zu bremsen.

»Komm schon«, drängte sie. »Willst du nicht wissen, wohin diese Spur führt?«

Malú zögerte. »Wenn die Karte zu einer organisierten Schnitzeljagd gehört, müssten wir uns dann nicht irgendwo anmelden?«, fragte sie. »Was, wenn das wirklich ein Spiel für eine Geburtstagsfeier ist oder so?«

Flo zuckte mit den Schultern. »Falls wir Leuten begegnen, die aussehen wie bei einer Schnitzeljagd, können wir ja sagen, dass wir mitspielen wollen.« Sie grinste. »Aber eins ist klar: Die Karte rücken wir nicht mehr raus, bevor wir den Preis gefunden haben.« Sie senkte ihre Stimme und wackelte mit den Fingern. »Die Quelle der Magie, Abrakadabra.«

Malú musste lachen. »Wahrscheinlich gibt es am Ziel für alle Limonade oder so.«

»Hey, eine leckere Limonade ist so gut wie Magie«, scherzte Flo. »Was sagst du? Bist du dabei?«

Flos Begeisterung war ansteckend. Malú spürte ein Kribbeln im Bauch. Tatsächlich so, als hätte sie eine Zitronenlimo getrunken.

»Ist die Kathedrale weit weg von hier?«, fragte sie.

Flo beugte sich wieder über den Stadtplan. »Mit dem Bus? Nicht weit. Wir könnten morgen nach dem Frühstück direkt los.«

»Alleine?«, fragte Malú. »Ich glaube nicht, dass meine Oma das erlaubt.«

Schwupps hatte Flo wieder einen ihrer Zöpfe in der Hand. Offenbar nestelte sie an ihren Haaren herum, wenn sie nachdachte. »Wir könnten sagen, dass ich dir ein bisschen die Gegend zeige«, sagte sie. »Papa und ich waren vor unserem Umzug schon ein paarmal hier und haben die besten Cafés und Läden und so ausgekundschaftet. Wenn wir sagen, dass wir einen Vormittag lang auf Entdeckungstour gehen, hat bestimmt niemand was dagegen.«

Malú runzelte die Stirn. »Und dann was?«

»Dann haben wir ein paar Stunden Zeit, um den ersten Hinweis zu entschlüsseln.«

Flo zwinkerte ihr zu, aber Malú war geschockt. »Du willst, dass wir lügen?«, fragte sie.

Flo zuckte mit den Schultern. »Wir müssen nicht lügen«, behauptete sie. »Wir sagen nur nicht, dass die Gegend, die wir erkunden, ein bisschen größer ist als unser Wohnviertel.«

»Können wir nicht einen Erwachsenen fragen, ob er uns begleitet?«, fragte Malú.

»Mein Papa arbeitet«, sagte Flo. »Und deine Oma? Deine Eltern?«

»Oma Helen arbeitet auch«, sagte Malú.

»Du wohnst bei deiner Oma?«

»Nur, bis unser neues Haus fertig eingerichtet ist.« Malú überlegte. »Wir könnten bis übermorgen warten, dann treffe ich meine Eltern. Die würden uns bestimmt helfen.«

»Aber wenn dann jemand *vor* uns alle Rätsel löst?«, fragte Flo. »Wenn jemand vor uns die ganze magische Limonade austrinkt?« Wieder stupste sie Malú in die Seite. »Wo ist dein Sinn für Abenteuer?«

Die Frage hallte wie ein Glockenschlag in Malús Brust und erinnerte sie an das, was ihre Mutter gesagt hatte.

Wenn wir alle an einem Strang ziehen, wird das ein richtig tolles Abenteuer.

Abenteuer und Veränderungen. Vielleicht wurde es Zeit, dass sie sich an beides gewöhnte. Und wenn London wirklich ihr neues Zuhause werden sollte, wäre die Schnitzeljagd eine Möglichkeit, um sich mit der Stadt anzufreunden. Einen Vormittag würde sie doch sicher durchhalten.

Außerdem: Jetzt wollte sie schon wissen, was hinter dem Rätsel auf der Karte steckte.

»Okay«, sagte sie, bevor sie es sich anders überlegen konnte. »Ich bin dabei.«

»Sehr cool!« Flo strahlte, und Malú konnte nicht anders. Sie lächelte zurück. Flo hob die Hand, aber bevor Malú abklatschen konnte, fiel Flos Blick auf die Uhr, die auf dem Schreibtisch im Zimmer stand.

»Mist«, zischte sie. »Bei uns gibt's seit fünf Minuten Abendessen. Behältst du die Karte? Ich bin nicht gut darin, auf Sachen aufzupassen.«

»Oh. Okay.« Malú sah zu, wie Flo aufsprang und zum Fenster lief. Irgendwie ähnelte sie einem Rotkehlchen. Nicht nur wegen der Farbe ihrer Haare. Rotkehlchen waren umtriebig. Sie flatterten durch die Gegend, hüpften von Spatenstielen auf Banklehnen und hatten keine Scheu vor Menschen. Außerdem waren sie fast schon frech neugierig.

Flo saß bereits rittlings auf dem Fenstersims, bevor sie sich umdrehte und Malú zuwinkte. »Bis morgen«, rief sie. »Zur Jagd nach dem schlafenden Wurm!«

Mit diesen Worten schwang sie sich aus dem Fenster und verschwand.

Alles auf eine Karte

George

Das Haus von Georges Großvater befand sich seit über hundert Jahren im Besitz der Familie. Ölgemälde mit Portraits verstorbener Fearnley-Farthingtons schmückten die Wände, und dicke Teppiche bedeckten den Boden. Geschwungene Treppen aus Eichenholz führten in den ersten Stock. Die Geländer waren verziert mit geschnitzten Blättern und Drachen.

Als ganz kleiner Junge hatte George sich gerne vorgestellt, wie die Drachen die Köpfe heben und ihm beim Hinaufsteigen der Treppe hinterherschauen würden. Doch schon damals hatten ihn die dunklen Flure, hohen Wände und wuchtigen Kronleuchter verunsichert.

Nein, George bevorzugte das Haus seiner Eltern an der Küste. Von seinem Zimmer unter dem Dach konnte er das Meer sehen, und anstelle von Ölgemälden hingen die Naturfotografien seiner Mutter an den Wänden.

Nicht zum ersten Mal wünschte er sich, er könnte sich mit einem Augenzwinkern dorthin zaubern. Stattdessen saß er auf der Kante des wuchtigen Bettes, das im Gästezimmer seines Großvaters stand. Hier wohnte er für die Dauer seines Praktikums, bis er nach den Ferien zurück ins Internat musste.

Oder bis er mit Schimpf und Schande aus den Büros der Geheimgesellschaft geworfen wurde. Danach würde sein Großvater ihn mit Sicherheit nicht mehr hier haben wollen.

George seufzte. Sein einziger Trost war, dass sein Großvater noch nicht wusste, wie es um ihn stand. Der alte Lord Fearnley-Farthington hatte sich vor dem Wochenende auf den Weg nach Schottland gemacht, um die Familienländereien dort zu begutachten. Dort würde er noch bis Ende der Woche bleiben.

Und dann? Würde er bei seiner Heimkehr als Erstes erfahren, dass sein Enkel sein Praktikum hatte abbrechen müssen? Oder würde Tante Lavinia ihn anrufen, sobald das Richtbeil gefallen war?

George ließ den Kopf hängen und wackelte die Zehen in seinen Kirschsocken. Die Socken würde er nicht mit seiner restlichen Schmutzwäsche in den dafür vorgesehen Korb legen. Er konnte sich nur allzu gut vorstellen, wie die Haushälterin Mrs. May dreinschauen würde, wenn sie die bunten Socken aus einem Haufen dunkler Pullover fischte.

Eigentlich könnte er die Socken auch direkt in die Mülltonne werfen. Genauso wie seine Hoffnungen auf eine Zukunft in der Geheimgesellschaft.

George seufzte. Wieder und wieder hörte er das Echo von Tante Lavinias Worten.

Sich einzugestehen, dass man etwas nicht gewachsen ist, ist keine Schande.

George hatte nicht gelogen, als er versprochen hatte, sich von jetzt an zusammenzureißen. Aber würde ihm das gelingen? Wohl kaum. Tante Lavinia hatte recht. Er stolperte von einem Fehltritt zum nächsten.

Sie schien jedoch zu glauben, dass er das absichtlich tat. Oder dass er sich keine Mühe gab. Doch das stimmte nicht. Er wollte alles richtig machen, aber irgendetwas um ihn herum – oder vielmehr, irgendetwas *an* ihm – ließ ihn immer wieder aus der Reihe stolpern. Und er wusste nicht, wie er das ändern sollte.

Wie er *sich* ändern konnte.

Sieh es ein, George, sagte er sich. *Du wirst morgen zur Vorstandssitzung gehen, und vielleicht schaffst du es, die ersten fünf Minuten keinen Mist zu bauen.*

Dann würde er wahrscheinlich an einem Kabel hängen bleiben und einen Laptop vom Tisch reißen. Oder einen Teller mit Erdbeerkuchen über den Konferenztisch katapultieren. Und der Kuchen würde, *Klatsch!*, mitten im Gesicht von Peter Greenfield landen. Oder von Tante Lavinia.

George ließ sich rücklings aufs Bett fallen. Er würde es trotzdem versuchen. Er würde sein Bestes geben. Nur wurde er den Verdacht nicht los, dass das nicht reichen würde.

Wenn er doch bloß Wonderlys Karte nicht verloren hätte. Nach seinem Treffen mit Tante Lavinia hatte er seinen Weg bis zu der Bäckerei zurückverfolgt, halb in der Hoffnung, den Wegweiser wiederzufinden. Ohne Erfolg.

Er fragte sich, wo die Karte jetzt war. Lag sie irgendwo zertrampelt auf einem Londoner Gehsteig? Hatte sie jemand aufgehoben, zusammengeknüllt und in einen Papierkorb geworfen?

Hatte sie jemand gefunden?

George runzelte die Stirn. An diese Möglichkeit hatte er bisher nicht gedacht. Was würde passieren, wenn eine fremde Person die Karte aufschlug? Wäre die Finderin oder der Finder verwirrt? Würden sie die Karte wegwerfen? Oder würden sie dem Hinweis folgen, der darauf verzeichnet war?

Georges Herz klopfte schneller. Auf seiner Fahrt zurück nach London hatte er den Hinweis ein Dutzend Mal gelesen. Nicht nur das: Er hatte herausgefunden, welchen Ort der erste Teil des Rätsels bezeichnete. *Zwei weiße Türme, die von einem Zaunkönig erbaut wurden*: Das musste die St.-Pauls-Kathedrale sein. Vor einem Jahr hatte George den Namen des Architekten bei einem Besuch in der Kathedrale gelesen. Wren war ein ziemlich schöner Name, das hatte George damals schon gedacht.

Eine Idee zuckte wie ein elektrischer Blitz durch Georges Körper. Mit einem Ruck setzte er sich auf. Wenn jemand die Karte benutzte und sich zum ersten Wegpunkt begab, könnte er die Person dort vielleicht finden!

Diese Möglichkeit entließ einen Schwarm Schmetterlinge in Georges Bauch. Von einem Augenblick auf den nächsten nahm ein Plan in seinem Kopf Gestalt an. Er selbst könnte zur St.-Pauls-Kathedrale gehen. Dort könnte er entweder nach einer Person Ausschau halten, die mit Wonderlys Karte unterwegs war – oder versuchen, den nächsten Hinweis zu entschlüsseln: *Folge der westlichen Spur der Königin zum Pfad des Bauers, der keine Felder pflügt*. Noch hatte er zwar keinen Schimmer, was die Spur der Königin sein sollte, doch vor Ort konnte er das bestimmt herausfinden.

Morgen, dachte er. Gleich morgen früh würde er sich auf den Weg zur Kathedrale machen.

Er hatte den Entschluss kaum gefasst, da fiel ihm die Vorstandssitzung ein. Mit einem unglücklichen Laut sank er zurück auf die Bettkante. Was sollte er tun? Tante Lavinia erwartete, ihn pünktlich im *Dull House* anzutreffen. Doch wenn er bis zu seinem Feierabend wartete, um zur Kathedrale zu gehen, dann würde er seine Chance verpassen, da war er sich sicher.

Wenn es diese Chance überhaupt gibt, flüsterte eine Zweifelstimme in ihm.

George dachte an die Vorstandsmitglieder, an die Männer und Frauen in ihren Anzügen und ernsten Mienen. Er könnte ihnen von der Karte erzählen. Doch wenn selbst seine eigene Tante nicht glaubte, dass er sie gefunden hatte, dann würde es der Vorstand sicherlich auch nicht tun.

Und wenn George morgen schlicht seiner Arbeit nachging? Dann wäre die Karte auf jeden Fall verloren. Und sein Praktikumsplatz über kurz oder lang ebenfalls.

Schließlich traf George seine Entscheidung. Bei dem Gedanken, sich seiner Tante zu widersetzen und morgen nicht bei der Sitzung aufzutauchen, wurde ihm ganz übel. Es war riskant. Aber manchmal war ein Risiko der einzige Ausweg. George zog seine Kirschsocken aus, faltete sie behutsam und verstaute sie ganz unten in seinem Koffer.

Pfannkuchen mit Blaubeeren

Flo

»Was ist mit dem Jugendzentrum?«, fragte Flos Papa.

»Hm?« Flo sah verwirrt hoch. Eben hatte sie noch darüber nachgedacht, was sie alles in ihren Abenteuerrucksack packen musste. Dann fiel ihr auf, dass sie dabei war, sich einen riesigen Happen Pfannkuchen mit Blaubeersoße in den Mund zu stopfen. Und das, obwohl sie schon beide Backen voll hatte.

»Das Jugendzentrum, das wir uns im Mai angeschaut haben«, sagte ihr Papa. »Die haben ein tolles Sommerprogramm, da könntet ihr doch auch vorbeischauen?«

Flo öffnete den Mund, um zu antworten, und eine halb zerkaute Blaubeere klatschte zurück auf den Teller.

»Upsch«, nuschelte sie, aber ihr Papa seufzte nur amüsiert.

»Freut mich ja, dass euch die Pfannkuchen so gut schmecken«, sagte er und schmunzelte zu Essie hinüber.

Essie lächelte zurück und streichelte ihren Babybauch. »Die kannst du gerne öfter machen«, sagte sie. »Wir sind alle drei Fans, nicht wahr, Flo?«

Sie schnappte sich eine Blaubeere von ihrem Teller und zwinkerte Flo zu. Flo grinste, kaute und schluckte ihren Happen hinunter.

Die drei hatten sich zum Frühstück um den Esstisch versammelt. Es gab Toast mit Butter, Orangensaft und Papas weltbeste Pfannkuchen.

»Das Jugendzentrum?«, erinnerte Flos Papa.

Jetzt musste Flo aufpassen, damit sie sich nicht verplapperte. »Das ist eine gute Idee«, sagte sie. »Aber können Malú und ich nicht erst mal auf Entdeckungstour gehen?«

Ihr Papa trommelte nachdenklich mit den Fingern auf dem Kreuzworträtsel, das vor ihm auf dem Tisch lag. »Du bist in Abenteuerlaune, oder?«

Flo grinste. »Yep!«

»Du versprichst, nicht durch Löcher in Zäunen zu klettern? Auf zu hohen Mauern zu balancieren? Oder mit Stöcken zu kämpfen und dir dabei eins auf die Nase geben zu lassen?«

All das hatte sie in St. Andrews getan. Und ein bisschen mehr, von dem ihr Papa nichts wusste. Aber es war immer alles gut ausgegangen, und beim Stockkampf hatte sie auch nur deshalb eine Schramme abbekommen, weil Tommy Denbigh sich nicht an den ausgemachten Bewegungsablauf gehalten hatte.

»Ich versprech's«, gelobte Flo.

»Und heute Mittag seid ihr dann bei Malús Oma?«, hakte ihr Papa nach.

»Genau.« Beim Gedanken an Malú lächelte Flo noch breiter.

Den ganzen letzten Abend über hatte sie das Gefühl gehabt, mindestens fünf Zentimeter über dem Boden zu schweben. Nicht nur, dass sie eine waschechte Schatzkarte gefunden hatte! Sie hatte auch noch das Glück gehabt, Malú zu begegnen, die sich mit unsichtbarer Tinte und Internetsuchmaschinen auskannte.

Flo wusste, dass sie ein bisschen aufpassen musste, wenn sie sich mit Malú anfreunden wollte. Flo redete schnell und viel, und in ihrem Kopf wirbelten jede Menge schräge Ideen herum (zum Beispiel: Hey, lass uns das Jedi-Ritter-Duell aus Star Wars mit Ästen nachspielen!). Manche Menschen fanden das anstrengend. Als Flo vor ein, zwei Jahren traurig gewesen war, weil ein paar Mädchen in ihrer Schule behauptet hatten, sie wäre viel zu wild, hatte ihre Mutter ihr einen Rat gegeben: »Ich hab dich lieb, mein kleiner Wirbelwind. Aber denk daran: Andere brauchen vielleicht einen Moment, um sich an den Sturm Flora zu gewöhnen.«

Flo vergaß diesen Rat oft, aber dieses Mal würde sie ihn beherzigen. Malú und sie, das würde gut werden! Sie spürte es. Und sie konnte es kaum erwarten, richtig in die Schnitzeljagd einzusteigen.

Hastig mampfte sie den Rest ihrer Pfannkuchen auf.

»Wie spät ist es?«, fragte sie.

»Zehn Minuten und einen Stapel Pfannkuchen später als du zuletzt gefragt hast«, antwortete Papa. »Mit anderen Worten: fünf vor neun.«

Flo sprang auf und gab ihm einen klebrigen Blaubeerkuss auf die Wange.

»Na, danke«, stöhnte ihr Papa, schlang jedoch gleichzeitig seinen Arm um Flo und drückte sie an sich.

»Pass auf dich auf da draußen, ja?«, bat er und wischte einen Pfannkuchenkrümel von seinem Kreuzworträtsel.

»Geht klar«, versprach Flo. Ein klitzekleines schlechtes Gewissen hatte sie schon, weil sie ihren Papa anflunkerte. Aber ihre Bedenken verflogen, sobald sie an Wonderlys Wundersamen Wegweiser dachte.

»Ich geh Zähne putzen«, verkündete sie und streckte dann ihre Zunge heraus. »Isch mei-e Hunge bau?«, nuschelte sie.

»Blau wie Tinte«, lachte ihr Papa. »Los mit dir, Chaoskind!«

Flo schmatzte noch einmal in die Luft vor seiner Wange, lächelte kurz in Essies Richtung und lief dann ins Badezimmer.

Die weißen Türme

Malú

Malú stand an der Bushaltestelle und bereute *alles*. Auf der Straße krochen Autos vorbei, während sich Motorräder mit lautem Röhren durch den zähfließenden Verkehr drängten. Menschen eilten über den Gehsteig, und eine ganze Traube an Leuten wartete an der Haltestelle, an der soeben ein vollgestopfter Bus abfuhr.

Unwillkürlich musste Malú an ihr altes Zuhause denken. In Puddleston gab es genau zwei Bushaltestellen. Dort warteten zu keiner Tageszeit mehr als fünf oder sechs Leute. Die meisten davon kannte Malú mit Namen.

Im Gegensatz dazu bereitete ihr das Londoner Gewimmel ein unangenehmes Gefühl. So, als würde sie einen kratzigen Wollpullover tragen. Als ein Cockerspaniel direkt neben ihr zu bellen anfing, war sie kurz davor, zum Haus ihrer Oma zurückzulaufen.

Flo wiederum schien das Getümmel nicht zu beeindrucken. Sie stellte sich auf die Zehen, um die elektronische Infotafel über der Bushaltestelle zu lesen.

»Super«, verkündete sie. »Unsere Linie kommt in drei Minuten.«

»Bist du sicher?«, fragte Malú verzagt.

»Klar«, erwiderte Flo. »Ich habe mir gestern noch die richtige rausgesucht. Schau.« Sie zog einen Fahrplan aus der Seitentasche ihres Rucksacks und hielt Malú eine Seite mit sich wild überkreuzenden bunten Linien unter die Nase.

»Das sieht ziemlich chaotisch aus«, sagte Malú.

Flo zuckte mit den Schultern. »Ach, du findest dich schnell zurecht hier«, behauptete sie. »Papa, Essie und ich sind letzte Woche schon einmal quer durch die Stadt mit dem Bus gefahren. An Big Ben vorbei und bis zum Tower von London. Der wird von sechs Raben bewacht, wusstest du das?«

»Nein«, setzte Malú an, aber da plapperte Flo auch schon weiter.

»Oh, beinahe vergessen!«, rief sie und zerrte ein giftgrünes Walkie-Talkie aus ihrem Rucksack. »Hier«, sagte sie und hielt es Malú entgegen. »Falls wir uns trennen oder verlieren sollten.«

»Verlieren?«, wiederholte Malú, doch bevor diese schreckliche Vorstellung sich festkrallen konnte, zupfte Flo sie am Ärmel.

»Unser Bus!«, rief sie und zog Malú zu der Schlange vor dem Buseinstieg. Malú klammerte die Hand um das Walkie-Talkie und fragte sich, worauf um Himmels willen sie sich eingelassen hatte.

Die St.-Pauls-Kathedrale war gewaltig. Neben zwei Uhrtürmen aus weißem Stein besaß sie eine Kuppel und hohe Säulen, die den Haupteingang säumten wie eine Ehrengarde steinerner Soldaten.

Rund um das Gebäude tummelten sich die unterschiedlichsten Menschen, doch Malú und Flo hatten nur Augen für eines: Die Statue einer gekrönten Frau, die auf dem Platz vor der Kathedrale stand.

»Da haben wir sie ja, die Königin«, meinte Flo.

»Ist das dann schon der zweite Hinweis?«, fragte Malú. »Führt die Spur der Königin zu dieser Statue?« Wenn ja, dann würde das hier ein sehr kurzes Abenteuer werden. Was für Malú mehr als in Ordnung wäre.

»Hm«, machte Flo und stemmte die Hände in die Hüften. »Das wäre zu einfach, oder? Ich schlage vor, wie sehen uns erst mal ein bisschen um. Irgendwas muss uns verraten, wie wir weitermachen sollen.«

Malú schluckte, aber sie nickte. Das Getümmel um sie herum machte sie immer noch nervös, aber das wollte sie sich vor Flo nicht anmerken lassen.

Sei. Kein. Angsthase, befahl sie sich. Sie straffte die Schultern und konzentrierte sich auf die Vorderseite der Statue, während Flo um sie herum zu ihrer Rückseite rannte.

Soweit Malú sehen konnte, gab es an der Statue nichts Auffälliges. Die Königin aus weißem Marmor stand hoch aufgerichtet auf ihrem Sockel und hielt ein Zepter und eine Kugel in jeweils einer Hand.

Malú versuchte gerade, die Inschrift auf dem Sockel zu entziffern, als Flo nach ihr rief.

»Malú!«

Rasch sah Malú sich um. Flo stand einige Meter von ihr entfernt auf dem Platz und deutete aufgeregt auf den Boden. Malú lief zu ihr. Direkt vor Flos grünen Turnschuhen befand sich eine runde Messingplakette. In der Mitte der Plakette prangte das Bild einer Krone.

»Jubilee Walkway«, las Flo den Schriftzug vor, der die Krone umgab. »Kannst du nachsehen, was das bedeutet?«

»Klar«, sagte Malú, zückte ihr Handy und tippte die Worte in das Suchfenster. »Ha«, entfuhr es ihr. Sie hatte sich eigentlich nie viel aus Rätseln gemacht, aber diese Spurensuche machte *Spaß*.

»Der Jubilee Walkway ist ein Rundweg«, las sie vor. »Den haben sie zum fünfundzwanzigsten Jubiläum von Königin Elisabeth II. angelegt. Er führt in einer Schlaufe durch London, und man kann ihn in östlicher und westlicher Richtung gehen.«

Malú und Flo wechselten einen Blick.

»Die westliche Spur der Königin«, sagte Flo triumphierend und hob eine Hand. »High Five!«

Malú grinste und schlug ein.

Kein Plan ist auch keine Lösung

George

Das Mädchen mit dem Sterntörtchen. Nicht zu fassen.

George stand auf der Treppe, die zur Kathedrale hinaufführte, halb versteckt hinter einer Säule. Von dort aus beobachtete er, wie das Mädchen, mit dem er gestern zusammengeprallt war, Wonderlys Karte zusammenfaltete und in eine Seitentasche ihres Rucksacks steckte.

Sein Herz hämmerte im Galopp. Sie hatte ihm die Karte doch zurückgegeben? Hatte er die Karte direkt nach ihrem Zusammentreffen verloren? Und die wichtigste Frage: Was sollte er jetzt tun?

George war so fixiert darauf gewesen, die Karte aufzuspüren, dass er nicht darüber nachgedacht hatte, was er tun würde, wenn er dem Finder oder der Finderin tatsächlich begegnete.

Sollte er zu den beiden Mädchen gehen, und sie bitten, ihm die Karte zurückzugeben? Das könnte Probleme geben, denn nun, da sie den Inhalt der Karte kannten, würden sie George garantiert Fragen stellen. Er durfte ihnen jedoch auf keinen Fall erklären, woher die Karte kam, oder wie sie funktionierte. Bei seinem Praktikumsantritt hatte er eine lange Liste mit Regeln der Geheimgesellschaft bekommen. Die ersten beiden und absolut wichtigsten Regeln lauteten:

1. Verlieren Sie kein Wort über Magie gegenüber Uneingeweihten.

2. Verlieren Sie KEIN Wort über Magie gegenüber Uneingeweihten.

George zupfte nervös am Saum seines Pullunders. Er könnte den Mädchen die Karte wegnehmen. Aber wie sollte er das anstellen? Sich anschleichen, die Karte aus dem Rucksack reißen und davonrennen?

Bei der Vorstellung fühlte er sich ganz schummerig. Nicht nur, weil er mit Sicherheit über seine eigenen Füße stolpern würde, sondern auch weil es ihm schäbig vorkam, die Mädchen so zu erschrecken.

Unschlüssig verharrte er hinter der Säule, bis die Mädchen sich mit der flachen Hand abklatschten. Offenbar hatten sie den nächsten Teil des Hinweises entschlüsselt.

Als die beiden losliefen, beschloss George, ihnen vorerst heimlich zu folgen. Das war nicht feige, sagte er sich. Das war eine taktische Entscheidung.

Er konnte sich später immer noch überlegen, wie er an sie herantreten würde.

Die Spur der Königin

Malú

Die Plaketten des Jubilee Walks führten sie durch Fußgängerzonen, vorbei an U-Bahn-Stationen, über einen gepflasterten Platz und an einem Park entlang.

Flo hatte einen Kompass dabei, der sie zuverlässig in den westlichen Teil der Stadt lotste. Malú war überrascht, wie gut Flo ausgestattet war. Sie selbst hatte nicht einmal daran gedacht, ihre bequemen Turnschuhe anzuziehen. Flo jedoch war eindeutig ganz in ihrem Element, und sie plapperte wie ein Wasserfall.

Malú wusste jetzt, dass Flos Papa am King's College in der Stadtmitte unterrichtete, dass seine Freundin ein Baby erwartete, und dass Flos Lieblingsessen Spaghetti Bolognese war. Umgekehrt hatte Flo Malú über ihren Umzug und ihre Familie ausgefragt.

Malú erwähnte ihren Garten nicht, sondern sagte nur, dass sie und ihre Eltern wegen des Jobs ihrer Mutter nach London gezogen waren. Flo hörte aufmerksam zu. Und obwohl Malú das Wort Heimweh nicht in den Mund nahm, bemerkte Flo: »Du bist nicht happy mit dem Umzug, oder?«

Malú schluckte überrascht. »Ähm«, machte sie und fügte dann leiser hinzu: »London ist ziemlich anders als unser altes Zuhause.«

»Das glaube ich gleich«, sagte Flo. »Bei euch fand bestimmt keine geheimnisvolle Schnitzeljagd statt, oder?«

Malú musste schmunzeln. »Nicht, dass ich wüsste.«

Flo sprang über eine Pfütze und wiederholte den zweiten Teil des Hinweises. »*Ein Bauer, der keine Felder pflügt.* Wie sollen wir den denn finden? Wir können ja schlecht jeden fragen, der uns begegnet: Hey, sind sie zufällig Bauer von Beruf?«

Genau in diesem Moment kam ihnen ein Mann in Hemd und Krawatte entgegen. Flo zwinkerte Malú zu und tat so, als wollte sie direkt auf ihn zulaufen, um ihn anzusprechen.

»Nicht«, zischte Malú und hielt Flo am Arm zurück.

Flo lachte. »Was denn?«, sagte sie grinsend. »Findest du nicht, der sieht aus, als würde er Rüben anbauen?«

Malú schnaubte. »Ganz bestimmt nicht«, murmelte sie. »Außerdem: Bei den anderen Rätseln ging es darum rauszufinden, welche unterschiedlichen Bedeutungen ein Wort haben kann. Ich wette, das ist hier genauso.«

Flo überlegte. »Also suchen wir nicht nach einem Menschen, der von Beruf Bauer ist.«

Malú nagte an ihrer Unterlippe. Ein Bauer, der keine Felder pflügte. Was könnte damit gemeint sein? Ein anderes Wort für Bauer ist Farmer, vielleicht –«

»Oh«, hauchte Flo und blieb plötzlich stehen. Sie sog scharf die Luft ein, dann tippte sie aufgeregt an Malús Arm. »Ich hab's!«

»Was –«, begann Malú, aber da lief Flo auch schon den Weg zurück, den sie gekommen waren.

»Hey!«, rief Malú und setzte ihr nach. Sie rannten bis zu

einer Abzweigung, dann blieb Flo stehen und zeigte triumphierend auf das Straßenschild, das dort an einem Zaun hing.

»Birdcage Walk«, las sie vor. »Vogelkäfigweg.«

Als Malú sie nur verständnislos ansah, erklärte sie: »Das Schild ist mir vorhin schon aufgefallen, aber erst als du das mit dem Wortspiel gesagt hast, habe ich mich erinnert: Bauer ist ein altes Wort für Vogelkäfig.«

Malú war beeindruckt. »Woher weißt du das?«

»Mein Paps liebt Kreuzworträtsel«, antwortete Flo. »Wenn er ein Wortspiel besonders gut findet, schreibt er es auf einen Klebezettel und pappt es an unseren Kühlschrank. ›Transportables Behältnis für Vögel mit fünf Buchstaben‹ klebte da zwei Wochen lang.«

Flo hatte also nicht nur einen Kompass dabei, sie hatte auch Übung im Rätsellösen. »Du bist echt perfekt auf eine Schnitzeljagd vorbereitet«, sagte Malú anerkennend.

Flo wurde rot, aber sie lächelte. »Wir sind ein gutes Team. Wollen wir weiter?«

Malú spürte, wie ihre eigenen Wangen ein bisschen warm wurden. Während sie den Birdcage Walk hinuntergingen, fühlten sich ihre Schritte leichter an. Vielleicht kam sie mit Abenteuern doch besser klar, als sie befürchtet hatte.

»Bisher waren die Rätsel ziemlich einfach, oder?«, redete Flo weiter. »Die nächsten sind bestimmt schwieriger zu lösen. Allein schon das mit dem Garten des schlafenden Wurms. Was meint dieser Wonderly denn damit, was glaubst du?«

»Keine Ahnung«, antwortete Malú. »Vielleicht geht's um schläfrige Regenwürmer?«

Flo kicherte. »Oder dösige Wattwürmer.«

»Gähnende Blutegel«, schlug Malú vor und schauderte. Einmal war sie bei einer Umweltschutzaktion durch einen Teich gestapft, um ihn von dem Müll zu befreien, den Leute im Wasser versenkt hatten. Als sie herauskam, klebten Dutzende Egel an ihren Gummistiefeln. Extrem eklig war das gewesen.

»Oder Drachen«, sagte Flo und riss Malú damit aus ihren Gedanken.

»Was?«, fragte sie verdutzt. Dann fiel ihr Blick auf das schmiedeeiserne Tor, neben dem Flo stehen geblieben war. An einem Sandsteinpfeiler zwischen Tor und Zaun hing ein Schild, auf dem ein schlangenartiger Drache mit Krallen und Flügeln eingezeichnet war. Darunter stand in geschwungenen Buchstaben:

Prof. Dr. Evelyn Killian. Kryptozoologin.

Flo fuhr den Leib des Drachens mit dem Finger nach. »Du bist unser nächster Hinweis, nicht wahr?«

Sie wirkte zufrieden mit ihrem Fund, aber Malú war verunsichert.

»Und jetzt?«, fragte sie. Hinter dem Tor führte ein kurzer Weg zu einem zweistöckigen Haus aus braunem Backstein. Das hier war kein öffentlicher Ort, wie die Kathedrale. Hier wohnte jemand.

Malú überlegte, was das für ihre Suche bedeutete, da drückte Flo bereits auf die Klingel unter dem Drachenschild.

»Flo!«, rief Malú erschrocken. Man klingelte doch nicht einfach so bei fremden Leuten an der Haustür.

Noch bevor der Schreck über Flos Dreistigkeit ganz angekommen war, ging die Haustür auf. Eine Dame mit kurzem grauen Haar, blauer Brille und Turnschuhen trat ins Freie.

»Hallo?«, rief sie. »Kann ich euch helfen?«

Malús Mund war so staubtrocken, dass sie nicht einmal einen Pieps herausgebracht hätte.

»Entschuldigung«, rief Flo. »Ist das hier der Garten des schlafenden Wurms?«

Malú wäre am liebsten vor Scham im Boden versunken. Die Frau runzelte die Stirn und ging auf sie zu.

»Wie kommt ihr denn darauf?«, fragte sie, als sie am Tor angekommen war.

Flo warf Malú einen fragenden Blick zu, aber Malú war heillos überfordert. Schließlich zog Flo die Karte aus dem Rucksack und zeigte sie der Frau.

»Wir haben diese Karte gefunden«, erklärte Flo. »Und der Hinweis darauf hat uns hierhergeführt.«

Die Frau betrachtete die Karte überrascht. »Walter Wonderly«, murmelte sie beim Blick auf die Überschrift.

»Wissen sie, wer das ist?«, fragte Flo.

»Ich fürchte nein.« Die Frau gab Flo die Karte zurück. »Aber ich schätze, er wusste von diesem Ort.«

»Soll das heißen …?«, fragte Flo hoffnungsvoll.

»Ja«, antwortete die Frau mit einem amüsierten Funkeln in den Augen. »Du hast recht. In meinem Garten schlafen tatsächlich Würmer. Wenn man so will.«

Flo stieß Malú mit dem Ellbogen in die Seite. »Dürfen wir den Garten sehen?«, fragte sie.

Die Frau lächelte. »Ich schätze, dagegen ist nichts einzuwenden.« Sie öffnete das Tor und trat beiseite, um die Mädchen einzulassen. »Mein Name ist Evelyn Killian. Und ihr seid?«

Malú stand auf der Schwelle des Hauses und sah zu, wie Professor Killian den Flur hinunter ging.

»Alles okay bei dir?«, fragte Flo mit besorgtem Blick.

»Bist du sicher, dass wir das hier tun sollten?«, fragte Malú. leise zurück.

Flo hob überrascht die Brauen. »Was meinst du? In den Garten gehen?«

»Zu einer Fremden ins Haus zu gehen«, flüsterte Malú.

Flo runzelte die Stirn. »Wir gehen ja nicht ins Haus«, sagte sie. »Wir gehen durch das Haus in den Garten.«

Als ob das einen Unterschied machte! Wenn es hier überhaupt einen Garten gab. In diesem Viertel, in dem sich ein Haus ans nächste reihte, dürfte das wohl eher ein Hinterhof sein. Malú stellte sich eine geflieste Terrasse und Blumenkübel mit mickrigen Geranien vor.

Doch Flo lief bereits ins Haus, und obwohl Malú das alles nicht geheuer war, wollte sie Flo nicht alleine lassen. Also folgte sie ihr, quer durch den Hausflur bis in ein Wohnzimmer. Dort wartete Professor Killian vor einer verglasten Tür, die vermutlich in den Hinterhof hinausführte.

»Professor Killian?«, fragte Flo, doch die wedelte die förmliche Anrede mit einer Handbewegung beiseite.

»Nennt mich Evelyn«, bat sie.

»Was ist eine Kryptozoologin?«, wollte Flo wissen.

Bei der Frage zuckten Evelyn Killians Mundwinkel nach

oben. »Das zeige ich euch besser, als dass ich es erkläre.« Mit diesen Worten öffnete sie die Glastür und trat ins Freie.

Malú hatte kaum den Fuß nach draußen gesetzt, da fiel ihre Vorstellung von einem kargen Hinterhof wie ein Kartenhaus in sich zusammen. Hinter dem Haus wartete eine grüne Oase. Es gab tatsächlich eine Terrasse, aber drum herum wucherten Pflanzen, die Malú niemals in der Großstadt vermutet hätte. Direkt neben der Tür bauschten sich die violetten Blüten eines Sommerflieders. Ganze Büsche aus Oregano und Rosmarin prangten in großen Tonkübeln. Anemonen und Lavendel säumten einen Kiesweg, der tiefer in den Garten führte.

Malú blieb wie angewurzelt stehen. Flo zwängte sich an ihr vorbei und überquerte die Terrasse. Staunend drehte sie sich im Kreis. Ganze Schmetterlingsschwärme flatterten im Garten umher. Kohlweißlinge und Kleine Füchse taumelten um den Flieder herum und Zitronenfalter tanzten über den Lavendelblüten.

»Wow!« Flo hatte das Wort kaum ausgesprochen, da landete ein weißer Schmetterling auf ihrer Schulter.

»Heilige Himbeerschnitte!«, flüsterte sie andächtig. Der Schmetterling verließ ihre Schulter, tänzelte über die Terrasse und heftete sich an die Vorderseite von Malús T-Shirt.

»Hier schläft überhaupt niemand«, sagte Flo, während sie den Schmetterlingen mit ihrem Blick folgte. »Die sind alle hellwach!«

Evelyn Killian lachte. »Ja, die Schmetterlinge auf jeden Fall! Aber um die geht es in eurem Hinweis vermutlich nicht.«

Sie führte die Mädchen in den Windschatten eines Ahornbaumes. Hier standen Schalen mit Orangenscheiben, auf denen noch mehr Schmetterlinge saßen. In Gläsern voller Laub krochen Raupen über Blätter und mampften genüsslich vor sich hin.

Malú begriff: Das hier war eine Schmetterlingsfarm! Evelyn Killian züchtete Schmetterlinge.

Wie zur Bestätigung deutete die Professorin auf ein Gestänge aus Holz, an dem Dutzende Kokons hingen. Fasziniert trat Malú näher. Die Kokons waren hellgrün, schimmerten jedoch wie ein Regenbogen, wenn das Sonnenlicht sie streifte.

Zu Hause hatte Malú bereits einige Schmetterlingskokons gesehen, aber diese hier waren erstaunlich groß.

»Was sind das für Schmetterlinge?«, fragte sie.

Evelyn Killian verschränkte die Arme vor der Brust. »Das sind keine Schmetterlingskokons«, sagte sie. »Das, meine Liebe, sind Lindwürmer.«

Die Lindwurmzüchterin

Flo

Flo beugte sich über die Reihe aus Kokons. Ihre Fingerspitzen kribbelten, so gerne wollte sie die schimmernden Hülsen berühren. »Sind das wirklich Lindwürmer?«, fragte sie.

»In ihrem Larvenstadium, ja«, antwortete Evelyn Killian. »Wenn sie geschlüpft sind, sehen sie aus wie …«

»… der Drache an ihrer Klingel?«, unterbrach Flo aufgeregt. Ein Schlangenkörper, Flügel, zwei Tatzen: Solche Wesen schlummerten in diesen Hülsen?

»Ganz genau«, bestätigte Evelyn.

Flo sah zu Malú. Die hatte die Arme vor der Brust verschränkt und betrachtete die Kokons mit einem Stirnrunzeln.

Sie glaubt nicht, dass das Lindwürmer sind, dachte Flo und kam sich im selben Moment sehr albern vor. Natürlich glaubte sie auch nicht, dass das hier Lindwürmer waren. Solche Wesen gab es nur in Märchen und Sagen.

Und trotzdem fiel ihr Blick wieder auf die Kokons. Wenn die Sonne auf sie fiel, leuchtete ihre Haut wie Edelsteine.

»Jetzt hätte ich mal eine Frage«, verkündete Evelyn. »Wo habt ihr diese mysteriöse Karte eigentlich her?«

Ihre Stimme klang nicht vorwurfsvoll. Dennoch fühlte sich Flo ertappt. »Ich habe gesehen, wie jemand die Karte verloren hat«, antwortete sie. »Ich wollte sie ihm zurückgeben, aber er war so schnell weg, dass er mich nicht rufen gehört hat.«

»Dieser Jemand hat die Karte verloren?«, fragte Evelyn. »Und du warst zufällig in der Nähe, um sie einzusammeln?«

Flo nickte.

»Hm«, machte Evelyn. »Eigenartig. Höchst eigenartig.«

»Wissen Sie, warum die Karte uns hierhergelotst hat?«, fragte Flo.

»Leider nicht«, antwortete Evelyn. »Aber ich vermute, mein Vorgänger könnte dir das beantworten. Ich habe dieses Haus und die Lindwurmzucht erst vor fünf Jahren übernommen. Davor gehörte das alles hier Professor Heuvelmans.« Evelyn gab ein schnaubendes Lachen von sich. »Wenn jemand seinen Garten in eine geheimnisvolle Schnitzeljagd mitaufgenommen hätte, hätte ihm das bestimmt gefallen. Er war ein seltsamer Kauz, aber ein sehr guter Kryptozoologe.«

»So wie sie?«, fragte Flo.

»Genau.«

Flos Blick streifte erneut zu den Kokons. Nicht anfassen, sagte sie sich. Nicht. Anfassen. »Sind … sind Kryptozoologen Lindwurmzüchter?«, fragte sie, und trat zur Sicherheit einen Schritt zurück.

»Nicht wirklich«, antwortete Evelyn Killian. »Die Zucht ist so was wie mein Hobby im Ruhestand. Eigentlich erforschen Kryptozoologen seltene und unentdeckte Tiere und folgen ihren Spuren überall auf der Welt.«

Flos Mund klappte vor Staunen auf. Was war das bitte für ein genialer Beruf?

»Was für Tiere meinen Sie?«, schaltete Malú sich ein.

»Oh, alle möglichen Kreaturen«, antwortete Evelyn Kilian. »Bunyips, Yetis, Wasserhunde, Seeungeheuer und so weiter.«

»Sie meinen, so was wie das Ungeheuer von Loch Ness?«, fragte Malú.

»Zum Beispiel«, bestätigte Evelyn.

Malú öffnete den Mund und schloss ihn gleich wieder.

Evelyn schien jedoch zu wissen, was sie hatte sagen wollen. »Du denkst, dass es solche Tiere nicht gibt, oder?« Sie lächelte und zuckte mit den Schultern. »Da bist du bei weitem nicht die Einzige. Aber ich halte es mit der alten Weisheit: Es gibt mehr Dinge auf unserer Erde, als wir uns überhaupt ausmalen können.« Ein Schmetterling kam herbeigeflattert, und als Evelyn ihre Hand ausstreckte, landete er auf ihrer Handfläche. »Jedes Jahr entdecken Menschen Tausende bisher unbekannter Pflanzen und Tiere. Wir denken vielleicht, wir haben mittlerweile jeden Winkel der Welt erforscht und alles entdeckt, was es zu entdecken gibt. Aber in Wahrheit gibt es noch jede Menge Geheimnisse, die wir nicht entschlüsselt haben. Manche davon an den abgelegensten Orten. Andere direkt vor unserer Haustür.«

Bei ihren Worten hatte Flo das Gefühl, als würde sich tief in ihrem Herzen ein Knoten lösen. Sie brannte darauf, mehr zu hören. Sie wollte wissen, welche seltsamen Wesen Evelyn bereits gesehen hatte. War es möglich, dass Lindwürmer tatsächlich existierten? Und wenn ja, welche Wunder hatten sich bisher noch vor ihr verborgen? Der Gedanke ließ Flos Herz schneller schlagen.

»Wann werden die Lindwürmer schlüpfen?«, fragte sie.

Evelyn wedelte mit ihrer Hand und der Schmetterling flog davon. »Schwer zu sagen. Eigentlich sollten sie mittlerweile genügend Sonne aufgesogen haben, aber irgendetwas verlangsamt ihre Metamorphose. Diese Kokons hängen hier schon seit vierzig Jahren.«

»Das heißt, Sie haben noch gar keinen Lindwurm gesehen?«, hakte Malú nach. Ihr Blick huschte zu Flo und der Zweifel stand ihr ins Gesicht geschrieben.

»Nein, leider nicht«, sagte Evelyn. »Aber wenn ich eines durch meine Forschung gelernt habe, dann ist es Geduld. Geduld und auf das Beste hoffen.« Sie neigte den Kopf. »Das müsstet ihr beide doch nachvollziehen können? Schließlich glaubt ihr, dass euch diese Karte zu einer magischen Quelle führen wird?«

Flo wechselte einen weiteren Blick mit Malú. »Wir denken, damit ist irgendein Preis gemeint. Etwas, das man am Ende der Schnitzeljagd bekommt.«

»Hm«, machte Evelyn. Mehr sagte sie nicht und etwas an ihrem Schweigen ließ Flo hellhörig werden. Evelyn hatte zwar behauptet, dass sie nichts über die Karte oder die Schnitzeljagd wusste, aber was, wenn das nicht stimmte?

»Könnte der Preis hier im Garten versteckt sein?«, fragte Flo vorsichtig.

Evelyn schmunzelte. »Die Quelle der Magie in meinem Garten?«, fragte sie. »Das bezweifle ich doch schwer.«

»Aber die Kerze muss hier sein«, beharrte Flo. »Die Kerze, die nicht brennt? Ich meine, *deren Docht keine Flamme entfacht*?«

Evelyn schüttelte den Kopf. »Tut mir leid. Das sagt mir nichts.«

Sie verzog keine Miene, aber je mehr sie abstritt, etwas zu wissen, umso misstrauischer wurde Flo. Was, wenn Evelyn eingeweiht war und nur darauf wartete, dass Flo und Malú die richtigen Fragen stellten?

»Was, wenn es keine richtige Kerze ist?«, sagte Flo und beobachtete Evelyns Gesichtsausdruck. »Es könnte ein Wortspiel sein. Wie Bauer und Vogelkäfig.«

»Clever«, meinte Evelyn. Täuschte sich Flo, oder zuckten ihre Mundwinkel zu einem winzigen Lächeln?

»Vielleicht ist es eine Blume«, sagte Malú plötzlich.

Überrascht drehte sich Flo zu ihr um.

»In unserem Garten daheim hatten wir jede Menge Phlox«, erklärte Malú. »Ein anderer Name dafür ist Flammenblume.«

Flo hätte sie umarmen können. »Wir sind mitten in einem Garten«, rief sie. »Das ist bestimmt kein Zufall!« Erwartungsvoll sah sie zu Evelyn Killian, doch die hob entschuldigend die Hände.

»In der Angelegenheit kann ich euch nicht helfen«, sagte sie. »Ich kenne die Namen der Hälfte der Blumen, die hier wachsen, nicht. Ich kann die Spuren eines Dobhar-chú lesen, aber um meine Pflanzen kümmert sich ein Gärtner. Aber ihr dürft euch gerne umsehen. Vorausgesetzt, ihr ruft mich, falls ihr doch eine magische Quelle findet.«

Flo strahlte. »Abgemacht.«

Sie hatten den Ahornbaum kaum hinter sich gelassen, da lehnte sich Flo zu Malú. »Ich glaube, diese Evelyn weiß mehr, als sie verrät«, raunte sie.

»Ich glaube, sie veralbert uns«, gab Malú ebenso leise zurück.

»Was? Wieso?«, fragte Flo verdutzt.

Malú warf ihr einen Seitenblick zu. »Es gibt keine Lindwürmer, Flo.«

Ihr ernster Tonfall versetzte Flo einen Stich. Genau diesen Ton schlugen die Leute immer an, wenn Flos Phantasie mit ihr durchging. »Das weiß ich«, sagte sie schnell. »Aber vielleicht gehört sie zu den Leuten, die die Schnitzeljagd organisieren? Und sie verrät es uns nicht, weil das gegen die Spielregeln verstoßen würde?«

»Hmm«, machte Malú, aber immerhin wiegelte sie diese Möglichkeit nicht sofort ab.

Flo biss sich auf die Lippe. Sie musste vorsichtiger sein. Malú schien zwar Spaß an der Schnitzeljagd zu haben, aber wenn Flo zu sehr abdrehte, dann würde Malú vielleicht lieber auf Abstand zu ihr gehen. Es wäre bei weitem nicht das erste Mal, dass Flos Begeisterung überschwappte und andere abschreckte.

Für den Moment zumindest schien Malú mit an Bord zu sein. Sie streifte mit einer Hand über die Lavendelsträucher neben dem Pfad, zupfte einen Stängel ab und schnupperte an der Blüte. Je tiefer sie in den Garten vordrangen, umso mehr entspannte sich ihre Miene.

Flo atmete erleichtert aus. »Wonach genau suchen wir eigentlich?«, fragte sie. »Nach den Flammenblumen? Oder gibt es noch andere Pflanzen mit Feuer oder Flammen im Namen?«

Malú drehte den Lavendelzweig zwischen den Fingern, dann steckte sie sie zwischen die zusammengeflochtenen Stofffäden ihres Armbands. »Es gibt sogar eine Menge«, sagte sie. »Feuerlilien zum Beispiel oder Feuersalbei.« Sie sah sich um, dann warf sie einen Blick auf ihre Armbanduhr. »Viel Zeit haben wir nicht mehr.«

Flos Herz machte einen Satz. Sie hatte ganz vergessen, dass sie zum Tee mit Malús Oma verabredet waren, die Flo kennenlernen wollte.

»Dann teilen wir uns am besten auf, oder?«, fragte sie. »Du suchst die linke Seite des Gartens ab und ich die rechte?«

Malú kaute wieder auf ihrer Unterlippe. »Okay, aber wir dürfen uns echt nicht verspäten.«

»Werden wir nicht, versprochen«, sagte Flo und lief los, bevor Malú noch etwas einwenden konnte.

Komm schon, sagte sie sich. *Wir müssen nur noch ein Rätsel lösen.* Das musste doch zu schaffen sein.

Vorsichtig trat Flo über ein Lavendelbeet und bog um einen Busch voller purpurner Blüten. Überhaupt gab es in diesem Garten viele Lilatöne. Hier wuchsen violette Blumen mit kugelrunden Blütenköpfen, dort krautige Bodendecker mit fliederblauen Knospen …

Flo blieb stehen. Da gab es eine klitzekleine Sache, die sie nicht bedacht hatte. Sie hatte keine Ahnung, wie irgendeine dieser Pflanzen hieß.

»Na, ganz toll«, murmelte sie. »Und jetzt?« Sie drehte sich im Kreis, aber leider ploppten keine Schilder aus der Erde, die ihr verraten hätten, mit welchen Gewächsen sie es zu tun hatte.

Was hatte Malú gesagt? Feuerlilien und Flammende Herzen? Ob diese Blumen vielleicht die Farbe von Feuer hatten? Orange oder Rot oder Ähnliches?

Ratlos sah sie sich um, als ein einzelner Schmetterling auf sie zuschwebte.

»Whoa«, machte Flo. Der Schmetterling war nicht nur so groß wie ihr Handteller, seine Flügel schillerten pink, blau und golden. So einen hatte Flo noch nie gesehen.

Noch bevor sie reagieren konnte, landete das Insekt direkt auf ihrem Kopf. Flo lachte überrascht. Der Schmetterling taumelte zurück, verharrte jedoch wenige Zentimeter vor ihr flatternd in der Luft. So, als würde er auf sie warten. Aber das war unmöglich. Oder nicht?

Flo ging einen Schritt vor, und der Schmetterling flog ein paar Flügelschläge voraus. Noch ein Schritt, und wieder wippte der Schmetterling durch die Luft, als wollte er sie anlocken.

»Okay«, flüsterte Flo. »Dann zeig mir mal, wo du hinwillst.« Ihr Herz machte einen Satz, als der Schmetterling davontänzelte. Sie folgte ihm, ohne die Augen abzuwenden, bis er auf einer Blume direkt an der Gartenmauer landete. Flo blieb stehen, und der Falter zwinkerte mit den Flügeln, als wollte er sagen: Hier. Genau hier bist du richtig.

Flo wischte sich über die Augen, aber der Schmetterling war noch immer da. Und Flo wusste sofort, dass das *die* Blume war. Sie stach hervor, nicht nur, weil der Schmetterling auf ihr ruhte und sie leuchtendgelbe Blüten hatte, sondern auch wegen ihres hohen Wuchses. Ihr Stängel ragte aus einem Fächer aus pelzigen Blättern empor und reichte fast bis zur oberen Kante der Gartenmauer. Dutzende Blüten sprossen aus der Spitze des Stängels und im Licht der Sonne schimmerten sie wie samtiges Zitronenmus.

»Malú!«, rief Flo. Der Lärm verscheuchte den Schmetterling, doch Flo hob trotzdem ihre Stimme: »Malú!«

Gras raschelte, und kurz darauf stand Malú an Flos Seite. Überrascht sog sie die Luft ein.

»Die Blume hat Flammen oder Feuer im Namen, oder?«, fragte Flo.

»Ha, nein«, lachte Malú. »Noch besser! Das hier ist eine Königskerze.«

Flo konnte nicht fassen, was hier passiert war. Sie sah sich um, aber der Schmetterling war längst fort. Hatte er sie wirklich mit Absicht hierhergeführt?

Sei nicht albern, Flo, sagte sie sich. Aber ihr Herz summte immer noch vor Aufregung.

Malú nahm indessen die Blume genauer unter die Lupe. »Auf jeden Fall eine Königskerze«, befand sie.

Sie klang ziemlich zufrieden, und das freute Flo. Doch schon im nächsten Augenblick setzte die Verwirrung ein.

»Warte«, sagte sie. »Das ist die Lösung? Das letzte Rätsel auf der Karte?«

»Scheint so«, sagte Malú. »Oder stand noch etwas anderes in dem Hinweis?«

Flo holte die Karte hervor. »*Benenne die Kerze, deren Docht keine Flamme entfacht*«, las sie vor. »Das hast du gemacht. Vielleicht musst du den Namen der Blume lauter sagen?«

»Ich glaube nicht, dass …«, begann Malú, aber da rief Flo auch schon:

»Königskerze!«

Nichts passierte. Flo sah sich um. Halb hoffte sie, dass Professor Killian auftauchen und ihnen sagen würde, dass sie das Rätsel gelöst hatten. Doch auch das geschah nicht.

Langsam ließ sie die Karte sinken. »Ich schätze, die Karte führt doch nirgendwohin«, gab sie mit gedrückter Stimme zu. Nur gut, dass sie Malú nichts von dem Schmetterling erzählt hatte. Natürlich hatte sie sich nur eingebildet, dass er sie zu dieser Blume geführt hatte.

Malú berührte sie am Ellbogen, und Flo zuckte zusammen. Doch Malú sagte nicht: ›Ich hab's dir doch gesagt‹ oder ›Schon peinlich, dass du geglaubt hast, hier wäre Magie im Spiel‹. Stattdessen musterte sie nachdenklich die Blume vor ihnen. »Vielleicht haben wir den richtigen Namen noch nicht ausgesprochen«, sagte sie. »Mrs. Lowe, unsere Nachbarin, nennt Königskerzen anders. Sie sagt Fackelblume.«

Als auch das nichts bewirkte, stieß Flo ein frustriertes Schnauben aus. »Kein Glück.«

»Hm«, machte Malú. »Wir könnten es noch mit dem lateinischen Namen versuchen.«

»Kennst du den etwa auch?«, fragte Flo.

Malú hielt vielsagend ihr Handy in die Höhe und tippte dann etwas auf das Display. Flo wartete angespannt.

»Okay«, sagte Malú. Sie starrte die Königskerze an wie eine Revolverheldin ihren Duellgegner. Dann sagte sie: »*Verbascum virgatum.*«

Mit angehaltenem Atem starrten sie beide auf die Pflanze.

Flo gab ihre Zurückhaltung auf. Sie wünschte sich mit aller Kraft, dass sich etwas an der Blume verändern würde. So sehr wünschte sie es sich, dass sie das leise Knistern der Schatzkarte zunächst ignorierte. Erst als ihre Fingerspitzen bitzelten, sog sie scharf die Luft ein.

Blitzschnell faltete sie Walter Wonderlys Stadtplan auseinander.

»Malú«, hauchte sie. Sofort lehnte sich Malú zu ihr heran, um besser sehen zu können.

Auf der Karte befand sich ein neuer Hinweis! In der rechten oberen Ecke prangte ein zweites Kästchen, das mit mehreren Sätzen gefüllt war. Die Buchstaben funkelten golden, bevor die Schrift wieder wie braune Tinte aussah.

»Was um aller Welt?«, sagte Malú. »Wie ist das passiert?«

»Ich weiß es nicht«, sagte Flo. Ihre Hände zitterten ein bisschen, so aufgeregt war sie. »Aber der Hinweis muss aufgetaucht sein, als du den lateinischen Namen der Blume gesagt hast!«

Ungläubig fuhr Malú mit dem Finger über das neue Textkästchen. »So funktioniert unsichtbare Tinte nicht«, sagte sie.

»Nein«, stimmte Flo zu, bevor sie sich wieder im Griff hatte. »So funktioniert magische Tinte!«

Der zweite Hinweis

Malú

Walter Wonderlys Wegweiser lag auf Evelyn Killians Gartentisch. Malú konnte den Blick nicht von ihm abwenden. Der zweite Hinweis prangte auf dem Stadtplan, als wäre er schon immer dort gewesen. Aber das war er nicht. Er war aus dem Nichts aufgetaucht. Wie war das möglich?

»*Finde das Wort auf den Wellen*«, las Flo zum dritten Mal vor. »*Sing das Lied der grünen Flut und schwimm mit den Pferden, die keine Wiesen kennen.*« Sie blies die Backen auf und ließ die Luft mit einem »Pah« entweichen. »Das wird knackig«, prophezeite sie mit einem glücklichen Lächeln.

Malú wiederum war sich gar nicht sicher, was sie von dieser Entwicklung ihrer Schnitzeljagd halten sollte. Sie wusste nur, dass sie das Auftauchen des zweiten Hinweises nicht erklären konnte, und das machte sie nervös.

»Zweifelsohne«, sagte Evelyn. Sie hatte sich dicht über die Karte gebeugt und ihre Brille auf die Nasenspitze geschoben. »Aber ich glaube, bei einer Sache kann ich euch weiterhelfen. Die Pferde, die keine Wiesen kennen?«

»Ja?«, drängte Flo sofort.

Evelyn richtete sich auf und schob ihre Brille die Nase hoch. »Das sind Kelpies«, sagte sie. »Wassergeister. Da gehe ich jede Wette ein.«

»Wassergeister«, wiederholte Malú. Sie wollte wirklich nicht unhöflich klingen, aber so ganz konnte sie ihren Argwohn nicht unterdrücken: Lindwürmer, Wassergeister, das war doch Unsinn.

Flo klatschte sich mit der flachen Hand auf die Stirn. »O Mann, na klar«, sagte sie. »Da hätte ich selbst draufkommen können!« Sie wandte sich zu Malú. »Mein Opa hat mir Märchen über Kelpies erzählt.«

Märchen, dachte Malú. Ganz genau.

»Aber in den Märchen leben die Kelpies im Hochland«, fuhr Flo fort. »In Schottland.«

»Ja, das stimmt«, sagte Evelyn. »Mir wäre auch neu, dass sie irgendwo anders gesichtet worden sind. Das muss aber nichts heißen. Und, na ja.« Sie tippte auf eine Linie unter dem zweiten Hinweis. »Das hier ist der Regent's Canal.«

»Ein Kanal«, sagte Flo. »Ein Wasserlauf!« Sie sprang auf und stützte sich mit beiden Händen auf dem Tisch ab.

»Flo …«, versuchte Malú sich einzumischen, aber Flo war Feuer und Flamme für die Kelpietheorie.

»Kelpies leben in fließenden Gewässern«, erklärte sie. »Könnte eines bis nach London gewandert sein?«

»Warum nicht?«, sagte Evelyn. »Mittlerweile suchen sich viele wilde Tiere in Großstädten ihr Revier. Es gibt auch Tausende Füchse in London.«

Aber Füchse sind real, wollte Malú dazwischenrufen. Es lag ihr auf der Zunge, aber sie brachte es nicht über sich, Evelyn ganz offen zu widersprechen. Sie suchte Flos Blick. Sie glaubte nicht wirklich, dass in den Kanälen irgendwelche Fabelwesen herumplantschten, oder?

»Dieser Teil des Kanals ist gar nicht so weit von unseren Häusern entfernt«, sagte Flo. »Da können wir locker mal nachsehen, ob wir ein Wort auf den Wellen finden.« Sie wandte sich an Malú. »Was sagst du? Bereit für die nächste Etappe?«

Malú öffnete den Mund, wusste aber nicht, was sie antworten sollte. Sie wünschte sich einen Moment, einen sehr langen Moment, um über alles, was sie heute erlebt und erfahren hatte, nachzudenken.

Als sie nicht antwortete, machte Flo ein langes Gesicht. Malú hatte noch nie eine Person getroffen, die ihre Gefühle so offen zeigte.

»Bist du gar nicht neugierig?«, fragte Flo.

Tja, und das war der Knackpunkt. Malú *war* neugierig. Und verunsichert. Und überwältigt. »Schon, aber Oma Helen wartet auf uns«, sagte sie ausweichend.

»Weiß ich doch«, sagte Flo. »Aber wir könnten morgen weitersuchen? Wir sind so ein gutes Team.«

Malú fühlte sich hin- und hergerissen. »Ich überleg es mir.«

Flo öffnete den Mund, aber bevor sie etwas erwidern konnte, ertönte jenseits des Gartens ein spitzer Schrei, gefolgt von einem rumpelnden Scheppern.

»Was zum …«, sagte Evelyn, während sich alle drei zur Gartenmauer umdrehten.

Spion wider Willen

George

Als die Mädchen in dem Haus aus braunem Backstein verschwanden, verfluchte George sich selbst und seine Unentschlossenheit. Was sollte er nun tun? Er konnte ihnen ja schlecht ins Gebäude hinterherschleichen.

In seiner Verzweiflung lief er an dem Tor mit dem Drachenschild vorbei und bog in eine Nebenstraße ab, bis ihn eine schmale Gasse zur Rückseite des Grundstücks führte. Dort versperrte eine Mauer die Sicht auf einen Garten, den George nur anhand einer Baumkrone erahnen konnte.

Das musste er sein: Der Garten des schlafenden Wurms! George hätte am liebsten laut aufgestöhnt. Verzweifelt sah er sich um, bis sein Blick auf einige Mülltonnen fiel, die an der Mauer standen. Wenn er dort hinaufkletterte … aber war das eine gute Idee?

»Das wird schon klappen«, murmelte er. Mit klopfendem Herzen stieg er auf die größte der Tonnen.

Wenn er sich auf die Zehenspitzen stellte, konnte er gerade so über die Mauer blicken.

Und so bekam er mit, wie die beiden Mädchen – Malú und Flo, wie er beim Lauschen herausfand – und die Kryptozoologin sich über einen neuen Hinweis auf der Karte unterhielten. Wonderlys Karte funktionierte also! Sie gab nach und nach Informationen preis. Georges Herzschlag summte so schnell wie die Flügel eines Kolibris. Die Gerüchte waren also wahr: Die Karte führte nicht nur zur Quelle der Magie, sie war selbst magisch!

Als die Mädchen darüber sprachen, dass sie am nächsten Tag den Regent's Canal absuchen wollten, reckte George sich noch höher. Er hoffte, wenigstens einen Blick auf die Karte erhaschen zu können. Dann vibrierte Georges Handy in seiner Hosentasche wie eine wütende Hornisse. George zuckte zusammen, die Mülltonnen knirschten, wankten – und krachten mit Getöse auf die Straße.

George konnte nur hoffen, dass das Scheppern der Tonnen seinen Schrei übertönt hatte. Er war so nah dran gewesen!

»Au«, ächzte er, während er sich aus dem Haufen umgestürzter Mülltonnen herauskämpfte. »Au, au, au.«

Er war wirklich der schlechteste Spion aller Zeiten. Mit schmerzender Hüfte humpelte er davon und zog das Handy aus der Tasche. Er rief seine Nachrichten auf, und das Herz rutschte ihm in die Hose:

[12:43 Lavinia F.F.:] Wo steckst du???

Souvenir

Malú

Sie fanden nicht heraus, was den Lärm verursacht hatte.

»Vermutlich eine Katze«, sagte Evelyn Killian, während sie Malú und Flo zur Haustür begleitete. »Oder ein Waschbär. Wäre ja passend, wo wir es gerade von wilden Tieren in der Stadt hatten.«

Draußen vor dem Haus blieb Flo stehen. »Vielen Dank für Ihre Hilfe«, sagte sie und streckte Evelyn die Hand entgegen.

Die Professorin schüttelte Flos Hand mit einem amüsierten Lächeln. »Nichts zu danken«, antwortete sie. »Ich hoffe, ihr habt weiterhin Erfolg bei eurer Suche.«

»Danke«, gab Flo zurück. »Das hoffen wir auch!«

Wir. Malú starrte auf ihre Schuhspitzen. Sie wusste immer noch nicht, ob sie weitermachen wollte.

»Wenn ihr die Schnitzeljagd bis zum Schluss durchzieht, vielleicht habt ihr ja Lust, noch einmal vorbeizuschauen?«, fragte Evelyn. »Ich bin neugierig, was ihr am Ziel finden werdet.«

»Das machen wir«, versprach Flo sofort.

»Schön«, sagte Evelyn. »Und hier, das ist für euch.«

Als Malú den Kopf hob, hielt die Professorin ihnen ein Marmeladenglas mit einem Tuch über der Öffnung entgegen. Darin hing an einem Ast einer der Regenbogenkokons.

Flo sog scharf die Luft ein, doch als Evelyn ihr das Glas geben wollte, wich sie einen Schritt zurück.

»Geben Sie's besser nicht mir«, sagte sie. »Bei mir, ähm, fallen Sachen ziemlich oft auf den Boden. Malú?«

Malú machte einen Schritt rückwärts, aber da hatte Evelyn ihr das Glas auch schon in die Hände gedrückt.

»Stell es irgendwohin, wo es schön viel Sonne bekommt«, sagte sie.

»Danke«, murmelte Malú.

Die Professorin nickte den Mädchen zum Abschied zu. »Eins kann ich euch noch mit auf den Weg geben«, sagte sie und sah dabei direkt in Malús Augen. »Magie ist überall dort, wo wir sie sehen möchten.«

Flo strahlte, während sie den Weg zum Eingangstor entlang gingen. Malú jedoch hielt das Glas so vorsichtig, als könnte es in ihren Händen explodieren.

Tee mit Müsli

Malú

Einige Zeit später saßen Malú und Flo in Oma Helens Wohnzimmer. Im Wohnzimmer oder, wie Flo den Raum sofort umtaufte, dem *Königreich der bombastischen Blütenexplosionen.*

Tatsächlich hatte Oma Helen eine Vorliebe für florale Muster. Daher tummelten sich auf der Tapete im Wohnzimmer rosa Christrosen, und die Couch war mit einem Rosenstoff bezogen. Der Ohrensessel, auf dem Flo saß, hatte Streifen … und winzige Vergissmeinnichtblüten, die sich über die Lehnen ringelten.

Oma Helen hatte ihnen eine phantastische Teezeit zubereitet, mit Früchtetee, Sandwiches mit Eiersalat und halbierten und getoasteten Rosinenbrötchen, auf denen die Butter schmolz.

»Ich bin am Verhungern«, stöhnte Flo, während sie nach dem zweiten Rosinenbrötchen griff. »Morgen müssen wir unbedingt daran denken, Proviant einzupacken.«

Malú kaute an ihrem Sandwich und sagte nichts. Sie war erleichtert, dass ihre Familien nicht mitbekommen hatten, wie weit sie sich von ihrem Wohnviertel entfernt hatten. Flo hatte vorgeschlagen, dass sie morgen vorgaben, zum Sommerprogramm ins Jugendzentrum zu gehen.

Aber sollten sie wirklich noch einmal flunkern und riskieren, erwischt zu werden? Nur, um den Hinweisen auf einer merkwürdigen Karte zu folgen, die sie mit ziemlicher Sicherheit an noch seltsamere Orte führen würde?

»Also, nur falls du weitermachen willst«, schob Flo rasch hinterher. Sie schien Malús Unbehagen zu bemerken.

Malú schluckte einen Bissen hinunter. Sie rang noch mit ihrer Entscheidung, als Oma Helens Kater auf die Lehne von Flos Sessel sprang.

»Oh!«, rief Flo überrascht aus. »Wer bist denn du?«

Der Kater ignorierte sie und streckte stattdessen die Schnauze in Richtung Tisch. Vorsorglich zog Malú den Teller mit den Sandwiches aus seiner Reichweite. Dieser Kater machte sich einen Spaß daraus, unangekündigt aus irgendwelchen Ecken und Truhen und sonst was zu springen.

»Das ist Müsli«, sagte sie.

»Müsli?«, wiederholte Flo.

»Wegen seines Fells«, murmelte Malú. Der Name war schon ein bisschen albern. Aber der Kater hatte nun mal ein geschecktes Fell, mit Flecken, die so goldgelb wie Cornflakes, so braun wie Schokopuffreis und so weiß wie Milch waren.

Flo jedenfalls schien entzückt zu sein. »Du hast das fluffigste Fell, das ich je gesehen habe«, schmeichelte sie und strich über Müslis Rücken. Müsli schmiegte sich gegen ihre Handfläche.

Verblüfft beobachtete Malú das Schauspiel. Mit ihr hatte Müsli noch nie geschmust, aber bei Flo schnurrte er sogar, als sie ihm im Nacken kraulte.

Flo war irgendwie besonders. Das dachte Malú mehr und mehr, auch wenn sie nicht so ganz erklären konnte, woran das lag. Flo war in vielerlei Hinsicht das Gegenteil zu Malú. Sie war aufgedreht und draufgängerisch und hüpfte beim Reden von einer Idee zur nächsten, wie ein wild gewordener Pingpongball. Aber seltsamerweise schreckte Malú das nicht ab. Stattdessen hatte sie in Flos Nähe das Gefühl, dass sie sich vielleicht trauen könnte, ihre Zweifel und Unsicherheiten auszusprechen. Flo jedenfalls hatte keine Scheu, ihre Gefühle rauszulassen.

»Kann ich dich was fragen?«, fragte Malú.

»Klar«, antwortete Flo, während sie Müsli ihren butterverschmierten Finger hinhielt – den der Kater genüsslich abschleckte.

»Machst du dir gar keine Sorgen?«, fragte Malú.

Flo zog ihre Hand zurück. »Wie meinst du das?«

»Na ja«, druckste Malú. »Macht dich diese ganze Schnitzeljagd nicht nervös? Wir wissen immer noch nicht, wer die Karte angefertigt hat und warum. Oder wie sie funktioniert.«

»Macht *dich* das nervös?«, fragte Flo zurück, doch es klang nicht abwertend, sondern ehrlich überrascht.

»Schon«, gab Malú zu.

Flo überlegte. »Ich hab ein gutes Gefühl bei der Sache«, sagte sie schließlich. »Ich kann's nicht erklären, aber …«

Sie verstummte, und Malú wartete gespannt ab.

Flo sah verlegen aus. »Das, was Evelyn gesagt hat«, sagte sie. »Du weißt schon: ›Magie ist überall dort, wo wir sie sehen möchten‹?«

Malú runzelte die Stirn. »Es gibt keine Magie«, wiederholte sie.

»Ich weiß«, murmelte Flo, doch dann holte sie Luft und

blickte Malú direkt in die Augen. Die nächsten Worte sprudelten aus ihr heraus: »Aber wäre es nicht fabelhaft, wenn es sie doch gäbe? Ich meine, stell dir mal vor: Da draußen liegt London, und vielleicht ist das einfach nur eine Stadt mit Hochhäusern und Büros und Ladengeschäften, mit vollgestopften U-Bahnen und qualmenden Autos. Aber was, wenn … wenn das all das nur der äußere Schein ist? Wenn hinter all dem ein verzaubertes London voller Geheimnisse wartet? Und wir müssen nur herausfinden, wie man den Vorhang zur Seite zieht?«

Malú starrte sie an. Was Flo da beschrieb, war unmöglich. Aber wenn Flo über Magie sprach, dann leuchteten nicht nur ihre Augen, da strahlte sie komplett. Als ob ein Licht in ihr brannte. Und irgendwie brachte das auch ein Flämmchen in Malú zum Flackern. Ein ganz kleines.

Als Malú nicht antwortete, biss Flo sich auf die Lippe und senkte den Blick. Doch dann sprang Müsli auf ihren Schoß, und das brachte sie zum Lachen.

»Ja, ja, schon gut«, sagte sie und streichelte ihn mit beiden Händen. »Ich hab dich nicht vergessen.«

»Es wäre fabelhaft«, platzte Malú heraus.

»Was?« Überrascht sah Flo hoch.

»Wenn es … wenn es Magie wirklich gäbe«, sagte Malú.

Flo grinste breiter. »Total fabelhaft«, sagte sie und strahlte wieder.

Autolärm und Amselgesang

Malú

Am Abend lag Malú auf ihrem Bett und starrte an die Decke. Das Marmeladenglas mit dem Schmetterlingskokon stand auf dem Schreibtisch, direkt vor dem Fenster zur Straße.

Draußen dröhnten immer noch Autos, doch Malú hörte sie nicht. Sie hatte ihre Kopfhörer eingestöpselt und lauschte der Tonaufnahme, die Mrs. Lowe, ihre alte Nachbarin, ihr zum Abschied geschenkt hatte. Blätter raschelten, Bienen summten, und eine Amsel sang ihr glockenhelles Lied. Mrs. Lowe musste direkt im Garten gesessen haben, um diese Geräusche einzufangen.

Malú spielte die Naturgeräusche auf Endlosschleife ab und hoffte, dass die vertraute Geräuschkulisse ihr dabei helfen würde, eine Entscheidung zu fällen.

Sollte sie morgen der Spur des nächsten Hinweises folgen? Oder diese aberwitzige Schnitzeljagd abbrechen?

Malú starrte zur Decke. Sie hatte gedacht, die Schnitzeljagd würde ihr dabei helfen, sich an ihre neue Umgebung zu gewöhnen. Stattdessen verwirrten sie die Ereignisse des heutigen Tages, und die Stadt erschien ihr noch chaotischer und fremder.

Eine Professorin, die behauptete, Drachen zu züchten. Eine Karte, die sich selbst weiterschrieb. Das war doch alles absurd.

Unruhig wälzte Malú sich auf die Seite. Eigentlich sollte sie Flo absagen. Bevor dieses *Abenteuer* sie noch mehr aus der Bahn warf. Aber so einfach war das auch nicht. Denn Flos Frage zupfte an ihr und ließ sie nicht los: Was, wenn es da draußen tatsächlich Magie gab?

Wenn sie doch nur in ihren Garten gehen könnte. Dort könnte sie durchatmen und ihre Gedanken sortieren.

Malú presste die Lippen aufeinander, schloss die Augen, konzentrierte sich auf das Bienensummen und stellte sich vor, sie wäre zurück in Puddleston. Sie spürte das weiche Gras zwischen ihren bloßen Zehen, die Sonne auf ihrem Nacken und beobachtete die Bienen, die über den blühenden Kräutern summten.

In ihrer Vorstellung streifte sie mit der Hand über den Lavendel, der neben der Kräuterschnecke spross und plötzlich war sie in Evelyn Killians Garten. Schmetterlinge tanzten um sie herum, und Malú spürte wieder ihr Staunen darüber, dass es so einen grünen Fleck inmitten von London gab.

Lindwürmer und Wassergeister gab es nicht, da war sie sich ziemlich sicher. Doch der Duft von Blumen, Gras und warmer Erde verbreitete einen Zauber, der Malú voll und ganz vertraut war. Und diesen Zauber wollte sie wiederhaben.

Sie öffnete die Augen und schnupperte an dem Lavendel an ihrem Armband. Die Blüte trocknete, roch aber immer noch nach Garten und Sommer. Wenn sie Wonderlys Hinweisen weiter folgte, würde sie weitere verborgene grüne Orte entdecken? Orte mit ihrer ganz eigenen Gartenmagie?

Magie ist überall dort, wo wir sie sehen möchten, wisperte Professor Killians Stimme in ihrem Ohr.

Malú warf einen Blick auf das Lindwurm … das *Schmetterlings*glas auf ihrem Schreibtisch und fasste einen Entschluss. Sie zog sich die Kopfhörer aus den Ohren und schnappte sich Flos Walkie-Talkie.

Abwarten

Flo

Flo saß in ihrem Zimmer und lehnte mit dem Rücken am Bett. Auf den Knien hielt sie Knöpfchen, ihren Kuschelhasen. Für den war sie mittlerweile eigentlich zu alt, aber sie brachte es trotzdem nicht über sich, ihn fortzugeben.

Es war peinlich, aber Knöpfchen beruhigte sie, wenn sie sich Sorgen machte. Wie zum Beispiel jetzt. Flo schob einen Fuß über den anderen und zupfte an Knöpfchens Ohr herum.

Schon den ganzen Abend über machte sie sich Gedanken wegen Malú. Als sie sich verabschiedet hatten, hatte Malú immer noch nicht gesagt, ob sie morgen mit der Schnitzeljagd weitermachen wollte. Und Flo hatte sich nicht getraut nachzuhaken.

Hatte sie Malú mit ihrer überdrehten Art letztlich doch überfahren? Woran hatte es gelegen? An ihrem Geplapper über Kelpies oder an ihrer Drängelei, als Malú nicht gleich zur nächsten Etappe der Schnitzeljagd aufbrechen wollte?

»Wirbelsturm Flora schlägt wieder zu«, sagte Flo zu Knöpfchen. »Das überrascht dich nicht wirklich, oder?« Sie seufzte und drückte ihre Stirn sanft an den Kuschelhasen.

Sie überlegte schon, ob sie vielleicht doch ihren Papa oder sogar Essie fragen sollte, ob sie sich der Schnitzeljagd anschließen wollten, da hörte sie ein Geräusch an ihrem Fenster.

Überrascht hob Flo den Kopf. Vor dem Fenster, das hinaus aufs Dach des Nachbarhauses führte, saß Müsli. Er tappte mit einer plüschigen Pfote gegen die Fensterscheibe und sah beinahe ungeduldig aus.

»Oha«, murmelte Flo, kletterte auf ihr Bett und öffnete das Fenster. Sie hatte es kaum hochgeschoben, da schlüpfte der Kater in ihr Zimmer.

»Hallo Müsli«, sagte Flo mit einem Lächeln. »Was machst du denn hier?«

Müsli ließ den Blick über ihr Zimmer schweifen, drehte sich dann im Kreis und ließ sich schließlich auf die Bettdecke sinken. Er rollte sich zu einer gefleckten Kugel zusammen und warf ihr einen auffordernden Blick zu.

Flo schmunzelte. »Verstehe«, sagte sie und kraulte dem Kater den Rücken. Er schnurrte so tief und zufrieden, dass sie es in ihren Fingerspitzen spürte. Flo überlegte schon, ob sie ihm irgendwas zum Schnabulieren aus der Küche stibitzen konnte, als sie ein Knacken und Rauschen hörte.

Flo fuhr in die Höhe wie vom Hafer gestochen. Das war ihr Walkie-Talkie! Tatsächlich ertönte kurz darauf ein Rauschen und Malús metallisch verzerrte Stimme.

»Flo?«

Flo warf sich quer über das Bett, schnappte sich ihren Rucksack und zerrte ihr Walkie-Talkie aus der Seitentasche.

»Hallo?«, fragte Malú.

»Hallo!«, rief Flo mit klopfendem Herzen, nur um sich gleich selbst zu ermahnen. *Nicht schreien, ihr fällt doch sonst das Ohr ab. Meine Güte.* »Was gibt's?«, fragte sie, mit ruhigerem Ton zwar, aber die Hand, mit der sie das Funkgerät hielt, zitterte.

Bitte sag nicht ab, flehte Flo innerlich. *Bitte sag nicht ab.*

Das Walkie-Talkie knackte, knirschte. Dann fragte Malú: »Wann willst du morgen früh los?«

Und Flo hätte am liebsten laut gejubelt.

Es gibt kein *Wir*

George

Georges Bein tat weh, und er war sicher, dass er einen dicken blauen Fleck auf der Hüfte hatte. Wahrscheinlich musste er sich glücklich schätzen, dass er sich beim Sturz von den Mülltonnen nicht das Genick gebrochen hatte. Wobei ihm das wenigstens den Tumult erspart hätte, den er jetzt empfand.

Was sollte er bloß tun? Sicher, er konnte den Mädchen morgen erneut folgen, aber irgendwann musste er eine Entscheidung treffen. Nein. Er *wollte* eine Entscheidung treffen.

Vorhin, am Haus der Kryptozoologin, wäre seine Tarnung beinahe aufgeflogen. Wäre es denn wirklich so fatal, wenn er Flo und Malú um die Rückgabe der Karte bitten würde? Was würde er sagen? *Die Karte gehört mir, gibst du sie bitte zurück?* Das fühlte sich nicht richtig an.

Plötzlich kam ihm ein wilder Gedanke. Er könnte die Mädchen fragen, ob sie die Quelle mit ihm gemeinsam suchen wollten. Bei dem Gedanken flackerte etwas in seiner Brust auf, dass sich warm und hoffnungsvoll anfühlte. In allen Büchern, die er als Kind gelesen hatte, war es immer eine Gruppe Freunde, die sich auf Schatzsuche begab, Trolle verscheuchte und Drachen zähmte.

Doch das kam nicht in Frage. George hatte einen Eid geschworen. Wenn er die Karte zurückholte, dann würde er das für die GUMU tun. Der Vorstand würde wissen, wie man die Karte einsetzen musste, und bestimmt würden sie George ehrenhalber an der Expedition zur Quelle teilnehmen lassen. Vielleicht würde Tante Lavinia ihm dann verzeihen.

Je näher er dem Haus seines Großvaters kam, umso unbehaglicher wurde ihm zumute. Er hatte sich per Textnachricht entschuldigt und Tante Lavinia geschrieben, dass er sich heute nicht wohl fühlte. Daraufhin kam von ihrer Seite nur Schweigen. Was nichts Gutes verhieß.

George humpelte ein bisschen schneller. Die Chance, dass Tante Lavinia ihm seine Krankmeldung abkaufte, war so ziemlich null. Aber wenn er vor ihrem Feierabend zu Hause ankam, konnte er sich ins Bett legen und so tun, als hätte er dort den ganzen Tag vor sich hin gelitten. Verschwitzt genug war er jedenfalls.

Als er die Tür zum Haus seines Großvaters öffnete, atmete George erleichtert aus. Jetzt musste er nur noch hoch in sein Zimmer, bevor …

»George?«

Tante Lavinia stand im Durchgang zum grünen Wohnzimmer und blickte ihm mit finsterer Miene entgegen.

»Ich … äh …«, stammelte George, doch im selben Augenblick ertönte eine tiefe Stimme aus dem Wohnzimmer.

»Er soll hereinkommen.«

George rutschte das Herz in die Hose. Tante Lavinia blähte die Nasenflügel und nickte mit dem Kinn in Richtung Wohnzimmer.

Er wusste nicht wie, aber er schaffte es, die Eingangshalle zu durchqueren und das Wohnzimmer zu betreten.

Der zweite Vorsitzende Peter Greenfield saß in einem klobigen Sessel aus tannengrünem Samt. Als George hereinkam, stellte er seine Teetasse auf einen Beistelltisch und betrachtete ihn durch seine schwarz gerahmte Brille.

Mit einem Mal wusste George nicht mehr, wie Einatmen funktionierte. Wieso war der zweite Vorsitzende hier?

»Fearnley-Farthington.« Aus Peter Greenfields Mund klang Georges Nachname wie ein Vorwurf. »Stimmt es? Du behauptest, dass du Walter Wonderlys Karte gefunden hast?«

Die Frage überrumpelte George dermaßen, dass ihm der Mund aufklappte. Hilfesuchend sah er sich nach Tante Lavinia um, doch die schwieg eisern. Tatsächlich hatte sie ihren Mund so fest zusammengepresst, dass ihre Lippen praktisch unsichtbar waren.

»J-ja«, antworte George mit einiger Verspätung.

»Hm.« Greenfield tappte mit dem Finger auf die Lehne des Sessels. »Einzelheiten.«

»Was?«, fragte George.

Greenfield seufzte. »Wo hast du die Karte gefunden? Wie sah sie aus?«

Es dauerte eine Sekunde, bis George begriff, dass Greenfield ernsthaft an einem Bericht über seinen Kartenfund interessiert war. Er schluckte, straffte die Schultern und erzählte von dem Antiquariat, dem Ausschnitt des Londoner Stadtplans und dem ersten Hinweis, der sich auf der Karte befunden hatte.

Während George den Text, den er inzwischen auswendig

konnte, aufsagte, fixierte Greenfield Tante Lavinia mit einem vernichtenden Blick. Sie sagte immer noch nichts, aber auf ihren blassen Wangen erschienen zwei rote Flecken.

»Wo hast du die Karte verloren?«, fragte Greenfield.

Jetzt wäre ein guter Zeitpunkt, um zu verraten, dass er wusste, wo die Karte sich befand.

»Ich …«, setzte George an, doch Peter Greenfield unterbrach in unwirsch.

»Wo hast du sie das letzte Mal in der Hand gehabt?«, wollte er wissen.

»Vor einer Bäckerei in Covent Garden«, antwortete George. »Aber …«

Wieder unterbrach ihn Greenfield. »Wir müssen sofort eine Suchaktion starten«, sagte er zu Lavinia. »Wir haben bereits mehr als einen Tag verloren, das ist überaus ungünstig. Nicht auszudenken, was passiert, wenn die Karte in die falschen Hände gerät.«

Er stand auf und glättete sein graues Tweedjackett.

»Ich stelle sofort einen Suchtrupp zusammen«, verkündete Tante Lavinia.

»Das hätten Sie schon längst tun müssen«, sagte Greenfield knapp. »Julian Caron soll einen zweiten Suchtrupp zusammenstellen. Teilen Sie sich das Gelände auf. Und hören Sie auf ihn, er ist ein erfahrener Mann, von dem Sie noch was lernen können.«

Tante Lavinia presste die Lippen aufeinander und nickte.

»Caron soll den ersten Hinweis entschlüsseln«, fügte Greenfield hinzu. »Falls irgendjemand die Karte gefunden hat, finden wir diese Person mit viel Glück auf der ersten Etappe.«

Er glaubt mir, dachte George verwundert. Er glaubt, dass ich die Karte gefunden habe! George schüttelte sich, dann lief er dem zweiten Vorsitzenden hinterher. »Nehmen Sie mich mit, ich weiß …!«, fing er an.

Tante Lavinia hielt George am Arm fest und zischte: »Du hast schon mehr als genug angerichtet!«

Wenn sie ihn doch bloß ausreden lassen würde! Sie brauchten den Suchtrupp nicht, er hatte seinen Fehler doch schon in Ordnung gebracht!

»Bitte«, sagte er. »Wir müssen …«

»*Wir?*«, wiederholte Tante Lavinia mit einem freudlosen Lachen. »Es gibt kein *Wir*, George. Dein Praktikum ist beendet, du brauchst dich im *Dull House* nicht mehr blicken lassen.«

George erstarrte. Tante Lavinia atmete tief ein, dann setzte sie mit flacher Stimme hinzu: »Wenn du noch mehr weißt, dann sag es jetzt«, forderte sie. George starrte sie an. Unerbittlich sickerten ihre Worte in seinen Verstand. Sie hatten ihn rausgeworfen. Es war vorbei.

Tante Lavinia ließ seinen Arm los.

»Das habe ich mir gedacht«, sagte sie und folgte dem zweiten Vorsitzenden hinaus aus dem Haus.

Das Wort auf den Wellen

Flo

In der Nacht war ein Regenschauer über London gezogen. Morgens verzogen sich die Wolken, der Himmel wurde klar, und die Luft roch kühl und frisch.

Flo hüpfte mit jedem Schritt und hatte das Gefühl, ihre Freude müsste jede Sekunde aus ihr herausplatzen. Malú war an ihrer Seite, und gemeinsam würden sie sich heute in die nächste Etappe der Schnitzeljagd stürzen. Sie liefen durch die Stadt, vorbei an Leuten, die sich mit müden Gesichtern auf den Weg zur Arbeit machten, vorbei an Joggerinnen und Touristengruppen.

Sie überquerten eine Straße, und da war er: der Regent's Canal. Flo und Malú rannten zur Mitte der nächsten Brücke und lehnten sich über die Brüstung.

»Hier sind wir so was von richtig«, entschied Flo. Unter ihnen floss das Wasser träge dahin. Die Bäume und Hecken am Ufer spiegelten sich auf dem Kanal und verliehen ihm eine kühle blaugrüne Farbe.

»Das zählt als grüne Flut«, sagte Flo. Sie stemmte sich so hoch auf die Brüstung, dass sie ihre Füße vom Boden heben konnte.

»Hey, Vorsicht«, warnte Malú. »Du musst hier nicht sofort baden gehen!«

»Oooch«, machte Flo, ließ sich jedoch von Malú zurück auf die Brücke ziehen. »Und jetzt? Wie finden wir dieses Wort auf den Wellen?«

Malú sah sich um. »Ich würde sagen, wir gehen am Kanal entlang«, sagte sie und deutete auf einen Uferweg.

»Aye, aye!«, sagte Flo und blickte nach rechts. In dieser Richtung lagen einige Hausboote am Kanalrand vor Anker. »Probieren wir es zuerst in dieser Richtung?«

»Gute Idee«, antwortete Malú. Heute hatte auch sie einen Rucksack dabei, und überhaupt wirkte sie entschlossener als gestern. Sie hatte sich die schwarzen Haare zu einem Pferdeschwanz zurückgebunden und bequeme Turnschuhe angezogen. Die im Übrigen ganz ähnlich aussahen, wie die von Flo. Nur dass Flos Turnschuhe grün und Malús Schuhe lila waren.

»Wenn es so läuft wie gestern, gibt es hier irgendwo ein Schild oder eine Plakette, die uns weiterhilft«, meinte Malú, während sie von der Brücke auf den Uferweg bogen.

Flo, deren Blick ihre Umgebung bereits mehrmals überflogen hatte, unterdrückte ein Lachen. »Du meinst, so was wie das hier?«

Malú hob die Brauen und Flo trat zur Seite, um den Blick auf die Tafel freizugeben, die hinter auf dem Uferweg stand.

»Tadaaa!«

»Im Ernst jetzt?«, fragte Malú und schüttelte kichernd den Kopf.

Flo grinste breit. Auf der Tafel stand:

The Floating Story.
Neue und gebrauchte Bücher. 500 m.

Der Buchladen *The Floating Story* befand sich auf einem Hausboot. Der Uferweg machte eine Biege, und da lag es, weithin sichtbar, mit seinem Namen in großen Buchstaben auf einem Schild über dem Heck.

»So richtig gut sind die Wegpunkte auf der Karte nicht versteckt, oder?«, meinte Flo, während sie auf das Boot zugingen. Nicht, dass sie sich beschwerte, im Gegenteil. Bestimmt *wollte* dieser Wonderly, dass man die Wegpunkte entdeckte. Warum hätte er die Karte sonst geschrieben?

»Stimmt«, bestätigte Malú. »Aber ich schätze, die richtigen Herausforderungen sind die Rätsel oder Aufgaben am Ende des Hinweises.«

»Ach«, sagte Flo leichthin. »Das mit der Kerze haben wir doch auch prima hinbekommen.«

»Schon«, räumte Malú ein. »Aber wie sollen wir mit einem Wesen schwimmen, das es gar nicht gibt?«

»Wer sagt, dass es Kelpies nicht gibt?«, fragte Flo mit einem Grinsen. Es sollte ein Scherz sein, aber wenn Flo ganz ehrlich war, baute sie insgeheim darauf, dass sie heute etwas Magisches erleben würden.

Als sie das Boot erreichten, mussten sie zunächst feststellen, dass der Buchladen geschlossen war. Ein kurzer Steg führte zum Eingang, doch die Tür war verschlossen. Hölzerne Regale reihten sich an der Reling des Boots, doch auch sie waren mit Klappen verschlossen.

Malú stemmte die Hände in die Seiten. »Okay, was nun?«

Doch Flo war bereits auf dem Weg über den Steg. »O nein, du gehst jetzt nicht einfach da hoch!«

»Wieso denn nicht?«, fragte Flo, ehrlich verblüfft. »Wir wollen doch …«

Weiter kam sie nicht, denn plötzlich rief jemand: »Hallo?«

Ein Junge streckte seinen Kopf am vorderen Ende der Kajüte vorbei. Er trug ein blaues T-Shirt, hatte abstehende Ohren, und seine Haut war ähnlich hellbraun wie die von Malú. Flo schätzte, dass er vielleicht ein oder zwei Jahre jünger war als sie.

»Kann ich euch helfen?«, fragte der Junge.

»Hi«, rief Flo und winkte ihm zu. »Hast du hier schon mal ein Kelpie gesehen?«

Kurze Zeit später saßen Flo und Malú mit dem Jungen, der sich als Hamza vorgestellt hatte, auf den Vorderdeck des Hausboots. Hier gab es keine Regale, aber jede Menge Kissen, auf denen Bücherwürmer sitzen und für eine Weile schmökern durften.

Der Buchladen gehörte Hamzas Eltern, wie er den Mädchen erklärt hatte. Heute früh hatte er sich hierher zurückgezogen, während seine Eltern und seine große Schwester die Sachen für eine Urlaubsreise packten.

»Ihr sucht also einen Wassergeist«, versicherte sich Hamza gerade. »Der aussieht wie ein Pferd?«

»Genau«, bestätigte Flo. Sie hatten ihm alles haarklein erzählt und sogar die Karte für ihn aufgefaltet.

»Und ihr seid auf der Suche nach diesem Pferdegeist wegen einer Schatzkarte.« Hamza sprach langsam, aber zumindest klang es nicht so, als würde er Flo und Malús Geschichte komplett lächerlich finden.

»Na ja, es klingt ein bisschen bizarr. Wahrscheinlich beschreibt der Hinweis irgendeinen Gegenstand«, sagte Malú. »Gibt es hier in der Nähe irgendwelche Statuen von Fabelwesen? Oder vielleicht ein Boot, das *Kelpie* heißt?«

Wieder einmal überraschte Malú Flo mit ihrem Detektivsinn. Daran, dass *Kelpie* einfach der Name eines Boots sein könnte, hatte sie gar nicht gedacht.

Das wäre ja eine Enttäuschung, dachte sie, versuchte jedoch, sich ihre Gefühle nicht anmerken zu lassen.

»Nicht, dass ich wüsste«, antwortete Hamza. »Aber vielleicht … wartet mal kurz.«

Er verschwand in der Kajüte und kam kurz darauf mit einer verwitterten Holztafel zurück. »Die hier hing an der Reling, als meine Eltern den Buchladen übernommen haben«, erklärte er. »Mein Baba wollte sie schon längst mit frischer Farbe auf Vordermann bringen, aber, na ja.« Er zuckte mit den Schultern und hielt den Mädchen die Tafel hin.

Das Holz war weiß gestrichen, aber die Farbe blätterte an vielen Stellen ab. Trotzdem konnten sie noch lesen, was in Blau auf den hellen Untergrund geschrieben worden war:

Der Fluss ist ein Wanderer
Der Fluss steht nicht still
Er windet und bahnt sich
Dorthin, wo er will.
Der Fluss ist ein Wandler
Er ändert sich immer

Trägt goldene Roben
Und graugrüne Schimmer.
Der Fluss bewahrt Schätze
Er verbirgt und erhellt.
Tauch unter die Fluten
Schwimm durch seine Welt.

»Ist das ein Lied?«, fragte Malú, obwohl Flo sie bereits an der Schulter rüttelte.

»Ein Lied über eine grüne Flut!«, rief sie. »Und die war hier auf dem Boot befestigt?«

Hamza nickte. »Ja, am Bug«, sagte er.

Sofort sprang Flo auf und lief zur vorderen Spitze des Boots. Die anderen beiden folgten ihr und stützten sich neben ihr auf die Reling.

»Walter Wonderly hat das Schild hier angebracht«, behauptete Flo. »Ich bin mir ganz sicher.« Sie öffnete den Mund, wollte lossingen, hatte jedoch nicht den leisesten Schimmer, welche Melodie das Flusslied haben sollte.

»Ähm«, sagte sie. »Kann jemand von euch singen?«

»Nicht wirklich«, murmelte Malú verlegen.

Hamza starrte nachdenklich auf das Wasser des Kanals.

»Hey, Hamza«, fragte Flo. »Ist alles in Ordnung?«

Hamza schüttelte sich und hob den Blick. »Ja«, sagte er. »Es ist nur …« Er tippte abwesend mit den Fingern auf die Tafel. »Ich singe«, erklärte er schließlich. »Also manchmal. Abends, nachdem wir den Laden geschlossen haben. Da läuft gerade dieser eine Song auf TikTok, der ist einfach super, und, na ja, jedenfalls, da war dieser eine Abend …« Sein

Blick glitt zurück zum Kanal. Hamza betrachtete das Wasser, als ob er es plötzlich mit neuen Augen sehen würde.

Malú runzelte die Stirn, doch Flo sog scharf die Luft ein. »Du hast hier schon mal etwas gesehen, oder?«, fragte sie. »Etwas Seltsames, als du gesungen hast?«

Hamza kaute auf der Unterlippe. »Ich bin mir nicht sicher«, sagte er. »Eigentlich ist das Quatsch. Aber ab und zu habe ich das Gefühl, als würde mich etwas vom Wasser aus beobachten. Und einmal, als ich hingesehen habe, ist etwas Dunkles untergetaucht. Die Sonne war schon ziemlich weit hinter den Bäumen, und ich habe kaum noch was erkennen können.« Er zögerte. »Bestimmt habe ich mir das nur eingebildet.«

»Oder es war ein Kelpie », hauchte Flo, dann wandte sie sich an Malú. »Vielleicht lockt Gesang die Wasserpferde an«, sagte sie.

Malú hatte immer noch die Stirn gerunzelt, aber sie sagte nichts.

Flo verkniff sich, was ihr über die Lippen sprudeln wollte: *Es gibt Kelpies und Lindwürmer, und wir sind so kurz davor, einem Zauberwesen zu begegnen!*

Stattdessen fragte sie Hamza: »Kannst du es singen? Das Lied, das auf der Tafel steht?«

Hamza strubbelte sich durch die Haare. »Im Ernst?«, fragte er.

»Bitte«, drängte Flo.

»Ich kann's versuchen«, sagte er langsam. »Aber wehe, ihr lacht, wenn es komisch klingt!«

»Auf keinen Fall«, versprach Flo.

»Bestimmt nicht«, versprach auch Malú.

»Okay«, sagte Hamza. Er stellte sich ganz vorne an den Bug, hielt die Tafel mit beiden Händen, holte Luft, und sang.

Hamzas Gesang klang überhaupt nicht komisch. Im Gegenteil. Seine Stimme klang klar und weich und kräuselte sich wie ein sachter Wind über das Wasser.

Der Fluss ist ein Wanderer
Der Fluss steht nicht still

Flo klammerte sich an die Reling. Ihr Blick huschte über den Wasserlauf, und ihr Atem ging schnell. Laub trieb zwischen trägen Strudeln vorbei, hier ein dünner Ast, dort eine Spur aus Blütenstaub. Doch ansonsten regte sich nichts.

Tauch unter die Fluten
Schwimm durch seine Welt.

Hamza beendete das Lied, und für ein paar Sekunden standen alle drei Kinder schweigend und reglos am Bug der Buchbarke. Wenn etwas Verborgenes Hamzas Gesang gelauscht hatte, so ließ es sich nicht blicken.

Malú atmete lange aus, und Hamza ließ die Tafel sinken.

»Doch nur ein Märchen«, sagte er. »Ist vielleicht besser so.«

»Vielleicht«, sagte Malú. »Kann aber auch sein, dass uns noch eine Info fehlt. So etwas wie der lateinische Name der Nachtkerze. Oder, Flo?«

Flo hörte nur mit halbem Ohr zu. Sie konnte den Blick

nicht vom Wasser abwenden. Sie war sich so sicher gewesen, dass das Lied ein Kelpie herbeilocken würde.

»Wenn ihr ein Wörterbuch oder so was braucht, seid ihr hier an der richtigen Stelle«, sagte Hamza. »Wir haben jede Menge Bücher über so ziemlich jedes Thema.«

Malú schwieg, doch dann sagte sie: »Auch über den Kanal hier? Vielleicht gibt es noch irgendwas über diese Gegend, das uns weiterhelfen könnte.«

»Aber hallo haben wir Bücher über diesen Kanal«, bestätigte Hamza mit einem Lachen. »Und über Fabeltiere haben wir auch so einiges. Bestimmt steht in irgendeinem Buch auch etwas über Kelpies.«

»Sehr gut«, meinte Malú. »Flo, kommst du?«

Als Flo sich umdrehte, standen die beiden schon am Eingang der schwimmenden Buchhandlung. Malú und Hamza sahen erwartungsvoll in Flos Richtung, aber bei der Vorstellung, jetzt Bücher zu wälzen, sträubten sich Flos Nackenhaare. Sie konnte jetzt nicht einfach reingehen. Was, wenn genau in diesem Moment ein Wasserpferd unter dem Boot durchtauchte? »Geht schon mal vor«, sagte sie. »Ich … ich muss mir mal kurz die Beine vertreten.«

Bevor Malú oder Hamza widersprechen konnten, lief Flo an der Kajüte vorbei, huschte über den Steg und sprang zurück ans Ufer.

Das Wasserpferd

Flo

Flo wanderte den Kanal entlang und fühlte sich so rastlos wie eine Katze auf der Jagd nach einer Maus. Der zweite Hinweis wiederholte sich in ihrem Kopf in Endlosschleife.

Finde das Wort auf den Wellen, sing das Lied der grünen Flut und schwimm mit den Pferden, die keine Wiesen kennen.

Ihr Blick suchte das Wasser ab. Bäume spiegelten sich auf dem Kanal, und hier und da kräuselten sich Wellen. Schwamm dort etwas? Malú würde vermutlich behaupten, dass das nur die Strömung oder der Wind war.

Flo kaute an ihrer Unterlippe. Egal, wie sehr sie sich bemühte, sie konnte das Gefühl nicht mehr abschütteln, dass sie etwas Unglaublichem auf der Spur waren. Wann immer sie die Karte in die Hand nahm, spürte sie ein Prickeln in ihrem Bauch, als ob da ein Dutzend Schmetterlinge mit den Flügeln wackelten.

Sie wollte die Karte nicht als Trick abtun. Sie wollte glauben, dass in Evelyns Kokons Lindwürmer schlummerten, dass ein Schmetterling sie wie ein Zauberbote zu einer Blume geführt und ein Kelpie Hamzas Lied gelauscht hatte.

Flo seufzte und legte den Kopf in den Nacken. Die Platanen, die oberhalb des Uferwegs wuchsen, streckten ihre Blätterkronen bis über das Wasser. Holunderbüsche und andere

Sträucher wuchsen an der Böschung und schirmten den Weg von der höher gelegenen Straße ab. Fast so, als wäre das hier unten ein Geheimweg. Flo schloss die Augen.

»Bitte«, flüsterte sie und wünschte sich mit ganzer Macht, dass die Stadt zuhörte. »Ich möchte etwas Magisches sehen. Nur etwas Kleines. Du musst mir gar nicht das ganze Wasserpferd zeigen. Aber vielleicht kann es kurz sein Ohr aus dem Wasser strecken.« Sie kniff ihre Augen fest zu und umschloss beide Daumen mit ihren Fäusten. »Oder seinen Schweif?«

Etwas raschelte. Flo riss die Augen auf und sah sich mit wild klopfendem Herzen um. Doch es war nur das Gebüsch über der Böschungsmauer. Flo hörte Malús Stimme in ihrem Kopf: *Das sind Vögel, die da nach Beeren suchen.*

Flo ließ den Kopf hängen und kickte einen kleinen Ast von sich weg. Sie warf einen Blick zurück zur Buchbarke, als es erneut raschelte. Nur dass das Geräusch dieses Mal von direkt hinter ihrem Rücken kam.

Flo hielt die Luft an. Ganz vorsichtig drehte sie sich um, sah zum Gebüsch, dann glitt ihr Blick auf den Uferweg. Die Schmetterlinge in ihrem Bauch wirbelten in die Höhe.

Das Laub, das am Rand des Weges gelegen hatte, war in Bewegung geraten. Trockene Blätter rutschten über den Asphalt und formten ein Muster. Einen Pfeil, um genau zu sein. Einen braunen Blätterpfeil, der direkt aufs Wasser zeigte. Flos Schmetterlinge flatterten so aufgeregt, dass ihr ganzer Körper kribbelte. Es passierte! Es passierte wirklich!

Flo lief zu dem Pfeil, umrundete ihn einmal, und folgte dann der Richtung, in die seine Spitze zeigte. Sie trat so dicht an den Kanal, dass die Spitzen ihrer Turnschuhe über den

Rand des Uferwegs hinausragten. Das Wasser schimmerte im Morgenlicht wie ein flüssiger Smaragd. Wenige Meter vor Flo kräuselten sich Wellen, schwach erst, dann stärker, bis sie einen Strudel bildeten.

Flo schlang die Hände ineinander und drückte sie an ihre Brust. Langsam, ganz langsam hoben sich zwei dunkle, schlanke Spitzen aus dem Wasser. Ohren! Flo stieß ein Jauchzen aus, als eine flache Stirn folgte. Langsam, ganz langsam hob sich der Kopf eines Pferdes aus dem Wasser. Flo presste sich die Hand vor den Mund. Der Kopf schob sich ein Stück höher in die Luft, und zwei Augen, die wie Perlmutt schimmerten, blickten Flo direkt an.

»Hallo«, flüsterte Flo atemlos. »Hallo, ich habe nach dir gesucht!«

Sie ließ sich in die Hocke sinken. Am liebsten hätte sie die Hand ausgestreckt, befürchtete jedoch, dass sie die Kreatur verscheuchen würde.

»Mm …«, fing sie an und schluckte. »Magst du vielleicht ein bisschen näher kommen?«

Das Pferd blieb, wo es war, schnippte jedoch aufmerksam mit den Ohren.

Da fiel Flo die Aufgabe auf der Karte ein: *Schwimm mit den Pferden, die keine Wiesen kennen.* Das war ihre Chance! Rasch kroch sie näher ans Ufer und behielt dabei das Pferd im Auge.

»Bitte geh nicht weg«, bat sie. »Ich tu dir auch nichts, versprochen.«

Sie war kurz davor, mit Schuhen, Klamotten und allem in den Kanal zu hüpfen, da erhob sich das Kelpie noch weiter aus dem Wasser. Gebannt von dem Anblick erstarrte Flo mitten in der Bewegung.

Die Mähne des Kelpies war wirr und glänzte feucht wie Seetang. Das Licht schimmerte auf seinem Fell.

Flo starrte auf die Kiemen an der Seite des schlanken Halses, als das Wasserpferd wieder ein Stück zurück in den Kanal sank. Es schwamm auf sie zu. Flo konnte ihr Glück kaum fassen. Sie streckte die Hand nach dem Wesen aus. Ihre Fingerspitzen berührten beinahe die schwarze, nasse Schnauze, als das Gebüsch hinter ihr knackste und raschelte.

»Nicht!«, rief jemand und dann folgte ein spitzer Schmerzensschrei. Überrascht fuhr Flo herum. Der Wuschelkopf! Der Wuschelkopf, der die Karte verloren hatte, versuchte, sich aus dem Gebüsch an der Böschung zu befreien. Mit einer hektischen Bewegung riss er seinen Hemdsärmel von einem Holunderast los, dann humpelte er auf Flo zu.

»Nicht anfassen!«, rief er. »Kelpies sind gefährlich, sie …« Weiter kam er nicht, denn in seiner Aufregung stolperte er über seine eigenen Füße. Er riss die Augen weit auf, ruderte mit den Armen beim Versuch, Flo auszuweichen, und stürzte schließlich mit einem lauten Platschen in den Kanal.

Sternschnuppenschimmer

George

Das war's. Aus und vorbei.

Dieser Gedanke durchzuckte George, als er in den Kanal stürzte. Er schlug bäuchlings auf und sank nach unten.

Hilfe!, dachte er panisch. Kelpies sind …

Er paddelte mit Armen und Beinen und versuchte, an die Wasseroberfläche zu gelangen.

Panisch wandte er den Kopf, aber das Wasser um ihn herum war schwarz wie die Nacht. Das hätte so nicht sein sollen. Wo war das Sonnenlicht, das sich auf dem Kanal brach?

Er strampelte wie ein Frosch, schien jedoch kaum von der Stelle zu kommen. Das Wasser des Kanals umfing ihn und seine Brust krampfte sich immer mehr zusammen, je länger er keine Luft bekam.

Die Verzweiflung durchdrang ihn bis ins Mark, als am Rand seines Sichtfelds ein Licht auftauchte. Es verlosch, wie eine Kerzenflamme, nur um in der nächsten Sekunde noch heller aufzuleuchten. Das Licht kam auf George zu, ein mondheller Schimmer, der pfeilschnell durchs Wasser glitt.

George vergaß zu strampeln. Er vergaß, Angst zu haben. Vor ihm im dunklen Gewässer schwamm ein Pferd, ein schneeweißes Tier mit schmalem Kopf und wallender Mähne. Es hatte einen langen, geschmeidigen Fischschwanz und bewegte sich fließend, als wäre es Teil des Wassers.

Kelpies sind Menschenfresser. Das hatte George in einem Buch über Fabelwesen gelesen. Doch als das Kelpie auf ihn zukam, spürte er nur eins: tiefes, ehrfürchtiges Staunen.

Das Wasserpferd schwamm in einem weiten Bogen um ihn herum und leuchtete dabei wie eine Sternschnuppe. George drehte sich, um das Kelpie im Blick zu behalten, fasziniert von seinen eleganten Kreisen.

Das Kelpie wand sich durch das Wasser und glitt dann direkt auf George zu. Es presste seinen Kopf gegen Georges Brust und schob ihn nach oben, höher und höher. Silberne Luftblasen sprudelten aus Georges Mund, während er in die Augen dieses unmöglichen Wesens blickte. Er wollte nach der Mähne des Kelpies greifen, aber da durchbrach sein Kopf die Wasseroberfläche. Hände packten ihn an den Schultern und zogen ihn aus dem Wasser.

George kauerte zitternd und keuchend auf dem Uferweg. Sein Blick hing an dem Kanal, aber von dem Wasserpferd fehlte jede Spur.

Nach und nach drangen aufgeregte Stimmen an sein Ohr.

»Was war das, was zum Geier war das?«

George blinzelte, wischte sich das Gesicht trocken und sah hoch. Um ihn herum standen die beiden Mädchen und der Junge, den George von Weitem auf dem Boot gesehen hatte. Alle drei hatten rote Gesichter vor Aufregung, aber eines der Mädchen, Flo, wenn George sich richtig erinnerte, konnte überhaupt nicht still stehen. Sie lief von George zum Kanal und wieder zurück.

»Habt ihr das gesehen? Habt ihr das auch gesehen?!«, rief sie atemlos. »Das war ein Kelpie!«

»Das kann nicht sein«, widersprach das andere Mädchen, Malú, doch ihre Stimme zitterte ein bisschen, als sie das sagte.

»Doch«, beharrte Flo. »Es war hier, es war … es war …«

Wunderschön, wollte George sagen, brachte jedoch kein Wort heraus.

Malú runzelte die Stirn, der Junge hingegen kümmerte sich nicht um die beiden und berührte George an der Schulter. »Alles in Ordnung bei dir?«

George nickte. Er hatte sich nicht verletzt oder so. Aber er hatte ein magisches Wesen gesehen. Ein waschechtes magisches Wesen. Vergeblich versuchte er, diese Info zu verdauen.

»Schau nach«, drängte Flo Malú. »Komm schon, ich wette, es hat funktioniert.«

»Was meinst du?«, fragte Malú verwirrt.

»Na, wir haben das *Wort auf den Wellen* gefunden«, sagte Flo und wippte auf ihre Fußspitzen. »Hamza hat das Lied der grünen Flut gesungen, und der Wuschelkopf …«

»George«, wandte George matt ein.

»George«, fuhr Flo fort, »ist mit dem Wasserpferd geschwommen. Wir haben die Aufgabe aus dem zweiten Hinweis erfüllt! Die Karte hat sich verändert, da bin ich ganz sicher.«

Malús Augen weiteten sich. Sie zog Wonderlys Wegweiser aus der Hosentasche, kniete sich neben George und breitete die Karte auf dem Boden aus.

George traute seinen Augen nicht. Sein Herz klopfte schneller. Als er die Karte gefunden hatte, hatte sie genau einen Hinweis angezeigt.

Nun zeigte sie drei.

Minztee und Eidbruch

George

Kurze Zeit später saß George in eine Decke gewickelt auf dem Deck der schwimmenden Buchhandlung. Hamza hatte ihm trockene Kleider gegeben, doch George schnatterte immer noch vor Kälte.

»Bist du sicher, dass du okay bist?«, fragte Malú.

»Ja«, versicherte George, musste aber sofort darauf niesen. »Wird schon wieder«, schniefte er.

Hamza hatte Tee gekocht und goss ihn in grüne Gläser.

»Hier«, sagte er, als er George eins der Gläser reichte. »Das wärmt dich auf.«

»Danke«, murmelte George. Es war sehr seltsam, hier zu sitzen, während die anderen ihn unverwandt anstarrten. So hatte er sich den Moment, in dem er Flo und Malú tatsächlich gegenübertreten würde, nicht ausgemalt.

»Du hast echt Glück gehabt«, sagte Hamza und ließ sich auf eins der Kissen sinken, die auf dem Boden verteilt lagen. »Als Flo uns gerufen hat, war ich mir sicher, dass das Kelpie dich schon zum Frühstück verspeist hat.«

»Wie bitte?«, fragte Flo entsetzt.

Hamza zuckte mit den Schultern. »Wir haben grade eben gelesen«, sagte er. »In den Märchen locken Kelpies Menschen ins Wasser, um sie aufzufressen.«

»Wusstest du das, Flo?«, fragte Malú.

Flo zog schuldbewusst den Kopf zwischen die Schultern. »Den Teil hab ich wohl vergessen«, behauptete sie. »Und ich glaube sowieso, dass das nicht stimmt. Oder zumindest trifft es nicht auf das Kelpie zu, das hier lebt. Das sah freundlich aus, findest du nicht?«

Diese letzte Frage richtete sie an George.

»Äh«, sagte er. »Ja?«

»Wie sah es denn aus?«, wollte Hamza wissen. Er war immer noch ein bisschen blass um die Nase.

»Es hatte ein ganz glänzendes schwarzes Fell«, schwärmte Flo. »Wie ein nasser Kieselstein oder so.«

George hörte verdutzt zu. Das Kelpie, das zu ihm geschwommen war, hatte mondhell gestrahlt. Sahen Kelpies Unterwasser anders aus als an der Luft? Wie aufregend!

Langsam, ganz langsam akzeptierte er, dass er die Grenze zwischen alltäglicher und magischer Welt wirklich überschritten hatte. Ganz ohne etwas dafür zu tun. Er war wortwörtlich hineingestolpert.

Seine Mundwinkel hoben sich zu einem verwunderten Lächeln, er konnte es nicht verhindern. Andächtig strich er über die Karte, die zwischen ihnen auf dem Boden lag. In Gedanken wiederholte er den dritten Hinweis.

Finde den Ort, an dem Blumen im Winter blühen und Feen tanzen. Wähle deine Speise und verwende die Zutat, die dein Herz bricht und heilt.

Feen!, dachte George glücklich. In London gab es einen Ort, an dem Feen tanzten.

Als er den Blick hob, bemerkte er, dass die anderen drei ihn schon wieder anstarrten. Wahrscheinlich warteten sie darauf, dass er erklärte, wieso er wie ein überreifer Pfirsich in den Kanal geplumpst war.

George hatte jedoch keine Ahnung, wie er erklären sollte, warum er überhaupt hier war. Tante Lavinia würde ihm befehlen zu lügen, dass sich die Balken bogen. Aber das brachte er nicht über sich. Rasch nahm er einen Schluck Tee, um nicht als Erster reden zu müssen. Im nächsten Moment schloss er verzückt die Augen, denn der Tee war nicht nur warm, sondern vorzüglich. Es war ein grüner Tee mit einer wunderbar frischen Minznote.

Als Flo sich räusperte, öffnete er die Augen.

»Du machst auch mit, oder?«, fragte sie. »Bei der Schnitzeljagd?«

»Der Schnitzeljagd?«, fragte George verständnislos.

»Der Jagd nach der Quelle der Magie«, sagte Flo. »Du bist auch auf der Suche nach ihr?«

»Ähm, ja«, sagte George. Schnitzeljagd. So konnte man es natürlich auch sehen.

Flo biss sich auf die Unterlippe. »Tut mir leid, dass ich deine magische Karte behalten habe«, sagte sie. »Ich habe versucht, sie dir wiederzugeben, ehrlich. Aber du warst zu schnell weg.«

»Ist schon in Ordnung«, sagte George.

Hamza lehnte sich nach vorn. »Die Karte gehört dir?«, fragte er.

Oh, was sollte er dazu sagen? Tante Lavinias zusammengekniffenes Gesicht waberte vor seinem inneren Auge, und er wünschte sich, er könnte es beiseitewischen.

George atmete den kräuterigen Duft des Tees ein und beschloss, die Wahrheit zu sagen. »Nicht wirklich«, antwortete er. »Ich habe sie auch gefunden. Zufällig.«

Malú neigte den Kopf zur Seite und musterte ihn aufmerksam. »Aber du weißt, was es mit ihr auf sich hat?«, fragte sie.

Überrascht sah Flo zu ihr hinüber.

Malú zuckte mit den Schultern. »Er war nicht überrascht, als du gesagt hast, die Karte wäre magisch.«

»Hm«, machte Flo und wandte sich zurück an George. »Stimmt! Weißt du, wie die Karte funktioniert? Und wer Walter Wonderly ist?«

George zögerte. Ein weiteres Mal tönte die wichtigste Regel des Geheimbundes durch seinen Kopf wie eine dumpfe Glocke.

Verlieren Sie kein Wort über Magie gegenüber Uneingeweihten.

Er wollte sich an diese Regel halten. Wirklich. Doch in diesem Augenblick spürte er Tante Lavinias Griff um seinen Arm und hörte ihre gezischten Worte: *Es gibt kein Wir.*

Gestern hatte er wortlos zugesehen, wie Tante Lavinia das Haus verließ, um die Suchaktion nach der Karte in die Wege zu leiten. Er hätte ihr nachlaufen und von Malú und Flo erzählen können. Doch das hatte er nicht getan.

Tante Lavinia würde ihn nicht an der Suche nach der Quelle beteiligen. Egal, ob er ihr verriet, wo die Karte war, oder nicht. Sie hatte ihm die Tür zu den Wundern des Unmöglichen vor der Nase zugeschlagen.

Also hatte er sein Wissen für sich behalten. Und während der Suchtrupp der Geheimgesellschaft an diesem Morgen London durchkämmte, war er direkt an den Regent's Canal gegangen. Das war sein erster Verrat gewesen. Jetzt beschloss er, alles auf eine Karte zu setzen.

Er wollte die Quelle der Magie finden. Was gestern noch eine abwegige Idee gewesen war, war heute sein brennender Wunsch. Jetzt, da er das Kelpie gesehen hatte, wollte er es umso mehr. Einen Funken Magie zu erhaschen, nur um in einen magielosen Alltag zurückzukehren, war undenkbar.

George holte tief Luft und erzählte alles.

Verbündete

Flo

Geheimgesellschaften, die über Magie Bescheid wussten. Verborgene Archive voller unmöglicher Dinge. Flo konnte kaum glauben, was sie da hörte.

Während George erzählte, saß sie stocksteif da und hielt den Atem an. Dann wirbelte die Aufregung durch sie wie ein Blättersturm.

George behauptete, dass die Karte verzaubert war. Dass es Magie *tatsächlich* gab. Flo zwirbelte einen ihrer Zöpfe um ihre Finger. Sie hatte das Gefühl, dass die Freude aus ihr heraus leuchtete.

»Tja, ähm, das ist alles«, sagte George schließlich und nahm einen großen Schluck Tee.

»Unglaublich.« Hamza schüttelte erschüttert den Kopf. »Was wollt ihr jetzt machen?«

Die Frage hing ein paar Sekunden lang in der Luft, dann hielt Flo es nicht mehr aus.

»Wir folgen dem dritten Hinweis, ist doch klar«, sagte sie. »Oder, Malú?«

Malú, die seit der Begegnung mit dem Wasserpferd gedankenverloren ins Leere starrte, zuckte zusammen. »Ähm, ja«, sagte sie, räusperte sich und wiederholte dann mit festerer Stimme. »Ja, ich denke schon.«

Flo grinste. »George?«, fragte sie. »Du kommst jetzt in unser Team, oder?«

George verschluckte sich an seinem Tee. »Ich … äh«, stotterte er. »Ja. Ja, wenn ihr mich dabeihaben wollt?«

»Na klar«, antwortete Flo, überrascht, dass er das überhaupt in Frage stellte. »Hamza? Was ist mit dir?«

Hamza wirkte hin- und hergerissen. Vielleicht ging ihm das alles doch einen Zacken zu schnell. »Ähm, erst mal eher nicht, danke«, sagte er. »Meine Eltern holen mich nachher ab, und um 19 Uhr geht unser Flug.«

Malú räusperte sich erneut. »Ich treffe meine Eltern heute auch«, erinnerte sie sich. »In zwei Stunden.«

»Ach, Mist, ja«, sagte Flo, bevor sie sich unter Kontrolle hatte. Zwei Stunden waren zu kurz, um dem nächsten Hinweis nachzugehen. »Dann machen wir morgen weiter, gleiche Stelle, gleiche Welle?«

Als Malú und George gleichzeitig nickten, hätte Flo die beiden am liebsten umarmt. Jetzt waren sie eine Mannschaft, ein Expeditonsteam.

Hamza nagte wieder an seiner Unterlippe. »Neugierig bin ich schon«, sagte er. »Wie das alles ausgeht und so.«

Malú berührte ihn am Arm. »Wann bist du wieder da?«, fragte sie. »Wir kommen vorbei und erzählen dir, wie unsere Suche gelaufen ist.«

»Ja?«, fragte Hamza.

»Sicher« versprach Flo. »Ohne dich wären wir nicht weitergekommen. Wenn ich gesungen hätte, wäre das Kelpie vor Schreck direkt zurück nach Schottland geschwommen.« Flo schnappte sich einen der Kekse, die Hamza zum Tee gestellt hatte. »Und wenn wir die Quelle finden, zeigen wir dir, wo sie ist, abgemacht?«

Hamza grinste. »Abgemacht«, sagte er, fügte dann jedoch hinzu: »Seid vorsichtig, okay?«

»Was meinst du?«, fragte Malú.

»Na ja«, sagte Hamza. »Magie könnte auch gefährlich sein. Außerdem: George hat gesagt, dass diese Geheimgesellschaft auch auf der Suche nach dieser Karte ist. Ich glaube nicht, dass sie euch weitermachen lassen, wenn sie euch finden.«

Flo erstarrte mit dem halb gegessenen Keks vor dem Mund. »O Mist«, stöhnte sie.

Malú schluckte und alle drei drehten sich zu George. Der war so sehr in sich zusammengesunken, dass seine Ohren seine Schultern berührten.

»Hamza hat recht«, gestand er. »Wenn wir nicht vorsichtig sind und uns beeilen, werden Tante Lavinia und ihr Suchtrupp ... sie werden uns finden, und ...« Er schluckte. »Eigentlich hätte ich euch all das gar nicht erzählen dürfen«, sagte er. »Die GUMU hat strengste Vorschriften, um zu verhindern, dass Zivilisten von magischen Dingen erfahren.«

»Was würden sie denn mit uns machen, wenn sie uns mit der Karte erwischen?«, fragte Malú besorgt.

»Sie würden uns die Karte wegnehmen«, sagte George mit gesenktem Blick. »Und sie würden verhindern, dass ihr ..., dass *wir* die Quelle finden. Und ...«

»Und was?«, hakte Flo nach.

»Sie würden dafür sorgen, dass ihr nicht mehr an Magie glaubt«, sagte George. »Ich habe es selbst noch nicht miterlebt, aber ich weiß, dass die GUMU verfluchte Kristalle benutzt, um die Wahrnehmung von normalen Menschen zu vernebeln.« Als die anderen ihn entsetzt anstarrten, senkte er verlegen den Blick. »Die Kristalle heißen Zauberlöscher, weil sie, na ja, den Glauben an Magie auslöschen.«

Malú wurde blass, aber Flo schlug so heftig mit der Faust auf den Tisch, dass George sein Glas fallen ließ.

»Oh!«, rief er bestürzt aus. Tee spritzte und Hamza zog rasch die Karte außer Tropfweite.

»Mist! Tut mir leid«, sagte Flo und warf Hamza einen entschuldigenden Blick zu. »Aber das kommt ja wohl nicht in die Tüte!«

»Was?«, fragte George atemlos.

Am liebsten hätte Flo grimmig geknurrt. Wäre ja noch schöner, wenn da so eine zwielichtige Geheimgesellschaft daherkam und ihnen ins Abenteuer grätschte.

»Wir wissen jetzt, dass es Magie gibt«, sagte sie. »Das lassen wir uns nicht wegnehmen. Und *wir* werden die Quelle finden, das ist ja wohl klar.«

Das gebrochene Versprechen

Malú

Malú stieg hinter Oma Helen aus dem Bus. In Gedanken stand sie immer noch am Rand des Regent's Canal und sah zu, wie etwas Unbegreifliches in die Tiefen tauchte.

Als sie George aus dem Wasser zerrten, hatte Malú zuerst nur den zitternden, durchnässten Jungen gesehen. Doch dann war ihr Blick auf den Kanal gefallen und dort, direkt unter der Wasseroberfläche, hatten zwei leuchtende Augen zu ihr emporgeblickt. Sie hatte vor Schreck die Luft eingesogen, aber da war das, was sie beobachtet hatte, schon tiefer in den Kanal gesunken und verschwunden.

Sie hatte niemandem gesagt, dass sie einen Blick auf … auf *was* erhascht hatte? Augen wie zwei versunkene Monde und eine Mähne, die sich mit den Wellen kräuselte. Malú konnte nicht aufhören, an diese Begegnung zu denken. Das Überraschende war: Ausnahmsweise hatte sie keine Angst. Sie wünschte sich, sie hätte das Wasserpferd genauso deutlich gesehen, wie Flo und George.

»Wir sind gleich da«, verkündete Oma Helen und riss Malú damit aus ihrer Tagträumerei.

»Hm?«, machte Malú und blinzelte verwirrt.

Oma Helen lächelte. »Wo bist du denn heute mit deinen Gedanken?«, fragte sie.

»Ach, nirgends«, behauptete Malú und sah sich zum ersten Mal richtig um. Oma Helen und sie waren auf dem Weg zu dem Haus, das Malús Eltern für sie ausgesucht hatten. Mit Mühe schob Malú die Gedanken an das Kelpie beiseite und konzentrierte sich aufs Hier und Jetzt. Die Hauptstraße lag schon einige Meter hinter ihnen und hier war es beinahe ruhig. Dann bogen sie in eine noch schmalere Straße.

»Ah, hier ist es«, sagte Oma Helen und blieb stehen.

Im ersten Moment war Malú verdutzt. Hier ist was?, dachte sie. Dann ging ihr ein Licht auf, und es fühlte sich an, als ob ihr Herz mehrere Etagen in die Tiefe plumpste.

Das sollte ihr neues Zuhause sein?

Vor ihr befand sich ein zweistöckiges Reihenhaus aus beigefarbenem Backstein. Breite Fenster und ein winziger, in die Fassade eingelassener Balkon klafften auf der Vorderseite.

Unwillkürlich versteifte sich Malú. Das musste ein Irrtum sein. Dieser eintönige, zwischen anderen Häusern eingequetschte Klotz war das gemütliche, neue Zuhause, von dem ihre Eltern erzählt hatten?

Oma Helen hatte bereits an der grauen Tür geklingelt. »Alles in Ordnung, mein Schatz?«, fragte sie mit einem Stirnrunzeln.

Doch bevor Malú sich sammeln konnte, öffnete sich die Haustür und ihre Mutter trat auf die Schwelle.

»Da seid ihr ja!«, rief sie mit fröhlicher Stimme. »Kommt rein, kommt rein.«

Oma Helen machte Malú Platz, und die trat mit wachsendem Entsetzen in das Haus. Drinnen sah es noch schrecklicher aus als draußen: Der Hausflur war ein düsterer, schmaler Schlauch, und in der Küche, die sich direkt neben dem Eingang befand, stapelten sich die Umzugskisten.

»Ist alles noch sehr provisorisch, fürchte ich«, sagte Malús Mutter.

»Sind die Lampen für den Flur noch nicht angekommen?«, fragte Oma Helen.

Malús Mutter schob eine Kiste zur Seite, um den Weg zu der Treppe frei zu machen, die in den zweiten Stock führte. »Übermorgen angeblich«, sagte sie. »Aber ich würde nicht darauf wetten. Das geht alles sehr viel langsamer, als wir geplant haben!«

Malú hörte ihr nur mit halbem Ohr zu. Je länger sie in diesem engen, fremden Flur stand, umso mulmiger wurde ihr zumute. Das einzige Licht, das hier hereinkam, drang aus einer angelehnten Tür am Ende des Flurs. Es sah aus, als würde diese Tür nach draußen führen.

Dort muss der Garten sein, von dem Papa erzählt hat, dachte Malú. Sofort dachte sie an Evelyn Killians grüne Oase. Wenn der Garten dieses Hauses auch nur annähernd so schön war, dann bestand noch Hoffnung. Ohne weiter auf ihre Mutter und Oma Helen zu achten, ging Malú den Flur hinunter. Sie drückte die Tür auf, und der Anblick traf sie wie ein Boxhieb in den Magen.

Der Bereich hinter dem Haus war in keiner Weise wie Evelyns Schmetterlingsparadies. In Wahrheit gab es nicht mal einen Garten. Was hier lag, war ein winziger Hinterhof, umgeben von einer hohen Mauer. Der Boden war betoniert, nur hier und da drückte sich ein trotziger Löwenzahn durch Risse im rauen Grau. Ein heruntergekommener Schuppen nahm fast den gesamten Platz ein, und überall stapelten sich Tontöpfe mit vertrockneten Pflanzen.

Wie angewurzelt stand Malú im Türrahmen und starrte auf das Elend vor ihr.

»Na, mein Schatz«, sagte ihre Mutter und legte ihr den Arm um die Schultern. »Ist alles noch chaotisch, ich weiß. Aber das wird toll hier, du wirst sehen.«

Ihr anderes Versprechen hallte wie ein hohles Echo durch Malús Gedächtnis: *Wenn wir alle an einem Strang ziehen, wird das ein richtig tolles Abenteuer.*

Plötzlich traf Malú die Wahrheit mit ganzer Härte. Sie würde nicht nach Puddleston zurückkehren. Sie würde ihren Garten, ihre Beete und die Apfelbäume nie wiedersehen. Die Neugier, das Staunen, das die Schnitzeljagd in ihr hochgelockt hatte, erlosch, und die Stadt, die große graue Stadt drückte von allen Seiten auf sie hinunter.

Tränen brannten in Malús Augen, aber ihre Mutter schien nichts zu bemerken.

»Willst du dein Zimmer sehen?«, fragte ihre Mutter. »Es hat Morgensonne und ein Fenster zum Hinterhof! Wenn du Lust hast, kannst du dir heute auch schon eine Farbe für deine Wände aussuchen. Das wird jetzt alles noch ziemlich hektisch die nächsten Tage, aber irgendwie bekommen wir das mit dem Streichen schon hin.«

Malú schluckte gegen den Kloß in ihrem Hals an. »Was ist mit meinem Johannisbeerbusch?«, fragte sie, den Blick immer noch auf den Beton und das Gerümpel gerichtet. Wo sollte sie hier auch nur irgendetwas anpflanzen?

»Was meinst du?«, fragte ihre Mutter überrascht.

Malú brachte die Worte beinahe nicht heraus. »Papa hat gesagt, wir könnten meinen Johannisbeerbusch ausgraben und ihn hier einpflanzen.«

»Oh, davon weiß ich gar nichts«, sagte ihre Mutter leichthin. »Aber ich glaube nicht, dass er irgendetwas ausgebuddelt hat. Es musste dann doch alles so schnell gehen. Ich bin ja nur froh, dass wir alle Möbel rechtzeitig in den Laster verladen haben.« Sie drückte Malú an sich. »Aber ich bin mir sicher, dein Papa findet einen schönen neuen Beerenstrauch für dich, den du hier einpflanzen kannst.«

Malú ballte kurz die Fäuste und schlug dann die Augen nieder. Sie wollte sich diesen hässlichen Hinterhof nicht mehr ansehen.

»Malú?«, fragte ihre Mutter, die nun wohl doch mitbekommen hatte, dass etwas nicht stimmte. »Ist alles in Ordnung bei dir?«

Malú presste die Lippen aufeinander, aber sie nickte. »Ja, alles okay«, antwortete sie.

Was hätte sie sonst auch sagen sollen?

Blumen über Kopf

Flo

Am nächsten Morgen wartete Flo an der Bushaltestelle auf George und Malú. Sie war zehn Minuten zu früh hier aufgeschlagen, sie hatte es keine Sekunde länger zu Hause ausgehalten.

Immerhin wartete sie nicht alleine. Müsli hatte sie durch den Park hierher begleitet und saß nun entspannt an ihrer Seite. Flo hingegen wippte nervös auf den Fußballen auf und ab, bis ein Herr rechts neben ihr sie entnervt anstarrte.

Schuldbewusst stand Flo still und schielte zu Müsli hinunter. »Du kannst mir nicht was von deiner Geduld abgeben, oder?«, fragte sie.

Der Kater erwiderte ihren Blick, rümpfte aber nur kurz die Nase.

»Habe ich mir gedacht«, seufzte Flo und zwang sich, nicht an ihren Zöpfen herumzuzupfen.

Pünktlich um zehn Uhr kam George angetrabt, in Hemd und Pullunder und mit seiner üblichen Wuschelfrisur.

Gerne hätte Flo ihn gefragt, warum er sich so anzog, als würde er gleich zu einer Familienweihnachtsfeier gehen. Aber so was haute man wohl besser nicht zur Begrüßung heraus.

Stattdessen versuchte sie es mit einem lockeren »Hey«, das

George mit einem schüchternen »Hi« beantwortete. Dann sah er Müsli.

»Oh«, sagte George und ging in die Hocke. »Hallo?«

Er kraulte Müsli im Nacken, und der Kater streckte sich genüsslich.

So unauffällig wie möglich prüfte Flo, ob George wenigstens bequeme Schuhe anhatte, und bemerkte seine grünen Socken mit dem Tiermuster.

»Sind das Delphine?«, platzte es aus ihr heraus.

George richtete sich auf. »Äh, ja?«, antwortete er verlegen.

»Cool«, befand Flo.

Das Lächeln, das George daraufhin aufsetzte, passte um Längen besser zu ihm als seine ernsthaften Klamotten. Fand Flo zumindest.

»Und?«, fragte Flo. »Bereit für die verbotene Schatzsuche?«

»Bereit für die Quest«, erwiderte George.

»Für die was?«

»Die Quest«, erklärte er. »Für eine Abenteuerreise, bei der wir über uns hinauswachsen, Drachen besiegen und einen Schatz suchen.«

»Gefällt mir«, sagte Flo. »Drachen haben wir ja schon abgehakt.«

George seufzte. »Ich wünschte, ich wäre da schon bei euch gewesen.«

Flo klopfte ihm tröstend auf den Arm. »Sobald wir die Quelle gefunden haben, besuchen wir Evelyn zusammen.«

Wenn wir heute überhaupt noch loskommen, dachte sie.

Der Bus, den sie nehmen wollten, rollte bereits heran, als Malú endlich auftauchte. Flo runzelte die Stirn, denn Malú wirkte in etwa so fröhlich wie ein Schneemann, dem man die Karottennase gestohlen hatte.

»Alles in Ordnung?«, fragte Flo, während der Bus vor ihnen bremste.

»Ja«, murmelte Malú. »Das ist unser Bus, oder?« Ohne Flo – oder George oder Müsli – anzusehen, ging sie zum Eingang. Flo und George wechselten einen verwunderten Blick, dann ging George ihr nach.

Flo wandte sich an Müsli. »Na?«, fragte sie mit. »Kommst du mit auf unsere Quest?«

Müsli warf ihr einen erneuten Blick zu, als wollte er sagen: So weit kommt's noch. Dann reckte er sich mit nach vorne gestreckten Tatzen und trabte davon.

Der dritte Hinweis markierte Notting Hill, einen westlichen Stadtteil von London. Seit ihrem Abschied von Hamza zermartete sich Flo das Hirn, was mit den neuen Anhaltspunkten wohl gemeint sein konnte. Wobei sie sich hauptsächlich in Tagträumen darüber verlor, wie die tanzenden Feen aussehen mochten. Ob sie glitzerten oder Libellenflügel hatten?

Die Erfolge der letzten beiden Tage bestärkten Flo in ihrer Überzeugung, dass sie mit ihrer Suche Erfolg haben würden. Bestimmt würde sich der nächste Wegpunkt offenbaren, sobald sie in Notting Hill ankamen. Sie konnte es kaum erwarten, wieder diesen Nervenkitzel zu spüren, wenn die kryptischen Worte auf der Karte eins ums andere mehr Sinn ergaben.

Nur Malú machte ihr heute Sorgen. Während Flo George über die Geheimgesellschaft ausfragte, zuppelte Malú betrübt an dem Armband an ihrem Handgelenk herum. Und auch als sie ausstiegen, erhellte sich Malús Miene nicht.

Flo hätte sie wirklich gerne beiseitegenommen, aber Malú schien das, was ihr auf der Seele lag, lieber für sich behalten zu wollen.

Flo beschloss, dass sie ihre eigene gute Laune hochkurbeln und dann Malú hoffentlich mitreißen würde. Sie schob sich zwischen Malú und George und hakte sich bei ihnen unter.

Die Ecke, in der sie ausgestiegen waren, schien ein belebter Fleck zu sein. Läden reihten sich neben dem Gehweg, ein Obsthändler hatte Kisten voll bunter Früchte vor seinen Fenstern aufgereiht, und Cafés lockten mit Tischen unter ihren Markisen.

»Okay, haltet die Augen offen«, sagte Flo. »Der Ort, an dem im Winter Blumen wachsen, könnte alles Mögliche sein. Ein Gewächshaus, ein Blumenladen, das Wohnzimmer eines Einhorns, das im Winter Eisblumen anstatt Regenbogen pupst.«

George prustete, und auch Malús Mundwinkel zuckten nach oben.

Bingo, dachte Flo zufrieden.

»Ich wette, der nächste Wegpunkt ist noch spannender als die anderen«, sagte sie. »Ein Lindwurmgarten, ein schwimmender Buchladen? Der Winterblumenort wird spektakulär, ich weiß es einfach!«

»Spektakulär wie das dort?«, warf Malú ein und deutete nach vorn.

An einer Hausecke, nur wenige Meter entfernt, befand sich ein weiteres Café. Und ja, spektakulär war die richtige

Beschreibung, denn das Café stach aus der Menge hervor wie ein Paradiesvogel aus einem Schwarm Saatkrähen. Das Gebäude erstrahlte in einem grellen Rosa, und Blumengirlanden umrandeten die Türen und Fenster.

Je näher sie kamen, umso mehr staunte Flo. Die Girlanden mussten aus mehreren hundert Blüten bestehen. Kleine Knospen aus zartem Apricot, große Blüten aus sattem Pink und lila Blauregen bauschten sich über der Hauswand auf.

Der Name des Cafés stand in goldenen Lettern über der Tür: Grumpy Fairy Café.

»Das Café der mürrischen Fee?«, sagte Flo mit einem Lachen.

»Klingt vielversprechend«, meinte George grinsend und auch Malú schmunzelte.

Nacheinander betraten sie das Café, nur um kurz darauf wie verzaubert stehen zu bleiben.

»Yep«, hauchte Flo. »Hier sind wir richtig.«

Im Innern des Cafés standen wild zusammengemischte Tische und Stühle vor aprikosenfarbenen Wänden. Mehrere Gäste saßen hier und ließen sich ihr Gebäck schmecken, doch Flo und die anderen hatten nur Augen für die Decke über ihren Köpfen. Dort hing ein Baldachin aus bunten Blumen in Rot, Weiß und Orangetönen. Es sah aus, als hätte jemand eine Sommerwiese an die Decke des Cafés gezaubert.

Flo drehte sich im Kreis. Winzige Lichter funkelten zwischen der Blumenpracht.

»Sind die echt?«, fragte sie. »Die Blüten, meine ich.«

»Nein«, erwiderte Malú. »Die sind aus Stoff.«

George streckte die Finger aus und berührte eine der Blüten, die wie Trauben von der Decke herunterbaumelten. »Ein Ort, an dem Blumen im Winter blühen«, murmelte er.

»Rein oder raus?«, sagte eine ruppige Stimme.

Erschrocken fuhr Flo herum. Hinter ihnen stand eine Frau mit kurzen Haaren, hochgerollten Ärmeln und Schürze. Ihre Arme, die sie vor der Brust verschränkt hatte, waren über und über mit Tattoos bedeckt.

»Äh, wie bitte?«, fragte Flo.

Die Frau runzelte die Stirn. »Entweder ihr sucht euch einen Platz, oder ihr verkrümelt euch wieder nach draußen«, sagte sie. »In jedem Fall macht ihr den Weg frei.«

»Oh!«, entfuhr es Malú.

Flo sah sich um und bemerkte, dass zwei Erwachsene in der Eingangstür hinter ihnen standen und das Café betreten wollten. Rasch machten die Kinder Platz, und die Frau wies den Gästen einen Platz am Fenster zu.

»Was ist jetzt mit euch?«, fragte sie. »Müsstet ihr nicht in der Schule sein?«

Malú wich noch einen Schritt zurück, aber Flo antwortete, ohne nachzudenken. »Wir haben Sommerferien«, sprudelte es aus ihr heraus. »Wir müssen nicht zur Schule, wir sind auf einer Quest!«

Die Frau starrte sie an.

»Einer was?«, fragte die Frau und ließ ihre Muskeln spielen.

Flo war fasziniert. Ein paar der Blumen, die sich die Arme der Frau hinaufstreckten, kannte sie sogar. Da waren Mohn und Grashalme. Und war das eine Biene, die über einer Kornblume flog?

George verschluckte sich und hustete.

»Eine Suche!«, erklärte Flo. »Einer Schatzsuche, um genau zu sein.«

Die Frau runzelte die Stirn. »Wollt ihr mich veralbern?«

»Nein«, antwortete Flo und zog Wonderlys Karte aus der Seitentasche von Malús Rucksacks. »Sehen Sie, wir haben diese Karte gefunden …«

Sie hatte die Karte schon halb aufgeklappt, als die Frau die Augen aufriss und rasch nach Flos Hand griff.

»Nicht hier«, zischte die Frau und sah sich beunruhigt um. »Ihr kommt besser mit in die Küche.«

Ohne weitere Erklärung schob die Frau sie vorbei an einem Kellner und zwei jüngeren Frauen, die an der Theke bedienten.

Malú zupfte Flo am Ärmel. »Du solltest den Leuten nicht sofort sagen, was wir machen«, warnte sie leise.

»Was?«, fragte Flo verdutzt. »Warum?«

»Weil manche Leute komisch reagieren, wenn man ihnen von Magie erzählt«, flüsterte George. »Und weil wir nicht wissen, wer es noch alles auf Wonderlys Karte abgesehen hat.«

»Oh«, machte Flo. Da hätte sie auch selbst draufkommen können. Ihr Blick rutschte zurück der fremden Frau, die sie wie verlorene Schafe vor sich hertrieb.

Sollten sie nach einem Fluchtweg Ausschau halten? Bevor Flo das ernsthaft in Erwägung ziehen konnte, wurde sie von einem himmlischen Duft abgelenkt. Mit einem Mal stand sie in der Küche des Cafés, einem großen, hellen Raum mit mehreren Backöfen. Auf einem riesigen Tisch standen Platten mit frischem Blechkuchen und glasierte Krapfen. Das Aroma von süßem Hefegebäck und Butterstreuseln hing in der Luft und ließ Flo das Wasser im Mund zusammenlaufen.

Eine zweite Frau zog eben ein Blech mit Mohnschnecken aus dem Ofen. Sie trug schwarze Bäckerkleidung, eine Schürze und eine Kappe auf ihren grellroten Haaren. Auch sie war tätowiert, allerdings nur an ihrem linken Arm. Ein hellblaues Vergissmeinnicht stach zwischen schwarzen Wildkräutern hervor.

»*Kochanie*«, begrüßte die Bäckerin die erste Frau. »Was wird das denn hier?«

Die mürrische Frau nickte zu Flo. »Diese Kinder haben Wonderlys Wegweiser«, sagte sie ohne Umschweife.

Flos Herz machte einen Hüpfer. »Sie kennen Walter Wonderly?«, rief sie.

Im selben Moment fragte Malú: »Sie wissen von der Karte?«

George wurde so blass wie ein Ziegenkäse.

»Natürlich wissen wir von der Karte, wir –«, setzte die mürrische Frau an, doch Flo konnte nicht an sich halten.

»Gehören sie zur Geheimgesellschaft?«, stürmte sie auf die beiden Frauen ein. »Die mit den ganzen Regeln? Weil, wenn ja, dann dürfen sie uns die Karte nicht wegnehmen!«

»Hey, hey, eins nach dem anderen«, sagte die mürrische Frau, offenbar verblüfft von Flos Wörterflut. Die Bäckerin jedoch lachte.

»Da haben wir ja einiges zu klären«, sagte sie und deutete

auf einen kleineren Tisch im hinteren Bereich der Küche. »Besser, ihr setzt euch. Ich bin übrigens Krystyna. Und dieser Sonnenschein hier ist meine Frau Mab.«

Kurze Zeit darauf saßen sie alle an dem kleinen Tisch. Flo hatte gehofft, dass Krystyna ihnen ein paar der Mohnschnecken anbieten würde, aber das wäre wohl zu viel verlangt. Immerhin besorgte Mab ein paar Tassen und servierte ihnen Tee aus einer bauchigen Kanne.

»Walter Wonderly war einer der ersten Gäste in unserem Café«, erklärte Krystyna. Ihr Blick schweifte zu einer Korkwand, an der Dutzende Fotos hingen. Sie zupfte eins der Bilder von seiner Stecknadel und zeigte es den Kindern. »Ein komischer Kauz war das.«

Das Foto zeigte einen Mann mit kurzen schwarzen Haaren, einem Bart und freundlichen Augen. Er trug einen Pullover mit einem abscheulichen blau-orangefarbenem Muster und hielt einen Teller mit Kuchen in die Höhe, als wollte er damit anstoßen.

»Er hat ständig Geschichten erzählt über die seltsamen Gegenstände, die er aufspüren wollte. Wenn man ihm glaubt, gibt es überall in London verborgene Schatzkammern, Geheimwege und Orte, an denen sich magische Wesen tummeln.«

»Lindwürmer und Kelpies«, sagte Flo rasch. »Und Feen?«

Bei diesem letzten Wort zuckte Krystynas Mundwinkel, und Mab nahm einen ausführlichen Schluck Tee.

»Sicher« sagte Krystyna ausweichend. »Irgendwann hat Walter uns gefragt, ob wir ihm helfen wollen. Er sagte, dass er eine Karte herstellen wollte, die zum wertvollsten Schatz in London führt. Er fragte, ob unser Café eine Station sein könnte, an der die Schatzsucherinnen und Schatzsucher eine Aufgabe lösen müssen.«

Flos Bauchschmetterlinge kribbelten wieder. »Das heißt, ihr könnt uns sagen, wie es weitergeht?«, fragte sie. »Wo wir als Nächstes suchen sollen?«

Krystyna zwinkerte ihr zu. »Das verrät euch der Hinweis. Das Rätsel müsst ihr schon selbst lösen.«

George räusperte sich. »Sind … sind denn schon viele Leute auf der Suche nach der Quelle bei Ihnen vorbeigekommen?«

»Nein, ihr seid die Ersten.« Krystyna musterte Flo und die anderen. »Ich muss gestehen, ich hätte nicht damit gerechnet, dass wir es mit Kindern zu tun bekommen.«

»Besser als mit den Schnöseln der GUMU«, schaltete Mab sich ein.

»Das stimmt allerdings«, sagte Krystyna.

George riss die Augen auf. »Sie wissen von der Geheimgesellschaft?«

»Leider«, brummte Mab. »Warum fragst du? Seid ihr denen etwa auch schon über den Weg gelaufen?«

Malú und Flo sahen beide zu George, sie konnten es nicht verhindern. Der rutschte an der Lehne seines Stuhls hinunter, als wollte er sich kleiner machen. »Ich habe ein Praktikum bei ihnen gemacht.«

»Ein Praktikum«, wiederholte Mab. »Hm. Lass mich raten. Deine Familie hat Mitglieder in der Gesellschaft. Wer ist es? Dein Vater? Deine Mutter?«

»Mein Großvater und meine Tante«, antwortete George.

Mab schnaubte. »Mein Beileid.«

»Wenn du ein Praktikum bei ihnen machst, bist du dann in ihrem Auftrag unterwegs?«, wollte Krystyna wissen.

George starrte auf seine Knie. »Nein«, sagte er. »Sie haben mich gefeuert, weil ich Wonderlys Karte verloren habe.«

»Und wir haben sie gefunden«, fügte Flo hinzu. »George ist jetzt Teil unseres Teams.«

George lächelte ihr dankbar zu.

Mab trank einen Schluck Tee und überlegte. »Das heißt, die GUMU ist in diesem Augenblick auf der Suche nach der Karte«, sagte sie schließlich. »Und du hast ihnen nicht verraten, dass du mit den beiden Mädels hier längst auf dem Weg zur Quelle bist?«

»Richtig«, sagte George kleinlaut.

Da grinste Mab breit. »Gut gemacht«, lobte sie. »Dann wollen wir zusehen, dass wir euch ans Ziel bringen, bevor die GUMU aufholt.«

»Ich glaube nicht, dass sie uns einholen können«, warf Flo ein. »Sie kennen bisher nur den ersten Hinweis. Wir sind ihnen um Meilen voraus.«

»Da wäre ich mir nicht so sicher«, sagte Mab. Ihre Antwort stach wie eine Nadel in Flos Zuversicht.

»Die GUMU kann magische Aktivitäten aufspüren«, erklärte Krystyna. »Ihr habt schon Stationen auf Walters Karte abgeklappert, oder?«

»Zwei«, bejahte Malú.

»Und habt ihr dabei etwas Magisches erlebt?«, hakte Krystyna nach.

»George ist mit einem Kelpie im Regent's Canal geschwommen«, sagte Flo.

»Na bitte.« Krystyna lehnte sich in ihrem Stuhl zurück. »Wenn ihr ein Kelpie angelockt habt, haben sie es ziemlich sicher bemerkt. Vielleicht sind sie euch schon dichter auf den Fersen, als ihr ahnt.«

Na, das waren ja tolle Neuigkeiten. Flo ballte die Fäuste. »Dann müssen wir uns beeilen!«, stieß sie hervor. »Was sagt der Hinweis? Wir müssen uns eine Speise aussuchen …«

»… und eine Zutat, die ein Herz bricht und heilt«, ergänzte Malú.

Krystyna schmunzelte. »Also, eine kleine Hilfestellung können wir euch geben.« Sie stand auf und holte ein dickes Backbuch, das sie vor den Kindern auf den Tisch legte. Mehrere Seiten waren mit bunten Klebezetteln markiert.

»Hier könnt ihr euch eure Speise aussuchen«, sagte sie und deutete auf eine Tür schräg hinter ihnen. »Und dort findet ihr jede Menge Zutaten.«

Heimweh und Johannisbeerkompott

Malú

Malú hatte schlecht geschlafen. Die Luft im alten Zimmer ihrer Mutter war zu stickig gewesen, aber wenn sie das Fenster öffnete, drang der Autolärm zu ihr hinauf, selbst mitten in der Nacht. Die Stadt kam einfach nicht zur Ruhe.

Sie hatte sich herumgewälzt, war irgendwann weggedämmert und dann zu spät aufgewacht. Gefrühstückt hatte sie gar nicht. Die Wahrheit über das neue Stadthaus und dessen Hinterhof hatte einen bitteren Geschmack in ihrem Mund hinterlassen.

Sie verstand nicht, warum sie das so aus der Bahn warf. Es gab schließlich schlimmere Orte, an denen manche Leute wohnen mussten. Und ihre Mutter hatte recht, am Ende war ein Johannisbeerstrauch doch wie jeder andere.

Aber eine neu gekaufte Pflanze wäre nicht mehr mein Strauch, dachte Malú. Und überhaupt. In der Betonwüste hinter dem Haus würde jedes Gewächs kläglich verkümmern, bevor es überhaupt eine Wurzel ausgestreckt hatte.

Kurz hatte sie überlegt, ob sie Flo und George absagen sollte. Aber dann hatte sie sich vorgestellt, wie sie den ganzen Tag im Haus von Oma Helen verbrachte. Bestimmt würde Oma sie fragen, warum sie schlechte Laune hatte, und damit wollte Malú sich nicht auseinandersetzen.

Nein, hatte sie sich gesagt. Die Schnitzeljagd war eine Ablenkung, und das brauchte sie heute.

Was ja alles gut und schön war, doch dann hatten sie dieses Café betreten, in dem eine Blumenwiese von der Decke spross. Sie spürte ein schmerzhaftes Ziehen in der Brust. So langsam fragte sich Malú, ob diese Schnitzeljagd sie neckte und ihr mit all den Gärten und Blumen vor Augen führte, was sie nicht mehr hatte.

Jetzt sei mal nicht so dramatisch, ermahnte sie sich selbst.

Die Tür, die Krystyna für sie öffnete, führte in einen Vorratsraum. Regale säumten die Wände, ein breiter Tisch stand in der Mitte, und am gegenüberliegenden Ende des Raums ragten gleich drei Kühlschränke in die Höhe.

Flo stieß einen anerkennenden Pfiff aus, und auch Malú staunte nicht schlecht. Hier gab es so ziemlich alles, was das Herz einer Naschkatze begehrte. Neben Stapeln von Eierkartons warteten Vorratsgläser mit gehackten Nüssen, Mohnsamen und Rosinen. In Papier verpackte Blöcke aus Schokolade lagen neben Gläsern voller golden schimmerndem Honig und Ahornsirup.

Malú sah sich um, bis ihr Blick auf etwas Rotes, Glänzendes fiel. *O nein.*

»Ach, du heilige Himbeerschnitte«, murmelte Flo, während sie durch den Raum streifte. »Das sieht alles lecker aus! Woran erkennen wir die richtige Zutat?«

»Tut mir leid«, sagte Krystyna. »Darauf müsst ihr selber kommen.«

George strich mit den Fingerspitzen über die Etiketten der Honiggläser, doch Malú trat an den Tisch in der Mitte des

Raums. Hier befanden sich die frischen Zutaten. Eine Schale mit Zitronen, eine Kiste voller schwarzer Kirschen und mehrere Körbchen mit roten Johannisbeeren.

Malú schluckte und presste die Lippen aufeinander. Johannisbeeren. Ausgerechnet. Sie streckte die Hand aus und berührte eine Rispe mit der Fingerspitze. Ein Lufthauch kräuselte sich über ihre Wange, und irgendwo in der Nähe raschelten Blätter. Malús Blick jedoch hing an den leuchtend roten Beeren und ihr Herz wurde schwer wie Blei.

»Also, ich weiß ja nicht«, sagte Flo. Sie stand vor einem der Regale und hatte die Hände in die Hüften gestemmt. »Wenn ich dran denke, dass ich diese Schokolade niemals komplett aufessen könnte, bricht mir das Herz. Zählt das?«

George lachte. »Ich glaube nicht.«

Malú starrte auf die Johannisbeeren und dachte an den trostlosen Hinterhof ihres neuen Zuhauses.

Flo murrte irgendetwas vor sich hin. Malú jedoch griff nach den Johannisbeeren.

»Das hier«, sagte sie. »Das ist die richtige Zutat.«

Ausgestattet mit drei Körbchen voller Johannisbeeren kehrten Malú und die anderen in die Backstube zurück. Mab war nirgends zu sehen, aber Krystyna hatte in der Zwischenzeit den Arbeitstisch freigeräumt.

»Johannisbeeren, ja?«, fragte sie, als die Kinder aus der Vorratskammer traten. »Okay. Dann würde ich euch vorschlagen, ihr sucht euch ein Rezept aus, das mit einem grünen Klebezettel markiert ist.«

Malú stellte ihre Beeren neben dem Backbuch ab. Flo ließ

vor Aufregung beinahe eins der Körbchen fallen und schob es rasch auf den Tisch.

»Woher weißt du, dass die Johannisbeeren die richtige Zutat sind?«, fragte sie Malú.

Malú zuckte mit den Schultern. »Ich weiß es einfach.«

In Wahrheit konnte sie nicht erklären, warum sie sich so sicher war. Sie wusste nur, dass die Beeren nach ihr riefen. Und obwohl sie förmlich spürte, wie ihr Herz bei ihrem Anblick einen Riss bekam, wollte Malú diesen Ruf nicht ignorieren.

George trat neben sie und schlug eine Seite mit einem grün markierten Rezept auf.

»Wie wäre es damit?«, fragte er. Das markierte Rezept beschrieb Hefeteilchen, die mit Blaubeeren gefüllt und mit Streuseln und Puderzucker bedeckt waren.

»Jagodzianki«, sagte Krystyna. »Das Lieblingsgebäck meiner Großmutter.«

Malú lehnte sich näher heran. »Die sind mit Blaubeeren gefüllt«, sagte sie. »Könnte man die auch durch Johannisbeeren ersetzen?«

Krystyna rieb sich über den Nacken. »Ich habe die noch nie mit Johannisbeeren ausprobiert, aber warum nicht? Ihr müsst die Beeren nur ein bisschen eindicken, wisst ihr, wie das geht?«

Ohne sich abzusprechen, drehten sich Flo und George zu Malú. Die nickte.

»Tja dann«, sagte Krystyna und wandte sich an George. »Wie wäre es, wenn wir beide uns um den Hefeteig kümmern, und Flo hilft Malú mit der Füllung?«

»Geht klar«, rief Flo begeistert und krempelte ihre Ärmel hoch.

»Eine kleine Warnung allerdings«, fügte Krystyna hinzu. »Wenn ihr die richtige Zutat gewählt habt, wird es eigenartig.«

Malú zog die Johannisbeerrispen durch den Zinken einer Gabel und löste so die Früchte von ihren Stängeln. Flo tat es ihr nach und brummelte dabei vor sich hin.

»Das ist 'ne richtige Fitzelarbeit, was?«, meinte sie, als sie eine Handvoll Beeren in eine Schüssel fallen ließ. »Können wir nicht zu den tanzenden Feen vorspulen?«

»Pass auf, dass du die Stängelenden mit abzwackst«, sagte Malú und nickte zu den grünen Stummeln, die noch in Flos Beeren steckten.

»Im Ernst jetzt?«, fragte Flo entsetzt.

Ihr ging das alles offensichtlich zu langsam, aber Malú merkte, wie sie selbst immer ruhiger wurde. Mit geübten Bewegungen löste sie die Johannisbeeren von ihren Rispen. So hatte sie es auch zu Hause gemacht, nachdem sie die Büsche in ihrem Garten abgeerntet hatten. zusammen mit ihrem Papa hatte sie Eimer voller roter und weißer Beeren in die Küche geschleppt und ihre Ernte zu Gelee verarbeitet.

In Krystynas Küche fuhr Malú durch die Beeren in der Schüssel und prüfte, ob sie alle Blätter und Stängelreste entfernt hatten. Dann griff sie nach dem Puderzucker, den Krystyna für sie bereitgestellt hatte.

Sie dachte an die Küche in Puddleston, an die Arbeitsflächen aus geöltem Holz und die Nachmittagssonne, deren

Licht wie flüssiger Bernstein über die Schränke und den Boden wanderte. Sie erinnerte sich daran, wie sie den Saft aus den Johannisbeeren in einem großen Topf auf den Herd gestellt hatte. Sie erinnerte sich an das Rauschen des Gelierzuckers, wenn ihr Papa ihn in den Topf rieseln ließ. In ihrer Hand spürte sie wieder den Kochlöffel mit dem langen Stiel, den sie zum Umrühren benutzt hatte.

Malú mischte die Beeren in Krystynas Küche erst mit Puderzucker und dann mit Kartoffelstärke. Je länger ihre Finger die Beeren durch die Schüssel rührten, umso blasser wurde die Umgebung um sie herum. Malú schloss die Augen und versetzte sich zurück in die Küche in Puddleston.

Der eingedickte Johannisbeersaft blubberte in seinem Topf, und sein fruchtigherber Duft stieg in Malús Nase. Ihr Papa hob einen Löffel der heißen Flüssigkeit aus dem Topf und ließ sie auf einen Unterteller gleiten. Er zeigte Malú, wie man testete, ob das Gelee bereits genug eingedickt war, indem er den Teller leicht zur Seite kippte. Das Gelee rutschte träge zum Rand und wurde fester, während es abkühlte.

»Noch fünf Minuten, Abelhinha.«

Malú hörte die Stimme ihres Vaters und dachte daran, wie sie den Finger in den Geleeklecks gesteckt hatte. Als sie es probierte, schmeckte das Gelee süß wie ein Sommertag.

»Malú?«, fragte jemand besorgt.

Malú erkannte Flos Stimme, öffnete jedoch nicht die Augen. Der Geschmack des Gelees lag auf ihrer Zungenspitze und weitere Lieblingsmomente entfalteten sich in ihren Erinnerungen.

Abendrot im Garten. Ihr Papa und sie saßen auf der Bank

hinter dem Haus, aßen dicke Scheiben Brot mit Butter und dem rubinroten Gelee, während der Himmel von Lavendellila zu Blau wechselte und die Fledermäuse durch den Garten zischten.

Es war, als ob sich Malús Heimweh wie eine Schlinge um ihr Herz legte und sich zusammenzog. Sie dachte daran, wie es sich angefühlt hatte, sich auf der sonnenwarmen Bank zurückzulehnen, und Tränen liefen ihre Wangen hinunter. Sie weinte. Zum ersten Mal, seit sie Puddleston verlassen hatte.

Feentanz

Flo

Bestürzt sah Flo zu, wie Malú die Tränen über die Wangen kullerten. Sie hatte einfach aus dem Nichts zu weinen begonnen.

»Hey, Malú«, sagte sie. Vorsichtig tippte sie mit dem Finger an Malús Schulter und erstarrte. Ein winziger leuchtender Blütensamen schwebte vor ihr in der Luft und streifte über Flos Fingerknöchel.

Erschrocken zog Flo die Hand zurück, sah sich um und riss den Mund auf vor Staunen.

Dutzende, nein Hunderte Blütensamen trieben durch die Küche. Wie im Zeitraffer wuchsen Gräser aus den Ritzen zwischen den Fliesen, und Wildrosen rankten sich an den Backöfen hinauf.

Irgendwo rechts von ihr gab George einen erstickten Laut von sich, aber Flo starrte wie gebannt auf das Spektakel, das sich um sie herum entfaltete.

»Was …«, hauchte sie. Sie tastete nach Malús Ärmel und klammerte sich daran fest.

Ein zartes Klingeln hob an, und die wilden Rosen öffneten ihre Blüten. Winzige Feen schlüpften aus ihnen hervor, schüttelten sich und flatterten in die Luft.

Die Feen schwirrten wie emsige Bienen umher und

schwärmten um die Schüssel mit den eingezuckerten Johannisbeeren. Eine von ihnen landete sogar auf dem Rand der Schüssel. Staunend betrachtete Flo ihren blauen Körper, die glänzenden, schwarzen Augen, die Fühler und die schillernden Flügel, die sie an die Schwanzflossen von Schleierfischen erinnerten.

Das winzige Wesen neigte den Kopf, sah erst auf die Beeren und dann zu Flo. Rasch löste sich Flo von Malú, nahm eine Beere und bot sie der Fee an. Die nahm sie entgegen und schleckte über die Zuckerkruste. Mit zitterndem Atem streckte Flo ihren Finger aus, und die Fee *kletterte darauf.*

»Ähem«, räusperte sich Krystyna. Flo zuckte zusammen und die Fee stob davon.

Am hinteren Ende des Tisches standen George und Krystyna mit hochgerollten Ärmeln und mit Teig verklebten Händen. Georges Augen waren so groß und rund wie Untertassen.

»Wir machen besser weiter«, sagte Krystyna.

»Was?«, hustete Flo. Sie warf einen Blick auf Malú, doch die hatte immer noch die Augen geschlossen. »Aber das … wie sollen wir …«

»Konzentration«, riet Krystyna. »Oder wollt ihr euch den nächsten Hinweis nicht verdienen?«

Feen landeten rund Walter Wonderlys Wegweiser, der aufgeschlagen auf dem Tisch lieg. Eins der kleinen blauen Wesen rollte eine Johannisbeere quer über die Karte darüber.

»Konzentration«, ermahnte sich Flo, als die Tür zur Küche aufflog und Mab hereinplatzte.

Mit einem erschrockenen Klingeln sausten die Feen zurück in die Rosenblüten, und die Wildwiese zerplatzte in Wolken aus goldenem Blütenstaub.

Mab wischte den Goldglitzer beiseite und verkündete in finsterem Ton: »Wir haben ein Problem.«

Ein gefährlicher Hauch von Maiglöckchen

George

George blinzelte wie eine verdutzte Eule. Eben war die Küche noch erfüllt gewesen von Feenglitzer und Blütentaumel. Nun war der Zauber verpufft, ohne auch nur eine Spur zu hinterlassen. Die Feen waren verschwunden, die Blumen auch, und die Küche war leer, wie zuvor.

Flo ließ sich auf einen Stuhl fallen, während Malú die Augen aufschlug und sich verwirrt umsah.

Krystyna rieb sich die Hände an der Schürze ab und trat auf Mab zu. »Was ist denn?«, fragte sie.

»Die GUMU ist hier«, antwortete Mab in grimmigen Ton.

Krystyna fluchte. »Bist du sicher?«

»Ziemlich«, antwortete Mab. »Draußen stehen ein paar Anzugträger, die haben quasi einen Stempel mit *Spaßverderber* auf der Stirn. Sie beobachten das Café.«

Ihre Worte drangen durch die weiche, wattige Wolke der Verwunderung, die sich um George geschmiegt hatte, und sein Atem entwich in einem erschrockenen Keuchen.

Prompt wandte sich Mab zu ihm: »Du! Komm mit.«

Puff. Mehl stob in einer Wolke aus der Tüte, die George noch in der Hand hielt und vor Schreck zusammengedrückt hatte. »Was?«, hustete er. »Wieso?«

»Du kennst die Mitglieder der GUMU«, sagte Mab. »Wirf einen Blick auf die zwei Trantüten und sag mir, ob ich richtigliege.«

George schluckte, nickte jedoch.

Mab wedelte mit der Hand in Richtung von Flo und Malú. »Ihr beeilt euch besser mit eurer Backerei.«

Krystyna zog die Nase kraus. »Hefeteig lässt sich nicht hetzen«, protestierte sie.

»Der Hefeteig muss heute ausnahmsweise den Turbo einschalten«, gab Mab zurück. »Komm, George.«

George kämmte sich das Mehl aus den Haaren und folgte Mab aus der Küche.

»Die zwei stehen auf der gegenüberliegenden Straßenseite«, erklärte Mab, als sie die Tür zum Gastraum aufdrückte. »Halten sich wahrscheinlich für völlig unscheinbar, die Amateure.«

George fuhr sich nervös mit der Zungenspitze über die Lippen. Was, wenn Mab recht hatte? Was, wenn er die Männer erkannte? Und sie ihn?

»Bleib hinter mir«, warnte Mab, als hätte sie seine Gedanken gelesen. Sie befanden sich hinter der Verkaufstheke. Noch war das Schaufenster des Cafés zu weit entfernt, als dass George nach draußen hätte schauen können. Doch als die Tür zum Café aufging, erkannte er sehr deutlich, wer eintrat.

»Das hat mir heute echt noch gefehlt«, brummte Mab, ohne zur Tür zu blicken. »Diese Spießer machen nichts als schlechte Laune.«

George dachte nicht nach. Er ließ sich wie ein Stein zu Boden fallen.

Mab hob überrascht die Brauen, schaltete jedoch schnell.

Ihr Blick huschte zu der Frau, die das Café betreten hatte und nun auf die Theke zumarschierte, und ihre Miene verfinsterte sich. »Bleib da unten«, raunte sie George zu, aber da hatte die Frau den Tresen auch schon erreicht.

»Mab«, grüßte Tante Lavinia. Der Duft ihres Maiglöckchenparfüms wehte über die Theke zu George herunter.

»Lavinia«, antwortete Mab. »Lange nicht gesehen.«

»In der Tat.« Tante Lavinia machte ein unzufriedenes Geräusch, und George kauerte sich so klein wie möglich zusammen.

»Was kann ich für dich tun?«, fragte Mab mit eisiger Stimme.

»Ach, es ist sehr seltsam«, sagte Tante Lavinia in gespielt beiläufigem Ton. »Aber meine Mitarbeiter sagen mir, dass sie heute eine … Störung in eurem Café gemessen haben.«

»Ach ja?«, fragte Mab. »Scheint so, als wären eure Messgeräte kaputt. Was für ein Jammer.«

Tante Lavinia schwieg einen Augenblick lang, dann sagte sie: »Bei euch ist in letzter Zeit nicht zufällig ein besonderer Gegenstand aufgetaucht? Eine Art … Landkarte, die uns gehört?«

Georges Herz hüpfte so aufgeregt, dass er befürchtete, es würde ihm gleich die Kehle hinaufspringen.

»Ich habe keine Ahnung, wovon du redest«, behauptete Mab.

Wieder schwieg Tante Lavinia, und George konnte ihre Frustration förmlich fühlen. »Ich bin enttäuscht, Mab«, sagte sie schließlich. »Ich dachte, wir hatten uns geeinigt, dass in eurem Café nichts Ungebührendes stattfinden soll.«

Mab lachte. »Deine und meine Vorstellung von ungebührend gehen weit auseinander«, sagte sie. »Und von einer Einigung war nie die Rede.«

»An deiner Stelle würde ich mir gut überlegen, wie viel Ärger du uns machen willst«, warnte Tante Lavinia mit gesenkter Stimme. »Du weißt, dass wir sehr gute Kontakte zu den unterschiedlichsten Behörden pflegen. Ein Anruf von mir, und hier steht ein schlecht gelaunter Kontrolleur vom Gesundheitsamt vor der Tür. Oder vielleicht jemand von der Einwanderungsbehörde? Jemand, der sich Krystynas Papiere sehr genau anschauen wird. Oder deine?«

Nun trat Mab ebenfalls dichter an die Theke heran. »Schick sie ruhig her und finde heraus, was dir das bringt.«

George schauderte. Ein kalter Hauch knisterte durch die Luft, und die Härchen auf seinen Unterarmen richteten sich auf. Was zur Hölle …?

Tante Lavinia zischte wie eine wütende Katze. »Du weißt, wer die Karte hat«, raunte sie. »Sag mir, wer es ist!«

Mab schnaubte. »Selbst wenn ich es wüsste, warum sollte ich das tun?«

»Die Karte gehört uns«, knirschte Tante Lavinia. »Wonderly hat die Quelle im Auftrag der Gesellschaft gesucht, und alles, was er gefunden hat, gehört uns.«

»Das glaubst du wirklich, oder?«, fragte Mab in einem gespielt verwunderten Ton.

»Du unverschämte …« Tante Lavinias Stimme bebte, doch sie beendete ihren Satz nicht.

Mab stützte sich mit beiden Händen auf die Theke. »Komm schon«, forderte sie heraus. »Was wolltest du sagen?«

»Mit jedem gelösten Hinweis auf dieser Karte wird Magie hervorgelockt«, zischte Tante Lavinia. »Für uns strahlen diese Vorkommnisse hell wie Leuchtfeuer. Wer auch immer die Karte hat, wir werden den Dieb einholen. Und wenn *wir* die Quelle gefunden haben, werde ich persönlich dafür sorgen, dass dein Laden hier dichtgemacht wird.«

Mab verschränkte die Arme vor der Brust. »Du bist eine selten sauertöpfische Nervensäge, weißt du das?«

George zuckte zusammen und schlug sich die Hand vor den Mund, um nicht laut zu keuchen.

»Du wagst es«, setzte Tante Lavinia an, aber Mab unterbrach sie.

»Es ist besser, wenn du jetzt gehst.« Obwohl Mabs Stimme ruhig blieb, hatte George den Eindruck, als würde er Donnergrollen hören. Er erhaschte eine Bewegung aus dem Augenwinkel, und als er den Kopf drehte, sah er, dass sich die Tätowierungen auf Mabs Armen bewegten. Die Bienen flogen unter ihre aufgerollten Ärmel, und die Wildblumen schwankten, als würden sie sich vor einem heraufziehenden Sturm beugen.

»An deiner Stelle wäre ich sehr vorsichtig, Mab«, hörte er Lavinia mit mühsam beherrschter Stimme.

Mab verzog den Mund zu einem dünnen Grinsen. »Den Rat befolgst du besser selbst, *Lavinia.*«

Tante Lavinia sog scharf die Luft ein, dann klackerten wütende Schritte aus dem Café hinaus.

Mab wartete, bis sich die Tür des Cafés hinter Lavinia geschlossen hatte, dann sah sie zu George hinunter.

»Meine Tante«, murmelte er.

»*Das* ist deine Tante?«, fragte Mab. Sie schüttelte mitfühlend den Kopf. »Dann bist du noch ärmer dran, als ich gedacht habe.«

Wenig später saßen sie wieder in der Küche. Mab berichtete, was passiert war, während Malú und Krystyna die Jagodzianki formten. Flo stand an der Küchentür und späte durch den Türspalt nach draußen.

George hatte das Gefühl, sich kaum auf seinem Stuhl halten zu können, so schwindlig war ihm. Noch immer hatte er Tante Lavinias Parfüm in der Nase und den schneidenden Ton ihrer Stimme im Ohr. Bisher hatte er nur befürchtet, dass Tante Lavinia sie aufhalten und ihnen die Karte wegnehmen würde. Das war schon schlimm genug. Aber er hatte nicht darüber nachgedacht, was passieren würde, wenn sie herausfand, dass er sie hintergangen hatte.

Er hatte sich an die Hoffnung geklammert, dass sie ihm seinen Verrat vergeben würde, sobald er die Quelle gefunden hatte. Doch das war wohl ein Wunschtraum.

Er hatte bereits seine Stelle als Praktikant verloren. Was würde seine Familie sagen, wenn sie erfuhren, dass er sich Tante Lavinia widersetzt hatte?

Sein ganzes Leben lang hatte er sich bemüht, die Erwartungen seiner Familie zu erfüllen. Trotzdem hatte Tante Lavinia oft über ihn geseufzt, hatte sein Großvater verärgert die Stirn gerunzelt, hatten seine Eltern sich leise und besorgt über ihn unterhalten, wenn ihm wieder etwas Peinliches passiert war.

Was würden sie tun, wenn er sie mit voller Absicht enttäuschte? Wie würden sie ihn dann ansehen?

Nicht zu viel darüber nachdenken, sagte sich George.

Ein saurer Geschmack zwängte sich seine Kehle hinauf.

Krystyna nahm das Blech mit den rohen Hefeteilchen und schob es in den Ofen.

»Was machen wir, wenn sie zurückkommen?«, fragte Flo in die bedrückte Stille. »Sie könnten einfach hier hereinstürzen!«

»Keine Sorge«, sagte Mab. »Hier drinnen hat die GUMU nichts zu melden.«

»Das war auch ein Grund, warum Walter uns in seine Pläne eingeweiht hat«, ergänzte Krystyna.

George runzelte die Stirn. Was bedeutete das? Die beiden Frauen verheimlichten etwas. Sein Blick fiel auf Mabs Tätowierungen, die nun wieder reglos auf ihren Armen ruhten. Sie war mehr, als man mit dem bloßen Auge erkennen konnte, da war er sich sicher.

George fasste sich ein Herz. »Was hat Tante Lavinia damit gemeint, sie würde die Quelle nutzen, um das Café zu schließen?«

»Was? Das hat sie gesagt??«, fuhr Krystyna auf. »Diese alte Krawallziege!«

»Ruhig Blut, *Kochanie*«, sagte Mab und tätschelte Krystynas Hand. »Wir haben schon Schlimmeres abgewehrt.«

Krystyna schnaubte und fluchte leise auf Polnisch.

»Es ist so«, begann Mab zu erklären. »Die Welt ist mit Magie durchzogen wie Laub mit Blattadern. An manchen Orten fließt die Energie schwächer, an anderen stärker. Und am mächtigsten fließt die Magie, wenn sich eine ihrer Quellen in der Nähe befindet.«

»Es gibt mehrere Quellen?«, fragte Flo mit großen Augen.

»Natürlich«, antwortete Mab. »Oder glaubt ihr etwa, London wäre das magische Zentrum der ganzen Welt? Weit gefehlt!«

»Aber was können denn diese Quellen?«, hakte Flo aufgeregt nach. »Wozu sind sie da?«

»Die Magie, die aus den Quellen sprudelt, macht Wunder möglich«, antwortete Krystyna. »Wir brauchen sie, um Alltagszauber zu wirken. Magische Wesen brauchen sie, um zu überleben.« Krystyna griff nach Mabs Hand. »Für sie ist die Quellmagie genauso wichtig wie Erde, Sonne und Wasser für Pflanzen. Ohne sie würde alles Magische verdorren und aus der Welt verschwinden.«

»Und die GUMU?«, fragte George mit dünner Stimme.

»Hmpf«, machte Mab. »Die GUMU will sich die Quelle in London nur aus einem Grund unter den Nagel reißen: Kontrolle.«

»Wenn man Kontrolle über die Quelle erlangt, kann man den Magiefluss lenken oder eindämmen«, ergänzte Krystyna. »Und man kann diejenigen, die man bestrafen oder ausmerzen will, von der Magie abschneiden.«

Mab brummte zustimmend. »Es wäre nicht das erste Mal, dass die GUMU Zauberwesen auslöscht, bloß, weil sie in ihren Augen gefährlich oder unbequem sind.«

»Das würde die GUMU nicht tun!«, widersprach George entsetzt.

»Ach ja?«, fragte Mab. »Und woher genau nimmst du dieses Vertrauen?«

George stockte, dann erinnerte sich an einen Satz aus dem Leitfaden, den man ihm zu Beginn seines Praktikums gegeben hatte. »*Die Gesellschaft wurde zum Schutz der Magie gegründet*«, zitierte er. »Sie wollen magische Gegenstände erhalten und vor denen beschützen, die sie für böse Zwecke einsetzen wollen.«

Genauso hatte er die Mitglieder der Geheimgesellschaft immer gesehen. Als ehrenhafte Wächter und Wächterinnen einer Wunderkammer.

»Das glaubst du wirklich?«, fragte Mab. »Obwohl du in Lavinias Dunstkreis aufgewachsen bist?«

George schwieg. Er hatte keinen Schimmer, was er mit all diesen Informationen anfangen sollte. Sein Blick rutschte zu den beiden Frauen, die so anders waren, als die biederen, zugeknöpften Menschen, mit denen George in seiner Welt sonst zu tun hatte.

»Woher kennt ihr Georges Tante überhaupt?«, fragte Flo.

»Lange Geschichte«, antwortete Mab. »Das erste Mal sind wir mit der GUMU aneinandergerasselt, als wir nach London gezogen sind.«

»Die GUMU hat eine ganz bestimmte Vorstellung davon, wie man mit Magie umgehen soll«, sagte Krystyna. »Bei ihnen muss alles geordnet zugehen. Ihrer Meinung nach sollte Magie in ein Korsett aus strengen Regeln gepresst werden. Und sie haben ein Problem mit Außenseitern, die ihre Philosophie nicht teilen.«

»Aber woher wisst ihr das alles?«, beharrte Flo. »Und wieso gibt es in eurer Küche Feen? Und wohin sind sie verschwunden?« Sie starrte Krystyna und Mab an. »Seid ihr Zauberinnen?«

Krystyna warf Mab einen Blick zu, und Mab seufzte.

»Okay, pass auf«, sagte sie. »Wenn ihr eure Suche beendet habt, kommt ihr uns besuchen, und dann reden wir. Jetzt habt ihr etwas zu erledigen. Wenn ihr wirklich weitermachen wollt.«

»Klar wollen wir das!«, rief Flo sofort. »Oder?«

Malú presste die Lippen aufeinander und nickte. George nickte ebenfalls.

»Ja«, sagte er. Auch wenn die Angst vor den Konsequenzen ihm den Magen umdrehte. Er würde weitermachen.

»Kann Georges Tante wirklich feststellen, wann und wo wir einen Hinweis entschlüsseln?«, fragte Malú.

»Ich fürchte, ja«, bestätigte Mab. »Sobald sich die Lösung eines Rätsels auf der Karte anbahnt, entstehen Schwingungen, die man wahrnehmen kann. Wenn man die richtige Ausstattung hat.«

»Oder eine natürliche Antenne dafür«, ergänzte Krystyna.

»Aber dann werden sie uns erwischen«, klagte Flo. »Und unser Gedächtnis löschen!«

Mab lehnte sich in ihrem Stuhl zurück und verzog den Mund zu einem wölfischen Grinsen. »Ach, ich habe ein, zwei Ideen, wie wir den Suchtrupp ablenken und euch einen Vorsprung verschaffen können.«

»Das wird nicht lange funktionieren«, murmelte George. »Tante Lavinia ist sehr hartnäckig.«

»Dann müssen wir schneller sein«, sagte Flo. »Wir dürfen keine Pause mehr machen. Wir müssen heute noch die nächste Aufgabe lösen. George?«

George nickte. »Ja, ich glaube, das ist unsere einzige Chance.«

»Malú?«, fragte Flo hoffnungsvoll.

Malú sah ein bisschen blass um die Nase aus, aber sie nickte ebenfalls. »Ja«, sagte sie. »Machen wir weiter.«

»Ich gehe jede Wette ein, dass Lavinia unser Café beobachten lässt«, brummte Mab. Doch als sie die entsetzten Gesichter der Kinder sah, lächelte sie schelmisch. »Keine Sorge«, sagte sie. »Wir haben Wege, um euch hier ungesehen rauszuschmuggeln.«

»Wir wissen aber noch gar nicht, ob wir den nächsten Hinweis überhaupt bekommen«, warf Malú ein.

Krystyna tätschelte ihre Schulter und trat zurück an ihren Ofen. »Da würde ich mir keine Sorgen machen.«

Mit diesen Worten öffnete sie die Ofentür, und ein himmlischer Duft quoll aus dem Ofenrohr. Sofort lief George das Wasser im Mund zusammen.

Krystyna streifte sich Topfhandschuhe über und zog das Blech mit den Jagodzianki heraus. Die Hefebrötchen waren goldbraun und die Butterstreusel knisterten, während sie abkühlten.

Mab schmunzelte. »So, so«, sagte sie. »Das ging jetzt aber doch sehr schnell mit dem Hefeteig. Und dem Backen.«

»Ich weiß nicht, wovon du redest«, behauptete Krystyna, und wieder hatte George das Gefühl, dass die beiden ein Geheimnis teilten. Bevor er jedoch nachhaken konnte, stieß Flo einen Jubelschrei aus.

Mit einem breiten Grinsen schob sie Wonderlys Karte in die Mitte des Tischs. Eine rote Spur zeigte an, wo die Johannisbeere über das Papier gerollt war, doch George hatte nur Augen für das neue Schriftfeld, das soeben am Rand der

Themse aufgetaucht war. Weitere glitzernde Linien erschienen auf dem Papier wie leuchtende Adern, und ein Buchstabe nach dem anderen formte Wörter wie von Geisterhand.

Da war er. Der vierte Hinweis.

Flo stupste George mit dem Ellbogen an, und er las mit ehrfürchtiger Stimme vor:

Geh vorbei an dem uralten Ort, an dem einst der Teufel einem Pelikan folgte. Wage dich hinaus auf die grauen Gestade und birg einen Schatz, den du nicht behältst.

(Fast) magische Hefeteilchen

Flo

Wie versprochen, schleuste Mab sie durch einen Hinterausgang und eine verborgene Gasse hinaus aus dem Café. Mit einem rauen »Viel Glück!«, schickte sie Flo und die anderen auf die Suche nach dem nächsten Wegpunkt.

Die U-Bahn brachte das Trio in den Osten der Stadt, denn dorthin lotste sie der neue Hinweis. Der frisch herbeigefunkelte Text befand sich in der Nähe der Themse. Was Sinn ergab, denn *Gestade* – das fand Malú schnell heraus – war ein anderes Wort für Strand.

Als sie aus einem kleinen U-Bahnhof hinaus in die Stadt traten, ballten sich graue Wolken am Himmel. Flo zog den Reißverschluss ihrer Jacke zu, dann sah sie sich um. Durch seine Nähe zum Wasser wirkte dieser Stadtteil wie ein Hafenviertel. Es gab alte Speichergebäude, zu Wohnungen umgebaute Warenhäuser und immer wieder Lücken, die den Blick auf den Fluss freigaben.

»Aufteilen und suchen?«, fragte George.

Malú runzelte die Stirn. »Ist das eine gute Idee?«

»Wenn wir unseren Vorsprung behalten wollen, schon«, antwortete George und wandte sich an Flo. »Einverstanden?«

»Einverstanden, aber sei vorsichtig. Hier.« Flo drückte ihm

ihr Funkgerät in die Hand. »Ich gehe mit Malú. Wenn du was findest, funk uns an.«

»Geht klar«, sagte George und wuselte davon.

Flo nickte in die entgegengesetzte Richtung. »Dort lang?«, fragte sie Malú.

Die zuckte mit der Schulter. »Okay.«

Während sie die Straße entlanggingen, warf Flo Malú immer wieder Blicke zu. Sie hatte nicht vergessen, dass Malú in Krystynas Küche geweint hatte. Und auch jetzt war Malú noch stiller als sonst.

Sie kamen an eine Kaimauer, von der aus sie einen freien Blick auf die Themse hatten. Wind blies ihnen entgegen, als sie an die Brüstung traten. Auf der anderen Seite fiel die Mauer steil nach unten ab, bis sie in einem steinigen Streifen Strand endete.

»Hm, die Gestade haben wir schon mal gefunden«, sagte Flo. »Müssen wir nur noch herausfinden, an welcher Stelle wir nach unten klettern sollen.«

Malú sagte nichts. Sie blickte bloß nachdenklich nach unten, während der Wind ihre dunklen Locken zerzauste.

Die Frage, weshalb Malú heute so traurig war, brannte wie Pfeffer auf Flos Zunge. Schließlich hielt sie es nicht mehr aus.

»Malú?«, fragte sie. »Ist alles okay bei dir?«

Malú zupfte mit der Hand am Kragen ihrer Jacke herum. Wahrscheinlich sollte Flo nicht nachbohren. Aber sie dachte an die Tränen, die Malú über das Gesicht gelaufen waren, und hätte Malú am liebsten in den Arm genommen.

»Du bist traurig, oder?«, fragte sie. »Ich hab's schon heute früh bemerkt. Und dann ist irgendwas in Krystynas Küche passiert.«

Malú schwieg und Flos Magen zog sich zur Größe einer Walnuss zusammen.

Hör auf, sagte Flo sich. Du bist zu aufdringlich!

Doch dann sagte Malú ganz leise:

»Es waren die Johannisbeeren.«

Verwirrt hob Flo die Brauen.

»Als ich die Beeren gesehen habe, wusste ich, dass es die richtige Zutat ist, weil … « Malú schluckte. »Es ist so dumm.«

»Erzähl's mir«, bat Flo. »Wenn du magst.«

Malú warf ihr einen raschen Blick zu, dann sagte sie: »Wir hatten einen Garten zu Hause. In Puddleston. Er … er fehlt mir.«

»Lass mich raten«, sagte Flo. »In deinem Garten gab es Johannisbeerbüsche?«

Malú nickte. »Mehrere. Aber einen habe ich selbst gepflanzt. Es ist nur ein Busch wie jeder andere, das weiß ich. Aber er ist so schön groß geworden. Ich hab die Stelle ausgesucht, an die wir ihn gepflanzt haben. Ich hab ihn gegossen und gedüngt und im Herbst zurückgeschnitten. Und ich hab die Beeren in seinem ersten Sommer geerntet und einen Kuchen aus ihnen gebacken.«

Flo nickte. Sie verstand Malú vollkommen.

Malú holte Luft. »Meine Eltern haben versprochen, dass wir den Busch umpflanzen », sagte sie und mit jedem Wort klang ihre Stimme dünner. »Dass wir ihn mit nach London nehmen können. Aber das neue Haus hat überhaupt keinen Garten. Es hat nur so einen mickrigen kleinen Hinterhof, und …« Sie gab einen kleinen Laut von sich, fast wie ein Schluchzen, und dann sprudelte es aus ihr heraus: »Es ist alles so *grau*, Flo. Das Haus, der Hinterhof, die ganze Stadt. Und mir fehlt mein Garten und die Bienen, und meine Eltern haben *versprochen*, dass es mir hier gefällt.«

Und es gefällt dir hier kein bisschen, vervollständigte Flo, als Malú verstummte und ihr die Tränen nur so aus den Augen purzelten.

Dieses Mal hielt Flo sich nicht zurück. Sie schlang einen Arm um Malú und drückte sie fest an sich.

»Deshalb wusstest du in der Vorratskammer, dass du die Johannisbeeren nehmen musst«, sagte Flo. »Weil du deinen Johannisbeerbusch und deinen Garten verloren hast, und das bricht dir das Herz.«

Malú schniefte. »Albern, oder?«, murmelte sie. »Menschen ziehen ständig um. Das ist doch ganz normal.«

Flo zuckte mit den Schultern. »Dein Herz sieht das anders.« Außerdem tut es immer weh, wenn Eltern ein Versprechen brechen, dachte sie. Ihre eigene Mutter vergaß ziemlich häufig anzurufen, obwohl sie es für einen bestimmten Tag versprochen hatte.

Malú sah sie überrascht an, als ob sie nicht erwartet hätte, dass Flo sie ernst nehmen würde. Dann atmete sie aus, und eine Last schien von ihr abzufallen. Die Anspannung wich aus ihren Schultern, und sie lehnte sich gegen Flo. Für ein paar Atemzüge standen sie einfach nur so da, Arm in Arm.

Schließlich fragte Malú: »Haben in Krystynas Küche wirklich Feen getanzt?«

»Und wie«, antwortete Flo. »Da waren lauter winzige Flügelfeen, die durch die Luft gewalzert sind. Es war phantastisch!«

Malú löste sich aus Flos Umarmung und schnäuzte in ein Taschentuch. »Ich wünschte, ich hätte die Augen aufgehabt.«

»Nächstes Mal«, tröstete Flo. »Und hey, dank dir sind die überhaupt erst aufgetaucht! Du hast die richtige Zutat gefunden!«

Malú lächelte schief. »Ja, das mit dem Herzbrechen hat gut funktioniert«, sagte sie. »Wie Johannisbeeren mein Herz heilen sollen, ist mir allerdings schleierhaft.«

Flo grinste. »Ganz einfach«, sagte sie. Sie zerrte die Papiertüte mit den Johannisbeerjagodzianki aus dem Rucksack und hielt Malú eins der Hefeteilchen entgegen. »Hier. Beiß rein.«

Malús Lächeln wurde breiter. Sie nahm das Gebäckstück, biss hinein, kaute und verdrehte genussvoll die Augen. »Oh«, murmelte sie mit vollem Mund. »*O verdammt*, schmeckt das gut!«

»Herz geheilt?«, fragte Flo verschmitzt.

»Gib mir noch zwei Bissen …«, nuschelte Malú.

Flo lachte. Plötzlich fühlte sie sich ganz warm und leicht, so als würde die Sonne von ihrem Kopf bis in die Zehen scheinen. Hier gehörte sie hin. Hier, in diesen Moment. Diese Schnitzeljagd war genau das, was sie tun wollte, und nun hatte sie zwei Freunde, zu denen sie passte. Die sie nicht komisch anschauten, wenn sie einfach losplapperte oder vor Begeisterung überschäumte. Manchmal war zu Hause kein Ort, sondern ein Gefühl. Und genau dieses Gefühl kuschelte sich jetzt in Flos Brust wie ein flauschiger Vogel.

Flo schnappte sich ein Jagodzianka und drückte Malú die

Tüte mit dem restlichen Gebäck in die Hand. Sie hatte eben ein großes Stück abgebissen, als Malús Funkgerät knackte und Georges Stimme ertönte:

»Ich hab's!«, rief er. »Ich hab den Pelikan gefunden!«

George wartete vor dem Eingang einer Kneipe und deutete aufgeregt auf das Schild, das dort an der Mauer hing.

»*The Prospect of Whitby*«, las Flo vor. »*Die älteste Kneipe von London*. Heilige Himbeerschnitte, George! Das muss der richtige Ort sein.«

»Sehr sicher sogar«, bestätigte George und hielt sein Handy hoch. »Ich habe es gerade nachgelesen: Als die Kneipe gegründet wurde, hieß sie *Zum Pelikan*. Und später wurde sie zur *Taverne des Teufels* umbenannt.«

»Ha!«, rief Flo aus. »Bingo, würde ich sagen.«

»Jetzt müssen wir noch herausfinden, wie wir von hier zum Strand kommen«, sagte George und gab Malú das Walkie-Talkie zurück.

»Wie wäre es dort entlang?«, fragte Malú und zeigte auf einen schmalen Durchgang zwischen der Kneipe und dem Nachbargebäude.

»Doppel-Ha!«, sagte Flo. »Wir sind nicht zu bremsen!«

George schüttelte den Kopf, aber er lachte. »Nicht zu früh freuen«, warnte er.

»Pfft«, winkte Flo ab. »Den Spruch habe ich nie verstanden. Wenn ich mich freue, dann freue ich mich!«

Im Gänsemarsch stapften sie durch die schmale Gasse, die tatsächlich direkt zum Fluss führte. Eine hölzerne Treppe führte nach unten, direkt zu einem schmutzig braunen

Strand. Flo sprang von der letzten Stufe auf den Sand, und Muscheln knirschten unter ihren Schuhen.

»Wir haben Glück«, sagte George.

»Wieso?«, fragte Malú.

Er zeigte auf das Fundament der Häuser hinter ihnen. Grüne Algen reichten hinauf bis zur Terrasse der Kneipe.

»Das sind Hochwassermarken«, erklärte George. »Wäre jetzt Flut, dann könnten wir den Strand nicht betreten.«

»Ich dachte, Ebbe und Flut gibt es nur am Meer?«, fragte Malú.

»Nein, Flüsse können auch mit den Gezeiten steigen und fallen«, antwortete George. »Nicht alle, aber die Themse mündet nicht weit von hier direkt ins Meer, und deshalb wird bei Flut mehr Wasser in den Flusslauf gespült. Bei Ebbe zieht sich das Wasser wieder zurück, und es entstehen Strände wie dieser hier.«

»Cool«, sagte Flo. Sie hob ihren linken Fuß, an dessen Sohle feuchter brauner Sand klebte. »Wobei die Gestade hier nicht wirklich grau sind, oder?«

»Hm, stimmt«, sagte George. Nachdenklich sah er sich um. »Aber ich glaube, ich weiß, was wir als Nächstes tun sollen.«

»Ach ja?«, fragte Flo. »Und das wäre?«

»Habt ihr schon mal von den Schlammsuchern gehört?«

»Äh, nein?«

»An einem Fluss wie der Themse landet jede Menge Kram im Wasser«, erzählte George. »Leute lassen Dinge fallen, absichtlich oder unabsichtlich, und früher gab es einige Schiffbrüche auf dem Fluss oder im Meer, und das Treibgut wurde überall in London an den Strand gespült.«

»Versunkene Schätze«, hauchte Flo.

»Na ja, so in etwa«, sagte George.

»Dann lasst uns suchen!« Flo wollte schon loslaufen, aber George hielt sie zurück.

»Was ist denn?«, fragte Flo.

»Um zu den Schlammbänken zu gelangen, müssen wir uns von der Treppe entfernen.« George blickte besorgt auf den Fluss. »Das, ähm, ist nicht ungefährlich.«

»Wegen der Flut?«, fragte Malú. »Wie viel Zeit haben wir denn, bis die einsetzt?«

»Moment.« George zog sein Handy heraus und tippte irgendetwas aufs Display. »Laut Gezeitenkalender haben wir noch eine halbe Stunde. Das ist nicht viel Zeit.«

»Aber vielleicht genau die Zeit, die wir brauchen!«, warf Flo ein. »Du kannst uns doch einen Wecker stellen, und wir hauen ab, bevor es brenzlig wird?«

George nagte an seiner Unterlippe. »Ich schätze, das ginge in Ordnung. Aber wenn der Wecker klingelt, gehen wir zurück. Keine Diskussion.«

»Abgemacht«, versprach Flo. »In welche Richtung müssen wir?«

»Dort entlang.«

George führte sie unterhalb des Pubs entlang. Sie umrundeten einen Mauervorsprung, und plötzlich war der Strand vor ihnen noch breiter. Ein Streifen aus Sand und Muschelkalk schmiegte sich an die Kaimauer, aber rechts von ihnen breitete sich eine Fläche aus grauem Schlick aus.

»Früher haben die Leute hier bei Ebbe alles abgesucht«, erklärte George. »Nach wertvollen Gegenständen, die sie verkaufen konnten. Und weil die Strände so schlammig sind, wurden diese Leute als Schlammsucher bezeichnet.«

Vorsichtig berührte Flo den Schlick mit der Spitze ihres Turnschuhs. Der Boden war weich und schlüpfrig wie Schokopudding.

»Verstehe«, sagte sie. »Okay, also was nun? Wir durchkämmen den Schlamm hier, bis wir ein paar Goldmünzen finden?«

»Wahrscheinlich finden wir eher Glasscherben, Nägel oder Knöpfe«, sagte George. »Das sind, so weit ich weiß, die häufigsten Fundstücke.«

»Aber wir brauchen einen Schatz«, widersprach Flo.

»Den wir nicht behalten«, ergänzte George. »Was auch immer das heißen soll.«

Das Hefeteilchen musste ihre Laune wirklich gehoben haben, denn dieses Mal war es Malú, die zuversichtlich sagte: »Bisher haben wir immer schnell herausgefunden, was wir machen sollen, sobald wir an der richtigen Stelle gesucht haben. Bestimmt ist das hier genauso.«

Flo konnte nicht anders: »Wie war das mit dem *zu früh freuen*?«, fragte sie grinsend.

»Jemand hat behauptet, das wäre ein doofer Spruch«, gab Malú zurück.

Flo kicherte.

»Tja, dann würde ich sagen, los geht's?«, meinte George und warf einen Blick auf den Fluss. »Aber denkt dran«, warnte er. »Wenn wir den Schatz nicht finden, bevor die Flut einsetzt, haben wir Pech.«

Wenn die Flut einsetzt, oder wenn deine Tante hier aufkreuzt, dachte Flo. »Verstanden«, sagte sie. »Dann teilen wir uns noch mal auf, und du gibst Bescheid, sobald dein Wecker klingelt. Einverstanden?«

»Einverstanden«, sagten Malú und George gleichzeitig.

Die grauen Gestade

George

Schlick schmatzte unter Georges Füßen. Während er über das Watt stapfte, zog ein Nieselregen vorüber und kurz darauf zog ein milchiger Dunst auf. Wellen schwappten gegen die Gestade, doch ansonsten herrschte Stille.

Mehrere Male beugte sich George nach unten und zog etwas aus dem Schlamm. Er fand eine Scherbe aus geblümtem Porzellan und eine Menge zerschlissener Seilstücke. Nichts, was auch nur annähernd als Schatz gelten konnte.

Kälte kroch durch seine feuchten Kleider, und er wartete nur darauf, dass der Schlamm durch die Nähte seiner Schuhe quellen würde.

Als er hochschaute, waren Flos und Malús bunte Jacken nur noch als verschwommene Kleckse hinter den Dunstschwaden zu erkennen. George nahm das besorgt zur Kenntnis. Er durfte die Mädchen nicht aus den Augen verlieren, für den Fall, dass die Flut einsetzte.

Komm schon, trieb er sich an und richtete den Blick wieder nach unten. Je schneller du fündig wirst, umso schneller könnt ihr hier weg.

Hier spitzte eine grüne Glasscherbe aus dem Schlick hervor, dort ein Stück Treibholz, und da, nur eine Handbreit entfernt … George runzelte die Stirn. Etwas Weißes blitzte in dem grauen Morast auf. Er ging in die Hocke und zog den Gegenstand aus dem Schlamm. Es war eine Flöte! Ein kleines, schmales Instrument mit fünf Löchern.

George zog seine Wasserflasche aus dem Rucksack und spülte die Flöte sauber. Fasziniert drehte er seinen Fund zwischen den Fingern. Der obere Teil der Flöte fühlte sich glatt an, wie ein Stück Glas, das von Sand und Wellen rund geschliffen worden war. Aus was für einem Material sie wohl bestand? Knochen oder Elfenbein vielleicht? George rieb mit dem Daumen über die Flöte und spürte weiter unten feine Rillen. Als er genauer hinsah, bemerkte er ein zierliches Muster im Flötenrohr. Wie wundervoll!

George folgte dem Muster mit seiner Fingerspitze, und plötzlich erinnerte er sich an einen Nachmittag im Haus seines Großvaters. Seine Eltern und er waren für ein Wochenende zu Besuch gewesen. Während Georges Großvater sich mit Tante Lavinia und Georges Vater in sein Arbeitszimmer zurückgezogen hatte, saßen George und seine Mutter in der Bibliothek. Gemeinsam hatten sie sich durch ein Buch über die Ritter der Tafelrunde geschmökert.

George war sechs Jahre alt gewesen, aber dieses Buch hatte er in den folgenden Jahren immer wieder zur Hand genommen. Er erinnerte sich daran, wie ihn die Geschichten und die Bilder beeindruckt hatten. Vielleicht war dieses Buch sogar der Grund, warum er sich so sehr für magische Gegenstände interessierte. Drei magische Gegenstände tauchten in den Geschichten um König Artus auf: das Schwert Excalibur, der heilige Gral und der Stein, in dem das Schwert steckte.

»Wusstest du, dass es in London auch einen besonderen

Stein gibt?«, hatte seine Mutter ihn gefragt. »Man nennt ihn auch das Herz von London, und der Legende nach bricht die Stadt zusammen, wenn der Stein je von hier entfernt wird.«

Diese Information hatte seine Phantasie befeuert. Wenn es in der wirklichen Welt magische Gegenstände gab, dann würde er ein nobler Ritter sein, der auf diese Schätze aufpasste.

An jenem Nachmittag war George in Tagträumerei versunken. Er hatte sich eine mit Silberfaden bestickte Tischdecke wie einen Umhang um die Schulter gebunden und war durch das Haus gelaufen, während er sich vorstellte, das steinerne Herz von London zu beschützen. Alles in ihm kribbelte vor Aufregung und Glück, bis er in seinen Großvater hineinstolperte.

»Was macht der Junge da?« Beim Klang der tiefen, trockenen Stimme war Georges Tagtraum wie eine Seifenblase zerplatzt. Plötzlich war er kein Ritter mehr, sondern ein kleiner Junge, der eine schimmernde Spitzendecke um die Schultern trug.

»Er spielt, Robert«, war seine Mutter ihm beigesprungen. »Kinder machen so was.«

Der Blick seines Großvaters glitt von Georges Gesicht zur Tischdecke. Nie würde George vergessen, wie sich die Mundwinkel seines Großvaters nach unten zogen. Die Art, wie sein Großvater ihn damals gemustert hatte, ließ George noch heute innerlich zusammenschrumpfen.

So schnell er konnte, hatte George die Tischdecke abgestreift.

»Lächerlich«, hatte sein Großvater gesagt und war aus dem Zimmer gegangen.

»Er ist sechs Jahre alt«, hatte seine Mutter gemurmelt.

Tante Lavinia hatte geseufzt und George die Tischdecke aus den Händen genommen.

»Du solltest ihn nicht ermutigen«, hatte sie Georges Mutter gewarnt. »Wenn er sich im Internat so aufführt, werden ihn die anderen Jungen auseinandernehmen.«

George schauderte. Die Erinnerung verblasste, hinterließ jedoch einen schalen Geschmack in seinem Mund. Tante Lavinia hatte recht gehabt. Jeder, der im Internat aus der Reihe fiel, wurde schonungslos aufgezogen.

George hatte gedacht, dass seine Tante ihm mit ihrem Rat helfen wollte. Dass sie ihm das Leben einfacher, ihm auf lange Sicht sogar einen Weg in die GUMU öffnen wollte. *So musst du sein, wenn du nicht ausgelacht werden willst*, schien sie zu sagen. *So musst du dich kleiden, so musst du dich verhalten, wenn du ein ernst zu nehmendes Mitglied der geheimen Gesellschaft werden willst.*

George dachte an Mab, mit ihren Tattoos und den silbernen Ringen an den Fingern. Wie anders waren dagegen die Agenten und Agentinnen der GUMU mit ihren akkuraten Anzügen, den ernsten Mienen und ihren Verhaltensregeln.

Seine Begegnung mit Mab und Krystyna warf ein neues Licht auf die Mitglieder der GUMU. Zum ersten Mal fragte sich George, wieso Menschen, die sich Zeit ihres Lebens mit Magie beschäftigten, so ernst und freudlos daherkamen wie Tante Lavinia und sein Großvater. Wie konnte man verzauberte Landkarten erforschen und nicht vor Begeisterung übersprudeln?

Die Welt war voller Wunder. George hatte es immer schon geahnt, doch jetzt sah er die Beweise mit eigenen Augen. Es gab Wasserpferde und Küchen, in denen eine Wildnis aus den Fugen der Bodenfliesen spross.

George strich mit der Fingerspitze über die Flöte. Vielleicht gab es mehr Wege zur Magie, als die GUMU vorzeichnete. Der Gedanke fühlte sich gefährlich und wundervoll zugleich an.

George holte tief Luft und blinzelte verwirrt. Der Nebel war mittlerweile so dicht, dass George nur noch vage Schemen um sich herum wahrnehmen konnte.

Wie viel Zeit hatte er mit seinen Erinnerungen verplempert? Rasch sah er auf sein Handy. Nur noch zehn Minuten, dann mussten sie hier verschwinden. Wo waren Malú und Flo? Er öffnete schon den Mund, um nach ihnen zu rufen, da hörte er ein glucksendes Geräusch.

Gänsehaut kribbelte über Georges Nacken. Langsam drehte er sich zum Wasser. Das Glucksen erklang erneut, gefolgt von einem Platschen.

Lauf weg, warnte Georges innere Stimme. Doch der Teil von ihm, der stundenlang Schmetterlinge beobachten wollte und hölzernen Drachen Geheimnisse zuflüsterte, schob ihn in Richtung des Flusses. George steckte die Flöte in seine Tasche und ging auf das Geräusch zu.

Nach und nach nahm ein dunkelgrauer Schemen im Dunst Gestalt an. George ballte die Fäuste und ging weiter, bis er eine Stelle erreichte, an der die Wellen der Themse ans

Ufer schwappten. George trat bis an den Rand des Wassers, dann sah er hoch und erstarrte. Nur wenige Meter vor ihm verschwand ein schuppiger Fischschwanz im Fluss.

Ein *Fisch*schwanz? Wohl kaum. Der silbrig glitzernde Leib war so groß, dass er zu keinem normalen Fisch gehören konnte.

Das Wasser kräuselte sich, dann tauchte ein Kopf aus dem Fluss auf. George hielt den Atem an.

Haare, die die Farbe von Nebel hatten, wellten sich von einer blassen Stirn über den Kopf zurück. Die Spitzen zweier Ohren ragten aus dem Wasser und zwei glänzende, schwarze Augen schauten George entgegen.

Er wusste, was er hier vor sich hatte. Er wusste es sofort.

»Merrow«, flüsterte George. Merrow waren Meermenschen, die eine besondere Vorliebe für Musik hatten. George hatte ihre Beschreibung in demselben Buch über Fabelwesen gefunden, in dem auch Kelpies beschrieben wurden.

Der Merrow, der in der Themse schwamm, sah jedoch ganz anders aus als die Bilder im Buch. Mit seiner silbernen Haut und den nachtdunklen Augen war er zugleich seltsamer und schöner.

George zuckte zusammen, als Wasser über seine Knöchel schwappte. Ohne es zu bemerken, war er näher auf das Wesen zugegangen.

Der Merrow hob sich weiter aus dem Fluss, bis seine Arme auf dem Wasser trieben. George fragte sich, ob Schwimmhäute zwischen seinen Fingern wuchsen. Aus dieser Entfernung konnte er das nicht erkennen. Was er jedoch sah, war der Schimmer von glitzernden Schuppen auf den Wangen des

Merrow. Er schien ein Junge zu sein und wirkte kaum älter als George, aber das konnte bei so einem Wesen wohl täuschen.

Der Merrow neigte neugierig den Kopf zur Seite, und seine großen Augen blickten George unverwandt an.

George lächelte zaghaft, und der Merrow blinzelte. Ermutigt trat George einen weiteren Schritt nach vorn. Mittlerweile reichte ihm das Flusswasser bis über die Knie. Der Merrow verharrte und wiegte sich sacht mit den Wellen.

George traf eine Entscheidung. Er zog die Flöte aus der Tasche und hielt sie dem Meerjungen entgegen.

Wieder blinzelte der Merrow, dann schwamm er auf George zu. Sein Fischschwanz tauchte kurz über Wasser auf, und nun sah George auch die durchscheinenden, seidigen Flossen an den Unterarmen des Jungen.

George hielt den Atem an. Das Wesen kam dicht an ihn heran, dann streckte er ihm die Hand entgegen. Verzückt stellte George fest, dass er tatsächlich Schwimmhäute zwischen den Fingern hatte.

Vorsichtig reichte er dem Merrow die Flöte. Der Meerjunge nahm sie an sich, drehte sie zwischen seinen Fingern, dann hob er wieder den Blick und lächelte George an.

Georges Herz wurde so leicht wie eine Feder.

»George!«

Flos Stimme klang weit entfernt, aber ihr Ruf knallte wie eine Peitsche durch die Stille.

»George, wo bist du?«

Der Merrow hielt die Flöte dicht an seiner Brust, blinzelte und tauchte unter. Ein letztes Mal sah George den silbrigen Fischschweif, dann war der Meerjunge verschwunden.

»George!«, rief Flo und platschte neben ihm ins Wasser. »George, ist alles in Ordnung?«

George schüttelte sich und fuhr sich mit beiden Händen übers Gesicht. »Ja«, sagte er, drehte sich um und entdeckte Flo, die bis zu den Hüften im Wasser stand. »O nein, du wirst ja ganz nass!«

»Das sagst gerade du«, gab Flo zurück. »Was machst du denn hier?«

»Ich«, begann George und spürte zum ersten Mal, die Kälte, die von seinen überschwemmten Beinen nach oben kroch. »O nein.«

Flo zupfte an seinem Ärmel. »Komm schon«, drängte sie. »Nichts wie raus hier.«

Sie wateten zurück an den Strand, wo Malú auf sie wartete.

»Raus damit«, forderte Flo. »Was ist passiert? Was haben wir verpasst?«

»Was?«, fragte George verdutzt.

»Die Karte hat sich verändert«, erklärte Malú und hielt George den Wegweiser entgegen.

Flo schnappte sich das Papier und hielt es George unter die Nase. »Siehst du, hier, der fünfte Hinweis!«

Tatsächlich. Gute drei Fingerbreit nördlich von der Stelle, an der sie sich jetzt befanden, prangte nun ein neuer Text:

Finde die Vorratskammer der Monster und wage dich in die Höhle unter dem Eichenblatt. Folge dem späten Honigduft und verbeuge dich vor der Dame in Grün.

Nimm dich in Acht vor der Endlosschlange!

»Du hast die Aufgabe aus dem vierten Hinweis erfüllt, oder?«, fragte Flo. »Du hast den Schatz gefunden! Wo ist er?«

»Ich …«, setzte George an und verstummte. Die Flöte! Er hatte den Schatz gefunden und es nicht einmal bemerkt. »Ich habe ihn weitergegeben«, antwortete er.

»*Birg einen Schatz, den du nicht behältst*«, sagte Malú. »Du hast die Aufgabe erfüllt!«

George hob überrascht die Brauen. Sie hatte recht!

Malú lächelte, doch Flo schien enttäuscht zu sein. »Du hast den Schatz weitergegeben?«, bohrte sie nach. »An *wen*?«

George blickte zurück zum Fluss, aber von dem Merrow fehlte jede Spur. Leider. Er drehte sich zu den Mädchen zurück, um ihnen von seiner Begegnung zu erzählen, und sog scharf die Luft ein.

Jemand kam auf sie zu und noch bevor George eine Warnung ausstoßen konnte, trat ein Mann in einem braunen Trenchcoat aus dem Dunst.

»Wen haben wir denn da?«, fragte er mit schnarrender Stimme.

Flo keuchte erschrocken auf. »Lauft!«, rief sie und wirbelte herum. Panisch ergriffen sie die Flucht, doch Flo schaffte es keine fünf Schritte weit, bevor sie gegen einen zweiten Mann prallte. Der hielt sie prompt am Arm fest.

Er nickte auf die Karte in Flos Hand. »Das gehört uns, Kleine.«

»Lass los!« Verzweifelt wehrte sich Flo gegen seinen Griff.

»Flo!«, rief Malú und griff nach Georges Arm.

Ohne nachzudenken, drehten sie um und liefen auf Flo und den Mann, der sie festhielt, zu.

»Lassen Sie sie los!«

Beim Klang von Georges Stimme sah der Mann auf. »George?«, fragte er überrascht.

George ballte die Fäuste. Natürlich wusste er, wer der Mann war. Er hatte Brian Atterby eine Woche lang jeden Morgen den Kaffee gebracht.

»Brian!«, rief der zweite Agent der GUMU. »Hol dir endlich den Wegweiser!«

Atterby blinzelte und griff nach der Karte.

»Nicht!«, flehte Malú, und auch George rief: »Stopp!«

Flo sagte gar nichts, sondern trat Atterby mit voller Wucht vors Schienbein.

Atterby schrie auf, und Flo riss sich endlich von ihm los. Atterby griff erneut nach ihr, aber dieses Mal sprang George zwischen die beiden und stieß Atterby zurück.

»Lauft!«, brüllte er.

Einatmen, ausatmen

George

Sie rannten durch den Nebel, fanden eine Treppe in die Stadt hinauf und liefen hinein in ein Gewirr aus Seitenstraßen. Der Nebel blieb am Strand zurück, dafür öffneten die Wolken ihre Schleusen, und ein Platzregen rauschte auf sie herunter.

In einer schmalen Gasse hielten sie schließlich an. Flo sah sich um, dann zerrte sie George und Malú hinter eine Werbetafel, die vor einem Laden stand. Angespannt spähten sie an der Tafel vorbei, aber die Gasse blieb leer.

»Ich glaube, wir haben sie abgeschüttelt«, ächzte Flo.

Ihr Gesicht war rot vor Anstrengung, und nasse Haarsträhnen klebten auf ihrer Stirn. Auch Malú sah mitgenommen aus. Ihre Klamotten waren schlammbespritzt, und sie schniefte vor Kälte.

Und George? Stand zitternd da, mit durchweichten Schuhen und klatschnassen Hosen. Seine Zähne klapperten, während er immer wieder an Brian Atterbys erstauntes Gesicht dachte. Nun war die Katze also aus dem Sack: Die GUMU wusste, dass er ohne ihre Erlaubnis nach der Quelle suchte. George Knie gaben beinahe nach, so sehr überwältigte ihn das alles.

Reiß dich zusammen, sagte er sich. Er schlang die Arme um seine Brust und wandte sich an die Mädchen.

»Alles okay bei euch?«, fragte er.

»Ja, ja«, antwortete Flo. »Aber holla die Waldfee, das war knapp. Malú?«

»Alles okay«, antwortete Malú und betrachtete Flo voller Bewunderung. »Du hast diesem Typ echt gegen das Bein getreten!«

Flo wurde noch röter. »Ähm, ja«, antwortete sie. »Mir ist nichts Besseres eingefallen!«

»Hat aber bestens funktioniert. Ich bin mir sicher, dass ihn das eher überrascht als wirklich verletzt hat«, sagte George, als hinter ihnen die Tür mit einem Glockenklingeln aufging.

Ertappt fuhren die drei herum. Hinter ihnen stand ein junger Mann mit langen Locs und einer Brille mit dünnem Drahtgestell. Über seinem Arm trug er ein paar Hemden in den unterschiedlichsten Farben.

»Hi«, sagte er. »Kann ich euch helfen?«

Ein paar Sekunden lang starrten sich alle ratlos an. Nicht mal Flo schien eine passende Antwort einzufallen.

Der junge Mann betrachtete das durchnässte Grüppchen vor sich, und seine Brauen kletterten immer höher seine Stirn hinauf.

»Ihr kommt besser rein«, sagte er schließlich.

Im Inneren des Ladens war es wundervoll warm. Und trocken. George seufzte erleichtert und sah sich um.

Kleiderstangen säumten die Wände, und ein Tisch nahm fast die komplette Mitte des Raums ein. Überall hingen und stapelten sich gebrauchte Klamotten, und dazwischen standen Töpfe mit Grünlilien und anderen Zimmerpflanzen. Ein paar von ihnen hingen sogar von der Decke.

»Okay«, sagte der junge Mann. »Will ich wissen, warum ihr ausseht, als ob ihr in die Themse gefallen wärt?«

George zuckte zusammen. Das war verdächtig gut geraten, oder?

Flo holte Luft, und George wappnete sich schon gegen die Informationsflut, die gleich aus ihr heraussprudeln würde. Doch Flo sah zu Malú, und die schüttelte kaum merklich den Kopf.

»Tut mir leid, das verraten wir nicht«, sagte Flo schließlich mit fester Stimme. »Wir sind nämlich auf geheimer Mission.«

Der junge Mann schmunzelte. »Tja, dann hake ich besser nicht nach«, sagte er. »Aber ihr könnt eure nassen Sachen gegen ein paar trockene Klamotten austauschen, wenn ihr wollt. Es sei denn, eure Mission lautet, euch ordentlich zu erkälten?«

Wie aufs Stichwort nieste Malú in ihre Ellenbeuge.

»Ich schätze, nicht«, sagte der junge Mann und gab ihr ein Taschentuch. Überrascht bemerkte George, dass er blauen Nagellack trug. Der junge Mann bemerkte Georges Blick und lächelte.

»Hinten sind Umkleidekabinen«, erklärte er und nickte zum anderen Ende des Ladens. »Und davor stehen ein paar Kleiderständer mit Sachen, die euch passen dürften.«

»Perfekt«, seufzte Flo und lief los. »Danke!«

»Ja, danke«, murmelte Malú, bevor sie und George Flo hinterhereilten.

»Ich heiße übrigens Sammy!«, rief der junge Mann ihnen nach.

»Ich heiße Flo«, brüllte Flo zurück, und Malú kicherte.

»Was?«, fragte Flo überrascht. »Ich habe nichts Wichtiges verraten, oder?«

»Nein, alles bestens«, tröstete George und schmunzelte.

Kurze Zeit darauf traten George, Flo und Malú aus den Umkleidekabinen. Malú trug einen übergroßen Pullover aus violetter Wolle, und Flo hatte sich die wildeste, bunteste Kombi aus Klamotten überhaupt ausgesucht: ein grün geringeltes Shirt unter einer knallgelben Latzhose. George hatte ganz automatisch zu einem dunkelblauen Pulli und grauen Hosen gegriffen.

Malú zupfte den Saum ihres Pullis zurecht. »Können wir später zurückkommen und die Sachen bezahlen?«, fragte sie.

Sammy, der ihnen jetzt drei Paar trockene Socken entgegenstreckte, winkte ab. »Das passt schon«, sagte er. »Wenn ihr wollt, könnt ihr eure nassen Sachen zum Tausch hierlassen. Legt sie einfach in den Korb hier.«

»Danke«, sagte George.

»Kein Thema«, antwortete Sammy. »Seht es als Unterstützung für eure geheime Mission.« Er zwinkerte und deutete auf eine Sitzecke, schräg neben den Umkleidekabinen. »Und falls ihr noch einen Moment Zeit habt, dort wartet heißer Kakao auf euch.«

Flo strahlte. »Das wird immer besser«, meinte sie, warf ihre nassen Sachen in Richtung Korb und huschte zur Sitzecke. Malú hob Flos T-Shirt auf, das auf dem Boden gelandet war, und ließ es mitsamt ihren eigenen Klamotten in den Korb fallen. Mit einem schüchternen Lächeln in Sammys Richtung setzte sie sich neben Flo.

George warf seine eigenen Kleider in den Korb und zuckte zusammen, als eine der grasgrünen Delphinsocken obenauf landete. Er war so daran gewöhnt, seine gemusterten Socken in der Öffentlichkeit zu verstecken, dass er sich beinahe hinuntergebeugt hätte, um sie unter die andere Wäsche zu schieben. Aber warum eigentlich?

Sein Blick streifte über die Kleiderstangen. Dort hingen Ringelpullover, pinkfarbene T-Shirts und Hemden mit winzigen grünen Blättern darauf. Und an einem Kleiderhaken hing ein Schal aus weicher blauer Baumwolle mit einem Muster aus glitzernden Sternen. George streifte den Stoff mit den Fingern, zog die Hand zurück. Das Herz schlug ihm bis zum Hals, obwohl es dafür eigentlich keinen Grund gab.

Die Sterne auf dem Schal schimmerten genauso wie die Augen des Kelpie und die Schuppen des Meerjungen.

»Fehlt noch was?«, ertönte Sammys Stimme neben ihm.

George zuckte ertappt zusammen, aber da war kein Stirnrunzeln oder Ähnliches auf Sammys Gesicht. Er lächelte.

»Nein, nein«, wiegelte George ab.

»Sicher?«, hakte Sammy nach.

George nickte, glättete sich die Haare und drehte der Kleiderstange den Rücken zu. Er war schon auf halbem Weg zur Sitzecke, als Sammy ihm auf die Schulter tippte.

»Hier«, sagte er und reichte George den Sternenschal. »Für alle Fälle.«

George schluckte trocken. Zu gerne hätte er nachgefragt, was Sammy damit meinte, aber in dem Moment rief Flo nach ihm.

»George, du musst die Schokolade probieren! Die schmeckt großartig!«

Kurz dachte George darüber nach, Sammys Geschenk abzulehnen, aber alles in ihm sträubte sich dagegen, den Schal wieder herzugeben. »Danke«, murmelte er.

»Keine Ursache«, antwortete Sammy, hob den Korb mit der nassen Wäsche vom Boden auf und trug ihn in einen Nachbarraum.

George fuhr mit der Hand über den weichen Schal, dann faltete er ihn sorgfältig zusammen und ging zu Malú und Flo. Die Mädchen teilten sich den Platz auf einer gestreiften Couch, und George setzte sich auf einen Hocker ihnen gegenüber.

»Okay«, sagte Flo, wischte sich einen Kakaobart von der Oberlippe und breitete die mittlerweile ziemlich ramponierte Karte auf dem Couchtisch aus. »Gute Nachricht: Wir haben den fünften Hinweis. Schlechte Nachricht: Die GUMU klebt uns an den Hacken wie Kaugummi.«

George schluckte.

»Was machen wir jetzt?«, fragte Flo in die Runde.

Malú schaute auf ihr Handy. »Mist, mein Akku ist leer«, sagte sie. »Wie spät ist es?«

George sah auf seine Uhr »Kurz nach fünf.«

Malú starrte auf den dunklen Bildschirm ihres Handys. »Eigentlich sollten wir nach Hause«, sagte sie.

»Aber George kann doch nicht nach Hause«, wandte Flo

ein. »Jetzt, wo die Leute von der GUMU wissen, dass er uns hilft?«

Die Mädchen sahen ihn an, und Georges Magen schlug mal wieder einen Purzelbaum. Flo hatte recht. Er konnte unmöglich ins Haus seines Großvaters zurückkehren.

»Was sollen wir tun?«, fragte Malú besorgt.

Wir, dachte George. Malú hatte *wir* gesagt. Es überrumpelte ihn, wie gut sich das anfühlte.

Er räusperte sich. »Ich komme schon klar«, setzte er an, aber Flo unterbrach ihn.

»Quatsch mit Soße«, sagte sie, beugte sich über die Karte und runzelte die Stirn. »So, wie's aussieht, ist der nächste Wegpunkt gar nicht so weit entfernt von hier. Wir könnten noch heute dorthin.«

»Flo, ich weiß nicht«, wandte Malú ein.

»Es ist die beste Lösung«, beharrte Flo. »Je schneller wir die Rätsel lösen, umso größer wird unser Vorsprung.«

Mit hoffnungsvollem Blick schaute sie zwischen Malú und George hin und her. »Was meint ihr?«, fragte sie. »Noch haben wir die Chance, der GUMU zu entwischen und die Quelle zu finden!«

Georges Finger schlossen sich fester um den Sternenschal auf seinem Schoß. Ja, die Angst vor der Reaktion seiner Familie lag ihm schwer im Magen, aber die Vorstellung, jetzt einen Rückzieher zu machen, war noch viel schrecklicher.

»Ich bin dabei«, sagte er.

Flos Augen leuchteten. »Malú?«

Malú tappte mit den Fingern gegen ihre Tasse, dann nickte sie. »Ja, was soll's«, sagte sie. »Ziehen wir's durch!«

»Ha«, jubelte Flo und hob ihre Tasse. »Zusammen sind wir unschlagbar, ich sag es euch!«

»Hört, hört«, sagte George, und sie stießen ihre Tassen aneinander.

Monsterschräge Vorräte

Flo

Flo hatte nie ganz begriffen, was das Wort *beflügelt* bedeutete. Jetzt verstand sie es: Was sie heute erlebt hatten, gab ihr so viel Auftrieb, dass sie das Gefühl hatte, Flügel zu haben. Ein kräftiger Wind würde sie in die Luft heben, so leicht fühlte sie sich. Und jetzt, wo sie den nächsten Wegpunkt erreicht hatten, würde sie nichts mehr ausbremsen.

»Du hattest recht«, sagte sie zu Malú. »Sobald wir am richtigen Ort suchen, ist es einfach!«

Die drei standen in einer Straße im Stadtteil Hoxton, direkt vor einer altmodischen Ladenfassade mit der Aufschrift *Hoxton Street Monster Supplies.*

»Die Vorratskammer der Monster! Einfach«, wiederholte Flo und wippte vor auf ihre Fußballen.

»Hm«, machte George. »Der Laden sieht geschlossen aus.«

Er hatte recht. Das Ladenfenster war dunkel, und ein Rollo versperrte die Sicht durch die Glasfront.

Malú stieß Flo in die Seite, aber sie lächelte. »Wie war das mit dem *Zu-früh-Freuen*?«

Flo zuckte mit den Schultern. »Ich sag euch doch, der Spruch ist Quatsch.«

Sie marschierte direkt zur Ladentür und rüttelte an der Türklinke. Die Tür war tatsächlich verschlossen.

Malú trat neben sie. »Öffnungszeiten donnerstags bis samstags von ein bis fünf Uhr«, las sie von einem Schild neben der Tür ab.

»Mist«, murmelte George.

Flo jedoch spürte nicht einmal den kleinsten Funken einer Enttäuschung. »Hey, hey«, sagte sie. »So leicht geben wir nicht auf! Wir sind Kelpiefreunde, Zauberbäckerinnen und Schatzfinder. Das hier ist nur eine abgeschlossene Tür.«

»Und was genau ist dein Plan?«, fragte Malú.

Flo grinste. »Finden wir's raus!«

Wenige Minuten und einen Abstecher in eine Seitengasse später, standen Flo, Malú und George an der Seitenwand des Ladens und blickten mehrere Meter zu einem halb geöffneten Fenster hinauf.

»Das ist nicht dein Ernst«, stöhnte Malú. »Du willst im Laden einbrechen?«

»Das ist kein Einbruch«, widersprach Flo. »Das ist …« Sie überlegte. »Das ist Notwehr! Wir haben keine Wahl, weil uns eine finstere Geheimgesellschaft durch London jagt.«

»Ich glaube nicht, dass das als Notwehr zählt«, murmelte George.

»Kommt schon«, drängte Flo. »Wir schnappen uns den Müllcontainer dort, klettern rauf und rein durchs Fenster. Das wird ein Kinderspiel!« Sie krempelte die Ärmel hoch und lief zu besagtem Container, der auf vier Rollen stand.

»George?«, fragte Malú. »Alles okay?«

Flo sah zurück und bemerkte, wie blass George geworden war.

»Ich habe keine guten Erfahrungen mit Mülltonnen und Kletteraktionen«, sagte er, ging dann jedoch zu Flo und half ihr, den Container in die richtige Position zu schieben.

Am Ende war Flos Einschätzung, dass der Einstieg ein Klacks sein würde, vielleicht ein winziges bisschen übertrieben. Oben auf dem Container musste George als Räuberleiter für die Mädchen herhalten, was bei Flo noch ganz gut funktionierte, bei Malú jedoch beinahe damit endete, dass beide wie ein kollabierender Jengaturm vom Rand des Containers kippten.

Schließlich zwängten sich jedoch alle drei erfolgreich durch das Fenster. Auch wenn George zuerst stecken blieb, sich den Ärmel seines Pullis aufriss und schließlich mit einem dumpfen *Platsch!* in die Kloschüssel trat, die sich direkt unter dem Fenster befand.

»Kinderspiel, ja?«, keuchte Malú, als sie schließlich alle im winzigen Toilettenraum standen.

»Vielleicht nicht ganz«, gestand Flo reumütig ein.

Da schüttelte Malú amüsiert den Kopf. »Na ja, drin sind wir jetzt auf jeden Fall.«

Gemeinsam schlichen sie die enge Treppe vom ersten Stock hinunter in den Laden. Flo streckte schon die Hand nach dem Lichtschalter aus, bevor George sie zurückhielt.

»Nicht«, warnte er leise.

Flo hätte sich am liebsten mit der flachen Hand vor die Stirn geklatscht. War sie gerade wirklich so doof gewesen, das Licht in einem Laden anzumachen, in dem gerade niemand sein sollte? Offensichtlich. Das graumatte Nachmittagslicht, das durch die Schaufenster hereindrang, genügte vollkommen.

»Sorry«, murmelte sie, vergaß ihren Beinahe-Patzer aber sofort, als sie sich umschaute. Der Monster-Supplies-Store sah aus wie eine alte Apotheke. Verkorkte Flaschen, schwarze Dosen und durchsichtige Schraubgläser füllten offene Schrankfächer. Eine altmodische Registrierkasse stand auf der Theke, und daneben befand sich ein Krug mit grünen Lollis. *Schleimschlecker*, stand auf den Etiketten.

»Meint ihr, dass der Laden wirklich Vorräte für Monster verkauft?«, flüsterte Malú.

George nahm eine Schachtel aus den Regalen. »Sieht eher so aus, als wären das Scherzartikel. Hier steht …«, er schauderte, »… igitt: *Gewürfelter Ohrenschmalz.*« Er las die Rückseite der Schachtel und schüttelte den Kopf. »Das sind Karamellfudgebonbons.«

»Hm«, machte Flo. Sie ließ ihren Blick über die Etiketten der Gläser und Dosen wandern. *Werwolfkekse. Minzmaden. Salz, das aus Tränen der Langeweile gewonnen wurde.* Flo grinste und griff sich eins der Gläser. »Die Leute hier *behaupten*, das wären Scherzartikel. Aber in Wahrheit ist das alles echt.« Sie schüttelte das Glas vor Malús Gesicht. »Brrrr, essbare Augäpfel!«

Malú lachte und schob ihre Hand weg. »Vorsicht«, warnte sie. »Mach nichts kaputt!«

»Keine Sorge«, sagte Flo. »Wir werden hier so unauffällig rein- und rausflitzen wie –«

Ein dumpfer Knall und ein gläsernes Klirren brachten ihren Satz zu einem jähen Ende.

Die Mädchen fuhren herum. George stand neben einem wuchtigen Apothekerschrank und rieb sich das Schienbein.

»'tschuldigung«, flüsterte er.

Flo atmete aus. »Okay, Leute«, sagte sie. »Ran an den Mäusespeck. Wir suchen nach einem Eichenblatt und einer Höhle.«

»Könnte mit *Höhle* ein Keller gemeint sein?«, fragte Malú.

»Gut möglich!«, antwortete Flo. Sie huschte durch den Ladenraum, bis sie eine Tür auf der anderen Seite des Raums entdeckte. »Vielleicht geht es dort nach unten!«

Malú und sie waren schon halb auf dem Weg, als George sie zurückrief.

»Wartet!«

Flo drehte sich um. George lehnte halb hinter dem Apothekerschrank. »Ich glaube«, murmelte er, »ja, das … das könnte ein Eichenblatt sein.«

»Lass mal sehen«, drängte Flo und schob sich unter seinem Arm hindurch. George machte ihr Platz und Flo erspähte das Relief eines Eichenblatts, das in die Steinwand hinter dem Schrank gefräst worden war.

»Oooh«, flüsterte sie. »Volltreffer!«

Sie streckte ihren Arm hinter den Schrank und tastete die Wand ab.

»Hier ist was aus Holz«, sagte sie.

»Eine Tür?«, fragte George hoffnungsvoll.

»Finden wir es heraus«, schlug Flo vor.

Mit geballten Kräften schoben die drei den Schrank von der Wand weg. Hinter dem Möbelstück verbarg sich tatsächlich eine niedrige Tür aus wurmstichigem Holz. George musste sich mit der Schulter dagegenstemmen, um sie zu öffnen, aber schließlich schwang sie mit einem Ächzen auf. Muffige, kalte Luft schwappte ihnen entgegen.

»Das ist garantiert nicht der Keller, den die Ladenbesitzer benutzen«, befand Malú. Hinter der Schwelle führten steinerne Stufen hinab in eine tiefschwarze Dunkelheit.

»Nein«, bestätigte Flo glücklich. »Super, oder?«

Ohne Umschweife stürzte sie sich auf den Durchgang, doch Malú hielt sie an den Trägern ihrer Latzhose zurück. »Moment«, sagte sie, zückte ihr Handy und schaltete die Taschenlampe ein.

»Oh, gute Idee!«, rief Flo, kramte durch ihren Rucksack und förderte eine Taschenlampe zutage. »Dann los! George?«

George stand am Türbogen und betrachtete den Treppenabgang mit einem Stirnrunzeln.

»George?«, wiederholte Malú. »Stimmt was nicht?«

»Hm?«, machte er gedankenverloren, dann schüttelte er sich. »Was? Nein, alles in Ordnung. Nur …« Er zögerte. »Wir folgen gerade dem ersten Hinweis mit einer Warnung.«

»*Nimm dich in Acht vor der Endlosschlange*«, zitierte Malú und kaute auf ihrer Unterlippe.

»Ach, das wird schon«, winkte Flo ab. »Die Wesen, denen wir bisher begegnet sind, waren alle freundlich. Wahrscheinlich haben sie einfach einen schlechten Ruf.«

George und Malú wechselten einen zweifelnden Blick, aber Flo konnte sich nicht daran aufhalten. In Gedanken war sie schon halb in die Finsternis hinuntergestiegen und der nächsten magischen Begegnung auf der Spur.

»Los geht's«, flüsterte sie, schaltete ihre Taschenlampe ein und trat auf die Treppe unter dem Eichenblatt.

Die Dame in Grün

Malú

Die Treppe führte steil nach unten. Das Licht der Taschenlampe und den beiden Handys flackerte über raue Wände, durchdrang jedoch kaum die Dunkelheit, die unter ihnen wartete.

Malús Herz klopfte schneller, aber zwischen Flo und George fühlte sie sich so mutig wie noch nie. Mutig … oder leichtsinnig? Die alte Malú wäre entsetzt gewesen! Und wahrscheinlich wäre ihr die Angst wie Hunderte von Ameisen über die Haut gekrabbelt. Aber die alte Malú hatte auch kein Zaubergebäck gebacken oder war Agenten einer finsteren Geheimgesellschaft entwischt.

Ich schaffe das, sagte sie sich. Mittlerweile kam sie mit dieser ganzen Abenteuersache doch viel besser klar als noch am Anfang der Schnitzeljagd.

Nach wenigen Minuten schälte sich ein Torbogen aus der Schwärze, und die letzte Stufe erschien im Lichtkreis von Flos Taschenlampe.

Sie traten von der Treppe auf einen Felsboden. Offenbar befand sich hier ein Gewölbekeller. Die Decke blieb in der Dunkelheit verborgen, aber unweit vor Malú ragte eine Säule empor. Ein Relief aus Efeublätter verzierte die Wand neben der Treppe.

Flo schnupperte. »Ich rieche keinen Honig. Ihr?«

»Nein«, antwortete George.

»Nur feuchten Stein und Kellermuff«, sagte Malú. Sie blinzelte und runzelte die Stirn. Etwas glitzerte an der Wand. Sie trat näher. Ein schmaler Schmierstreifen zog sich über das Blattrelief und schimmerte im Licht ihres Handys. Das sah aus wie eine Schneckenspur.

»Hm, vielleicht bedeutet *später Honigduft*, dass sich der Duft verspätet?«, überlegte Flo. »Oder soll das alter Honig sein? Urgh, wie riecht gammliger Honig?«

»Honig wird nicht gammlig«, sagte Malú. »Der kristallisiert höchstens.«

»Tja, dann bleibt es spannend«, sagte Flo. »Gehen wir weiter, irgendwie werden wir die Duftspur schon aufschnappen.«

Malú blickte zurück zur Treppe. Jetzt, da sie den Treppenschacht verlassen hatten, klaffte der Weg nach oben wie ein schwarzes Loch. Waren sie so weit nach unten gestiegen, dass schon kein Licht mehr zu ihnen herunterdrang? Der Gedanke bereitete ihr Unbehagen. Zum Glück waren sie gut ausgestattet!

Malú hatte den Gedanken kaum zu Ende gebracht, als Flos Taschenlampe flackerte und erlosch.

»Mist«, fluchte Flo. »Könnt ihr …«

In diesem Moment ging sowohl Georges als auch Malús Handy aus.

Kurz herrschte geschockte Stille, dann fragte Flos Stimme aus der Dunkelheit:

»Alle noch da?«

»Ja«, flüsterte Malú.

»Mh-hm«, machte George.

Malú hörte ein Klicken und Klackern. Vermutlich versuchte Flo, ihre Taschenlampe mit Schütteln zum Leuchten zu bringen.

»Wie blöd, ich hatte die Batterien erst ausgetauscht.«

George räusperte sich. »Ich glaube nicht, dass es an den Batterien liegt«, sagte er.

Irgendwo links von ihr war ein leises Rascheln zu hören. Malú rückte ein bisschen näher an ihn heran. »Magie?«, murmelte sie.

»Wahrscheinlich«, flüsterte George. »Es wäre schon ein ziemlich großer Zufall, wenn alle unsere Geräte zur selben Zeit ausgehen.«

»Und jetzt?«, fragte Flo. »Irgendwie müssen wir doch weiterkommen.«

Malú runzelte die Stirn. »Riecht ihr das auch?«, fragte sie leise. Irgendwie fühlte es sich gefährlich an, in der Dunkelheit mit lauter Stimme zu sprechen.

»Was?«, wisperte Flo.

»Es riecht wie …« Malú verstummte. Der Geruch war ganz schwach, aber dennoch vertraut.

»Wie Honig?«, fragte Flo hoffnungsvoll.

»Ich bin mir nicht sicher. Es riecht süß, wie …« *Spätsommer*. Malú dachte an Bienensummen, wusste jedoch nicht, warum der Geruch ausgerechnet dieses Geräusch aus ihrer Erinnerung hervorlockte.

»Ich rieche auch nichts«, sagte George. »Woher kommt denn der Duft?«

»Von dort hinten«, antwortete Malú. »Glaube ich.«

»Meinst du, du kannst dem Duft folgen?«, fragte Flo.

»Vielleicht.« Kurz spürte Malú wieder die Angstameisen über ihre Haut kribbeln. Sie spürte, wie Flo nach ihrer Hand tastete und sich ihre Finger verschränkten.

Malú atmete aus. Du schaffst das, sagte sie sich.

»Ja«, sagte sie mit festerer Stimme. »Ja, ich glaube schon. Ich hoffe nur, dass ich nicht gegen eine Wand laufe in der Dunkelheit.«

»Wir tasten uns an der Wand entlang«, schlug Flo vor.

»Im schlimmsten Fall laufen wir einmal im Kreis und kommen wieder an der Treppe raus.«

Die Blätter des Efeureliefs fühlten sich rau unter Malús Fingern an. Im Gänsemarsch tappten sie durch die Dunkelheit, George ganz hinten, Flo in der Mitte, und Malú ging zum allerersten Mal voraus.

Der Honigduft hing wie ein dünner Faden in der Luft. Malú war fest entschlossen, die Spur nicht zu verlieren. Flo und George verließen sich auf sie, und das spornte sie an, ihre Sache gut zu machen.

»Urgh«, machte Flo.

»Was?«, fragte George besorgt.

»Alles gut«, beschwichtigte Flo. »Ich hab nur in irgendetwas Klebriges gegriffen. Ich bin gerade echt froh, dass wir nicht sehen, was hier an der Wand pappt.«

»Das klingt nicht so beruhigend, wie du vielleicht denkst«, murmelte George.

Malú wollte George zustimmen, aber bevor sie etwas sagen konnte, hörte sie wieder dieses leise Rascheln.

»Leute …«, murmelte sie.

»Ich hab's gehört«, flüsterte Flo. »George? Sag noch mal, wovor hat uns der Hinweis gewarnt?«

»Vor einer Endlosschlange«, flüsterte George zurück.

»Und was meint ihr: Die ist doch bestimmt nicht größer als ein Regenwurm, oder?«, wisperte Flo. »Oder eine Blindschleiche?«

»Flo«, klagte George.

Flo gab ein leises Wimmern von sich. »Nichts beschreien, ich weiß.«

Mit einem mulmigen Gefühl im Magen tastete Malú sich weiter an der Wand entlang. Das Rascheln erklang erneut, gefolgt von einem steinernen Knirschen.

Malú blieb stehen. Irgendwo auf der anderen Seite des Kellers schabte etwas über den Felsboden und verstummte.

»Vielleicht sollten wir doch lieber umkehren?«, piepste Flo mit fast atemloser Stimme.

Malú drückte die Hand gegen die Wand. Sie spürte, wie Steinstaub unter ihren Fingern wegbröckelte, dann griff sie in etwas Weiches.

Mit einem Aufschrei riss sie die Hand weg.

»Was ist?«, fragte Flo sofort.

»A … alles okay«, stotterte Malú. »Aber …«

»Ach herrje«, stieß George hervor. »Spürt ihr das auch?«

»Was?«, rief Flo mit wachsender Panik. »Was meinst du?«

»Die Wand«, hauchte George. »Die Wand verändert sich! Fühlt doch mal!«

Eine Hand patschte gegen blanken Stein, dann raschelte etwas, und dann stieß Flo ein erstauntes »Huch!« aus.

Malú biss sich auf die Lippe und streckte vorsichtig ihre Hand aus. Dort, wo eben noch die Wand gewesen war, streiften ihre Fingerspitzen nun über etwas Kühles, Bewegliches. Etwas Hauchdünnes, das sich oben samtig glatt anfühlte und unten mit dünnen Adern durchzogen war. Laub, dachte Malú. Das fühlt sich an wie Laub!

Auch das Rascheln, das jetzt ertönte, klang wie Blätter, die gegen Stein rieben. Staunend rieb Malú ein Blatt zwischen den Fingerspitzen, da funkelte ein grüngelbes Lichtpünktchen in der Dunkelheit auf. Sofort erschien ein zweites, drittes und viertes.

»Was zum …«, begann Flo.

»Glühwürmchen«, flüsterte Malú.

Tatsächlich! Winzige Glühwürmchen funkelten auf der Wand. Mit jeder Sekunde wurden es mehr. Und dort, wo sich vorhin noch ein Relief aus steinernen Blättern befunden hatte … war nun ein krautiges, immer weiter wucherndes Dickicht.

Sie holte tief Luft, und mit einem Mal wusste sie, welcher Duft hier unten in der Luft hing. Im immer heller strahlenden Licht der Glühwürmchen sah sie zu George und Flo.

»Das ist Efeu«, sagte Malú aufgeregt.

Flo hob die Brauen. »Ähm, ja, danke, das erkennen wir auch.«

Malú schüttelte den Kopf. »Nein, ich meine, den *Geruch*. Wenn Efeu blüht, verströmt er einen ganz intensiven Honigduft, um Insekten anzulocken.«

Deshalb musste sie vorhin an Bienen denken. Wenn der

Efeu an ihrer Hauswand in Puddleston blühte, surrten Hunderte Bienen um die Blüten.

Sie lachte. »Und Efeu?«, sagte sie. »Blüht im *Spät*sommer.«

»Oh«, machte Flo. »Oh! Du hast das Rätsel schon wieder gelöst, oder?«

»Ich glaube schon«, sagte Malú. Sie fühlte sich so stolz, wie an jenem Nachmittag, als sie die Wurzel eines umgestürzten Quittenbaums eigenhändig mit der Schaufel aus der Erde gestemmt hatte.

»Und wohin führt der Duft?«, fragte Flo.

Malú drehte sich um sich selbst und schnupperte, bis sie den Eindruck hatte, dass der sirupartige Geruch stärker wurde. »Dorthin«, verkündete sie, und zeigte zur anderen Seite des Gewölbes. Sie hatte den Finger kaum ausgestreckt, da taumelte ein Glühwürmchen über ihre Schulter und hinein in die Dunkelheit.

Auch der Boden des Gewölbes hatte sich verändert. Malú bahnte sich ihren Weg durch einen dicken Teppich aus Klee und Immergrün, George und Flo waren dicht hinter ihr. Glühwürmchen schwärmten ihnen hinterher, wirbelten um sie herum und trudelten voraus, und so stapften sie in einer Wolke aus Licht durch das nachtschwarze Gewölbe.

George spähte immer wieder besorgt in die Dunkelheit, doch Malú verspürte nur Vorfreude. Der Efeublütenduft wurde immer intensiver, bis er wie cremiger Honig auf ihrer Zunge lag.

»Da«, flüsterte Flo.

Malú hob den Blick. Wenige Meter vor ihnen befand sich eine dichte Wand aus Efeu, auf der sich die Glühwürmchen niederließen. Grüngelbe Blüten ragten zwischen den Blättern hervor, und das Laub zitterte, obwohl sich hier unten kein Wind regte.

Als Malú nahe genug war, erschauderten die Efeuranken und krochen beiseite. Wie ein sich öffnender Vorhang gaben sie den Blick frei auf ein weiteres Steinrelief. Dieses Mal handelte es sich um das runde Gesicht einer Frau mit Stupsnase und geschlossenen Augen.

»Oh«, erklang Georges Stimme.

Malú hatte jedoch nur Augen für das steinerne Gesicht, das so aussah, als würde die Frau friedlich schlafen. Auf dem Kopf trug sie Efeublätter anstelle von Haaren. Eine kleine Nacktschnecke kroch über die Wange der Skulptur und hinterließ eine silbrige Spur.

Malú trat vor. Ganz vorsichtig pflückte sie die Schnecke vom Stein. Sie setzte das kleine Wesen soeben auf ein nahes Blatt, als die Augen in dem steinernen Gesicht blinzelten.

Mit einem spitzen Aufschrei stolperte Malú rückwärts über ihre eigenen Füße, wurde jedoch von Flo und George aufgefangen.

»Magie«, murmelte Flo.

Der Stein verlor seine harten Konturen, und Farbe floss in Wangen und Stirn, bis das Gesicht so sattgrün und mit blassen Adern durchzogen war wie Efeublätter. Glühwürmchen landeten auf dem Blätterschopf der Frau, dann schlug die Dame in Grün die Augen auf.

Mehrere Herzschläge sagte niemand ein Wort. Dann sank George auf ein Knie und beugte den Kopf.

Flo schluckte hörbar. »Richtig«, murmelte sie, und vollführte einen unbeholfenen Knicks. *Verbeuge dich vor der Dame in Grün.* So stand es auf Wonderlys Karte.

Malú verbeugte sich ebenfalls, wandte den Blick jedoch nicht von der Efeudame. Die betrachtete die Kinder mit einem Lächeln und nickte dann in Richtung von Flos Rucksack.

»Flo«, flüsterte Malú. »Die Karte!«

Flo zuckte zusammen und zerrte den Rucksack vom Rücken. Aus der Seitentasche, in der Wonderlys Karte steckte, quollen goldene Funken. Flo schnappte die Karte und faltete sie auseinander. Zu dritt sahen sie zu, wie ein Wort nach dem anderen erschien.

Geh dorthin, wo ein Blitz nur die Knochen der östlichen Kathedrale übrigließ. Finde den großen Bären, vereine ihn mit der Karte und folge dem Seeweg zu der Quelle, deren Zauber in deinem Herzen beginnt.

»Die Quelle«, sagte Flo und quietschte vor Freude. »Die Quelle der Magie! Das ist der letzte Hinweis!«

»Der letzte Hinweis«, wiederholte Malú staunend. »Wir sind fast am Ziel?«

George sog scharf die Luft ein. »Ich weiß, wo wir hinmüssen!«, rief er. »Die östliche Kathedrale, das ist St.-Dunstan-in-the-East, wir –«

Ein dumpfes Beben rumpelte durch das Gewölbe und ließ ihn verstummen. Irgendwo hinter ihnen knisterte das bodendeckende Immergrün.

Flo räusperte sich. »Ähm, hat noch jemand gerade eine Gänsehaut bekommen? Ich frag nur, weil –«

Wieder rumorte das Gewölbe, und dieses Mal spürte Malú das Beben durch die Sohlen ihrer Turnschuhe hindurch. Sie fuhr herum und suchte den Blick der Efeudame. Diese bewegte die Lippen, so, als ob sie etwas sagen wollte.

Malú machte einen Schritt auf sie zu, blieb dann jedoch irritiert stehen. Ein neuer Geruch drang an ihre Nase. Er hatte etwas Säuerliches, Bitter-Erdiges an sich, das sie an das Reptilienhaus in Zoos erinnerte.

Das *Reptilien*haus. Wo die Schlangenterrarien waren.

Mit einem Mal war Malús Mund staubtrocken. Hinter ihnen, in der Dunkelheit, erklang ein Rumpeln, als wäre ein Stück Fels zu Boden gepoltert. Dann folgte ein schleifendes Geräusch, so, als würde etwas Großes, Schweres über den Boden kriechen.

»Gänsehaut«, sagte George mit matter Stimme. »Definitiv Gänsehaut!«

»Was ist das?«, hauchte Flo.

Malús Herz hämmerte dumpf in ihrer Brust, und dann spürte sie sie wieder: die Angst, wie ein brennendes Prickeln auf der Haut. Hatte sie wirklich geglaubt, sie wäre eine mutige Abenteurerin geworden?

Die Dame in Grün sah sie unverwandt an, und als Malú sich näher an sie heranbeugte, flüsterte sie ein einziges Wort:

»Lauft.«

Schachmatt

Flo

Flo, Malú und George rannten durch die Dunkelheit. Die Glühwürmchen stoben ihnen wie ein wegweisender Wirbelsturm voraus, aber hinter ihnen? Hinter ihnen walzte etwas mit solcher Wucht durch die Wiese aus Immergrün, dass der Boden schwankte und Gestein von der Gewölbedecke zu Boden prasselte. Ein grausiges, raues Kratzen hallte durch das Gewölbe, so, als ob eine riesige Stahlbürste über Felsen schabte.

Nein, keine Stahlbürste, dachte Flo. So klingen riesige Schuppen!

»Lauft, lauft, lauft!«, brüllte George, und sie legten noch einen Zahn zu.

Die ersten Glühwürmchen erreichten den Treppenaufgang und schwärmten um den Torbogen. Die Stufen, die in ihrem blauen Schimmerlicht auftauchten, waren das Schönste, was Flo je gesehen hatte.

Malú kam als Erste an der Treppe an und nahm gleich drei Stufen auf einmal. Flo folgte und stolperte, doch George hielt sie fest und verhinderte, dass sie stürzte.

»Weiter«, keuchte er, und zu dritt hechteten sie die Stufen hinauf. Hinter ihnen hob ein Donnergrollen an, und Flo konnte nicht anders: Sie warf einen Blick zurück. Ein gigantischer Leib wälzte sich an dem offenen Torbogen vorbei, und Flo erhaschte einen Blick auf kanaldeckelgroße, sich überlappende Schuppen.

Flo blieb stehen und George prallte gegen sie.

»Flo!«

Sie schluckte, warf sich herum und sprintete die Treppe zum Ausgang hinauf.

Sie erreichten das Ende der Treppe und purzelten hinter dem Schrank hervor. Flos Lungen brannten, und sie hatte eine Gänsehaut im Nacken, aber gleichzeitig spürte sie eine Welle der Erleichterung. Das war eine Begegnung mit einem magischen Wesen gewesen, auf die sie komplett hätte verzichten können.

»O *Mann*«, keuchte sie. »Das war knapp, knapper, am knap-«

»Was zum Teufel geht hier vor?«, fragte eine Stimme, und Flo rutschte vor Schreck das Herz in die Hose.

Mit einem Schnipp ging das Deckenlicht im Verkaufsraum des Monster-Supplies-Ladens an. Direkt vor der offenen Ladentür standen eine Frau und ein Mann in Polizeiuniform. Mit grimmigen Gesichtern starrten sie auf Flo, Malú und George.

»Ach herrje«, entfuhr es George.

»Seid ihr nicht ein bisschen zu jung für Einbrecher?«, schimpfte der Polizist.

Flo blinzelte und ihre Gedanken wirbelten so wild durcheinander wie die Glühwürmchen im Keller. Sie waren eben einem riesigen Schlangenungeheuer entkommen, darüber kam sie nicht hinweg.

»Wir sind keine Einbrecher«, widersprach sie. »Wir wollten nur die nächste Aufgabe auf der Karte lösen! Ich kann Sie Ihnen zeigen, aber wir schieben besser zuerst den Schrank vor die Tür.« Flo sah im Augenwinkel, dass Malú sie entgeistert anstarrte. Aber wie hätte sie *nicht* darüber sprechen können, was gerade passiert war?

»Wovon redest du?«, fragte der Polizist mit einem Stirnrunzeln, das von Sekunde zu Sekunde ungehaltener wurde.

»Flo …«, warnte George.

»Die Tür hinter dem Schrank«, erklärte Flo. »Die Treppe dahinter führt in den Keller, und ich glaube, sie ist zu schmal für die Endlosschlange, aber sicher ist sicher.«

Der Polizist tauschte einen Blick mit seiner Kollegin, dann trat er einen Schritt auf Flo zu.

»Jetzt hör mal gut zu, Kleine«, begann er, doch Flo war nicht zu bremsen.

»Kommen Sie mit, ich zeige Ihnen die Tür!« Wenn die Polizisten den Geheimgang sahen, dann würden sie verstehen, dass hier etwas Magisches vor sich ging. Sie würden ihnen helfen, genauso wie die anderen Erwachsenen, denen sie während der Schnitzeljagd begegnet waren.

Der Polizist jedoch hielt Flo am Arm fest. »Hiergeblieben«, raunzte er. »Jetzt leert erst einmal eure Taschen aus und gebt zurück, was ihr gestohlen habt.«

»Wir haben nichts gestohlen!«, rief Flo schockiert. »Wir wollten nur Wonderlys Aufgabe lösen, ehrlich!«

»Flo«, wimmerte Malú.

»Sie haben doch bestimmt eine Taschenlampe dabei, leuchten Sie mit der die Treppe hinunter«, drängte Flo.

»Dann sehen Sie, dass wir uns das nicht ausgedacht haben. Da unten ist eine Höhle und eine Dame in Grün und eine Endlosschlange, die auf jeden Fall größer ist als eine Blindschleiche!«

Die Polizistin gab ein überraschtes Lachen von sich, aber die Miene des Polizisten verfinsterte sich immer weiter.

»Jetzt reicht's aber«, grollte er. »Schlimm genug, dass ihr hier eingedrungen seid, jetzt lügst du auch noch das Blaue vom Himmel herunter?«

Flo biss sich auf die Lippe. Wieso glaubte er ihr nicht? Hatte sie zu viel durcheinandergeplappert? Hilfe suchend sah sie sich nach Malú um, aber die starrte mit hochrotem Gesicht auf ihre Schuhe.

»George, sag doch auch mal was!«, sagte sie und drehte sich in seine Richtung.

George räusperte sich, aber noch bevor er etwas erwidern konnte, trat eine weitere Frau durch die Ladentür. Sie trug ein graues Jackett, einen schwarzen Bleistiftrock und spitze Stöckelschuhe. Flo ahnte, wer das war. Die Tatsache, dass George mit einem Schlag käsebleich wurde, bestätigte ihre Vermutung.

»O gut, Sie haben die Kinder gefunden«, sagte Georges Tante Lavinia.

»In der Tat«, brummte der Polizist. »Allerdings haben Sie uns bei Ihrem Anruf nicht gesagt, dass die Kinder hier eingebrochen sind.«

Bei Ihrem Anruf?, dachte Flo verdutzt. Dann begriff sie: Georges Tante hatte die Polizei auf sie gehetzt. Nicht gut, dachte sie verzweifelt. Das ist alles gar nicht gut!

»Das wusste ich leider auch nicht«, erwiderte Georges Tante. »Alles, was recht ist, George, was hast du dir nur hierbei gedacht?«

Ihr Blick streifte George und wanderte dann zu Flo. Genauer gesagt wanderte er zu dem Rucksack, in dessen Seitentasche Wonderlys Karte steckte.

Flo wich zurück. »Nein!«, rief sie. »Nein, Sie bekommen die Karte nicht!« Sie klammerte sich an die Träger des Rucksacks und flehte den Polizisten an: »Bitte, Sie müssen uns helfen! Georges Tante gehört zu einer Geheimgesellschaft, und die will sich die Quelle der Magie unter den Nagel reißen!«

»Also wirklich, Mädchen«, seufzte Lavinia. »Was für ein Unsinn.«

»Das ist kein Unsinn!«, widersprach Flo. »Sie wollen den Zauberwesen die Quelle wegnehmen, Sie – «

»Flo«, zischte Malú. »Sei still!«

Geschockt klappte Flo den Mund zu und fuhr zu Malú herum.

»Aber wir müssen doch die Wahrheit sagen?«, fragte sie verunsichert.

Malú zitterte unter dem strengen Blick des Polizisten. »Mach's nicht schlimmer«, flehte sie Flo an.

Das versetzte Flo einen Schreck. Sie verschlimmerte die Situation? Das hatte sie nicht bemerkt.

»Ich muss mich im Namen meines Neffen und seiner kleinen Freundinnen entschuldigen«, sagte Lavinia. »George hatte sich schon immer mit irgendwelchen albernen Rollenspielen aus der Wirklichkeit geflüchtet. Aber dieses Mal scheint seine Phantasie völlig mit ihm durchgegangen zu sein. Die Karte, von der das Mädchen spricht, ist ein antikes Dokument, das mein Neffe aus unserem Familienarchiv entwendet hat. Ich nehme an, sie ist Teil des Spiels, das er sich ausgedacht hat.« Sie hob eine Braue. »Eine Suche nach ausgedachten Zauberwesen, George? Ich dachte, du wärst mittlerweile zu alt für solchen Unfug.«

Sie lügt, dachte Flo verzweifelt. Sie lügt, dass sich die Balken biegen! Spätestens jetzt würden Malú und George sich wehren, da war sie sich sicher. Doch keiner der beiden sagte auch nur ein Wort.

»Einbruch ist kein Spiel«, sagte die Polizistin.

»Sehr richtig«, bestätigte Lavinia. »George, ich bin wirklich enttäuscht. Und dann ziehst du auch noch diese Mädchen mit hinein? Was werden ihre Eltern dazu sagen?«

Eine kalte Angst kroch über Flos Herz, als ihr klar wurde, wie schnell die Situation außer Kontrolle geraten war. Wieder wandte sie sich an Malú und bekam einen erneuten Schreck, weil Malú die Tränen in den Augen standen. Rasch griff Flo nach ihrer Hand.

»Hey«, tröstete sie. »Hey, es wird alles gut. Wir können doch alles erklären, wir –«

Malú schüttelte Flos Hand ab. »Das war alles eine dumme Idee«, murmelte sie. »Ich will einfach nur nach Hause!«

Sie rieb sich mit dem Ärmel über die Augen und wandte sich von Flo weg.

Nein, dachte Flo verzweifelt. Nein, nein, nein.

»Tante Lavinia«, begann George, doch sie brachte ihn mit einem giftigen Blick zum Schweigen.

Als sie sich dem Polizisten zuwandte, glätteten sich ihre Gesichtszüge so rasch, als hätte sie einen Schalter umgelegt.

»Ich denke, hier ist keine Anzeige notwendig«, sagte sie. »Wir können es bei einer Verwarnung belassen, nicht wahr? Ich bin mir sicher, die Eltern der Mädchen werden ihnen die Leviten lesen.« Ihr Basiliskenblick richtete sich wieder auf George. »Um meinen Neffen kümmere ich mich selbst, das ist wohl das Beste.«

»Na, so läuft das aber nicht«, empörte sich die Polizistin, doch ihr Kollege nickte.

»Das geht schon in Ordnung, Miss Fearnley-Farthington«, sagte er. »Dieses eine Mal drücken wir ein Auge zu, aber ich möchte ihren Neffen nicht noch einmal so aufgabeln.«

»Ich garantiere, dass das nicht passieren wird«, versprach Lavinia und nickte in Richtung Ausgang. »George.«

Während George mit hängendem Kopf zum Ausgang schritt und die Polizistin Malú streng nach ihrer Adresse fragte, trat Lavinia auf Flo zu. »Ich hätte dann gerne mein Eigentum zurück«, sagte sie und streckte auffordernd die Hand aus.

Flo reagierte nicht. Ihre Haut kribbelte dort, wo Malús Hand eben noch gewesen war. Verzweifelt hoffte sie, dass sie sich doch wieder zu ihr umdrehen würde. Doch das geschah nicht.

Sie ballte die Fäuste, dann stellte sie sich Georges Tante. »Ich werde jedem erzählen, was Sie vorhaben«, quetschte Flo mit dünner Stimme hervor. »Sobald genügend Leute wissen, dass es Magie gibt, werden wir Sie und die GUMU aufhalten!«

Lavinia seufzte, dann beugte sie sich vor.

»Nein, meine Kleine, das werdet ihr nicht«, sagte sie so leise, dass nur Flo es hörte. Sie berührte die Brosche, die am Aufschlag ihrer Jacke steckte, und der Deckel des Schmuckstücks klappte auf. Bevor Flo es verhindern konnte, fiel ihr Blick auf einen leuchtenden Kristall im Innern der Brosche.

Ein Zauberlöscher, fuhr es ihr durch den Kopf.

Innerhalb einer Sekunde war es vorbei: Der Kristall schimmerte, dann erlosch sein Leuchten, und im selben Moment hatte Flo das Gefühl, als ob ein Tropfen Eiswasser in ihr Herz drang.

»Damit hätten wir das geklärt«, sagte Lavinia. »Spätestens morgen früh wirst du selbst nicht mehr an das glauben, was du heute gesehen hast.«

Flo stand wie vom Donner gerührt da, während Lavinia die Hand ausstreckte und Wonderlys Karte aus Flos Rucksack zupfte.

»Gehen wir«, sagte sie zu George, bevor sie auf dem Absatz kehrtmachte und aus dem Laden hinausschritt.

Starre Regeln

George

Tante Lavinia scheuchte George ins Haus seines Großvaters und warf die Tür mit einem Krachen hinter ihnen zu. Die ganze Fahrt über hatte sie eisern geschwiegen, doch nun platzte ihre ganze Wut aus ihr heraus.

»Ich fasse es nicht, George«, wetterte sie. »Ich fasse es einfach nicht. Was hast du dir nur dabei gedacht?«

Mit zornrotem Gesicht stürmte sie durch die Eingangshalle. George zog den Kopf zwischen die Schultern und folgte ihr die Treppe in den ersten Stock hinauf.

»Was wirst du jetzt tun?«, fragte er leise. Noch nie hatte er Tante Lavinia so außer sich erlebt.

»Was ich jetzt tun werde?«, wiederholte sie und stieß die Tür zum Arbeitszimmer von Georges Großvater auf. »Dein Chaos in Ordnung bringen, was sonst. Wirklich, ich habe gewusst, dass du nicht für die Arbeit in der Gesellschaft taugst, aber dass du uns absichtlich sabotieren würdest, das hätte ich nicht im Traum gedacht!«

George schlang die Arme um die Brust. »Das ist nicht fair«, setzte er an.

»Nicht *fair*?«, pfefferte Tante Lavinia zurück. »Dein Verhalten ist absolut inakzeptabel. Deine Schusseligkeit ist schlimm genug, aber dann überlässt du Wonderlys Karte zwei Kindern? Ich hätte es nicht für möglich gehalten, aber willst du den Ruf unserer Familie mit Absicht ruinieren?«

»Nein – «

»Was glaubst du, passiert, wenn Peter Greenfield erfährt, dass du die ganze Zeit wusstest, wo die Karte war?«, schimpfte Tante Lavinia weiter. »Glaubst du, er wird dir auf die Finger klopfen und das war's? O nein. Er wird mir die Schuld geben. Ich bin für dich verantwortlich, und das wird er mich spüren lassen. Er sucht schon lange nach einem Vorwand, um mir eins auszuwischen.«

Mit klackernden Absätzen umrundete sie den Schreibtisch von Georges Großvater und zog die Schublade unter der Tischplatte auf.

»Wie ... wieso will Peter Greenfield dir eins auswischen?«, fragte George.

Tante Lavinia schnaubte. »Selbstschutz. Er weiß genau, dass ich bei der nächsten Wahl Chancen auf seinen Platz im Vorstand habe.« Sie schloss die Augen, stützte sich auf der Schreibtischkante ab, dann sah sie George an. »Hast du auch nur die leiseste Ahnung, wie hart ich gearbeitet habe, um meine Position in der Gesellschaft zu erreichen? Oder wie verdammt lange es gedauert hat, bis die anderen mich auch nur annähernd so respektierten wie Peter? Oder deinen Großvater?«

George blinzelte verwirrt, denn das alles war ihm neu. Er hatte Tante Lavinia immer als eine der fähigsten und anerkanntesten Personen in der Gesellschaft wahrgenommen.

»Ich habe alle Erwartungen übertroffen«, fuhr Lavinia fort. »Ich habe meine Arbeit sorgfältiger erledigt als jeder andere. Ich habe Unmengen an Zeit und Energie und Nerven aufgebracht, und Männer wie Peter Greenfield sind trotzdem der Meinung, dass eine Frau für das Amt des Vorsitzes nicht geeignet ist.«

»Das … tut mir leid.« Und das stimmte sogar. George war fassungslos. Er hatte keine Ahnung gehabt, dass Tante Lavinia so viel Gegenwind aushalten musste.

Tante Lavinia sah ihn nur an, dann schob sie sich ein paar lose Haarsträhnen aus der Stirn. »Ich war auf einem so guten Weg«, sagte sie. »Und dann kamst du.« Sie klappte die Karte auf, las die Hinweise, und schüttelte dann abschätzig den Kopf. »Dieses ganze Desaster wird auf mich zurückfallen. Aber Vater wollte ja unbedingt, dass ich seinem Enkelsohn die Tür zur Gesellschaft aufhalte. Ich schätze, das habe ich jetzt davon, dass ich immer nach den Regeln gespielt habe.«

Ihre Stimme klang bitter, ob vor Enttäuschung oder Abscheu, konnte George nicht mehr sagen.

Er starrte Tante Lavinia an und hatte das Gefühl, eine Fremde vor sich zu sehen. Gleichzeitig spürte er zum ersten Mal, dass sie sich ähnlich waren. Die Regeln, dachte er. Die starren Regeln sind das Problem, nicht wir.

Er holte tief Luft, dann sagte er. »Vielleicht müssen wir die Regeln ändern.«

Ruckartig hob Tante Lavinia den Kopf. »Was?«

»Ich glaube, die alten Regeln der Gesellschaft sind nicht so sinnvoll, wie wir immer geglaubt haben«, sagte George. Sein Puls flatterte vor Aufregung, aber mit jedem Wort war er überzeugter davon, genau das Richtige zu sagen. »Ich meine, zuerst ist da die Regel, dass nur Mitglieder bestimmter Familien in die Gesellschaft aufgenommen werden. Aber dann wollen sie auch nur Männer im Vorstand haben? Das ist doch Unsinn!«

Tante Lavinia schwieg, und George nahm es als Ermutigung. Er dachte an Flo, die sich mit solchem Feuereifer auf die Spur sagenhafter Kreaturen gemacht hatte. An Malú, die grüne Magie aus verzauberten Küchen und Kellergewölben hervorlockte.

»Ich finde, es sollte egal sein, wer die Magie bewahren möchte«, sagte er. »Wenn eine Person spürt, dass es all diese wundervollen, geheimen Zauberdinge in unserer Welt gibt, und wenn sie sich dafür einsetzen will, sie zu beschützen, dann braucht die GUMU doch genau solche Leute! Finde ich.«

Lavinia starrte ihn an und hielt dabei immer noch die Karte in den Händen. Er glaubte bereits, dass er sie überzeugt hatte, da senkte sie mit einem Stöhnen den Kopf.

»Oh, du Einfaltspinsel«, sagte sie. »Du hast wirklich nichts verstanden, oder? Unsere Gesellschaft schützt die Magie nicht. Wir beschützen die Welt vor der Magie! Was glaubst du, würde passieren, wenn wir zuließen, dass magische Gegenstände in die falschen Hände geraten? Wenn Magie sich ungebremst ausbreiten könnte?«

George blinzelte verwirrt. »Aber … was ist mit dem Archiv der Unmöglichen Dinge? Dorthin kommen doch alle magischen Gegenstände, die in Sicherheit gebracht werden müssen.«

»Nein, im Archiv halten wir nur die Gegenstände unter Verschluss, die wir nicht zerstören oder risikofrei für unsere Zwecke benutzen können«, sagte Tante Lavinia. »Magie ist gefährlich, George. Sie ist unberechenbar! Unsere Aufgabe ist es, sie einzudämmen.«

George war sprachlos. Alles, was er je über die Gesellschaft geglaubt hatte, fiel wie ein Kartenhaus in sich zusammen.

Tante Lavinia verzog das Gesicht und warf Wonderlys Karte in die offene Schublade.

»Mab hatte recht«, sagte George mit heiserer Stimme. »Die Gesellschaft will die Magie der Quelle kontrollieren.«

Tante Lavinia verdrehte die Augen. »Hast du es immer noch nicht begriffen? Wir werden die Quelle nicht benutzen. Wir werden sie zerstören.«

Mit einem Schlag war George eiskalt. »Was?«

»Die Quelle ist der Grund, warum wir ständig chaotische magische Vorfälle in London vertuschen müssen«, sagte Tante Lavinia. »Orte, an denen die Zeit stillsteht. Gremlins, die Starkstromleitungen in den U-Bahnschächten durchbeißen. Verhexte Schmetterlinge, die den kompletten Milchvorrat eines Cafés zu Butter werden lassen. Und das sind nur die Unfälle, die wir leicht beheben können! Seit Wonderly die Quelle gefunden hat, sind wir auf der Suche danach. Um den Magiefluss endlich zu stoppen!«

George trat näher an den Schreibtisch heran. »Aber die Zauberwesen brauchen Magie zum Überleben«, sagte er.

Lavinia schnaubte. »Du meinst Menschen fressende Kelpies, Monsterschlangen und Kobolde, die Kinder stehlen? George. Unsere Welt wird ein besser Ort, wenn es solche Wesen nicht mehr gibt. Sie wird sicherer!«

Schockiert wich George vor Tante Lavinia zurück, aber sie schien das Entsetzen auf seinem Gesicht nicht zu bemerken.

»Was ist das alles für ein Schlamassel«, sagte sie und knallte die Schublade zu. »Wir werden es so machen. Morgen bringe ich die Karte ins *Dull House* und erzähle Peter Greenfield, dass ich sie wiedergefunden habe. Atterby und Barnes habe ich bereits eingebläut, dass sie ihre Begegnung mit dir und den Mädchen für sich behalten sollen. Die beiden schulden mir ohnehin einen Gefallen.«

Sie richtete sich auf, strich sich noch einmal die Haare aus dem Gesicht und glättete ihr Jackett.

»Wenn wir Glück haben, wird Peter nie erfahren, dass du uns belogen und die Karte zwei Zivilistinnen überlassen hast.«

Sie drehte den Schlüssel im Schloss der Schublade, zog ihn ab und steckte ihn in die Tasche.

»Und wenn jetzt niemand mehr dazwischenfunkt«, fuhr sie fort, »wird es die Quelle morgen um diese Zeit nicht mehr geben.«

Enttäuschungen

Malú

Sie steckte in einem Albtraum fest. Die Polizisten fuhren Malú und Flo zurück nach Bloomsbury, und die ganze Fahrt über hatte sie das Gefühl, als ob ein zentnerschweres Tier auf ihrer Brust sitzen würde.

Noch nie war sie in solche Schwierigkeiten geraten. Vor London war es ihr nicht einmal in den Sinn gekommen, etwas zu tun, was ihre Eltern ihr verboten hatten. Und jetzt hatte sie sogar gegen das Gesetz verstoßen.

Was für eine Strafe würde sie jetzt erwarten? Was würden ihre Eltern sagen? Sie hatten noch nie richtig mit ihr geschimpft, Malú hatte ihnen aber auch noch nie einen Grund dafür gegeben. Sie starrte auf ihre Knie und konnte kaum atmen.

Als das Polizeiauto vor dem Haus ihrer Oma hielt, flog die rote Tür auf und Malús Eltern und Oma Helen stürmten hinaus auf die Straße. Die Polizistin öffnete die Autotür, und Malú stieg auf wackligen Beinen aus. In der nächsten Sekunde umarmten sie ihre Eltern.

»O Malú«, murmelte ihr Papa.

»Wo warst du?«, fragte ihre Mutter. »Du hättest schon vor vier Stunden zu Hause sein müssen!«

Kurz versteckte sich Malú in der Umarmung ihrer Eltern.

Der Druck auf ihrer Brust löste sich ein bisschen, doch dann erzählte die Polizistin von dem Einbruch, und Malú spürte, wie ihre Mutter sich anspannte.

Sie traute sich nicht, in die Gesichter ihrer Eltern zu schauen. Stattdessen spähte sie zwischen ihnen hindurch und erhaschte einen Blick auf Flo. Der Polizist führte sie den Gehweg entlang zu ihrem Haus, und Flo ging mit hängenden Schultern neben ihm her.

Kurz wollte Malú ihr hinterherrufen, doch dann presste sie nur fest die Lippen aufeinander.

»Ich verstehe das einfach nicht«, sagte Malús Mutter. »Was ist nur in dich gefahren?«

Malú saß an Oma Helens Küchentisch und wäre am liebsten in einem Mauseloch verschwunden. Papa brachte ihr eine heiße Schokolade und setzte sich schräg neben sie. Oma Helen hatte sich nach einem kurzen Austausch mit Malús Papa zurückgezogen. Malús Mutter jedoch ging rastlos in der Küche auf und ab.

»Hast du eine Ahnung, wie viel Sorgen wir uns gemacht haben?«, fragte sie.

»Tut mir leid«, murmelte Malú. Jede Bewegung ihrer Mutter strahlte Ärger und Besorgnis aus. Malú spürte das und hatte ein Gefühl, als ob sich ihre Haut enger zusammenzog.

Papa berührte ihren Arm. »Was ist denn passiert?«, fragte er. »Warum bist du nicht nach Hause gekommen, wie es abgemacht war?«

Malú schluckte. »Flo hat eine Schnitzeljagdkarte gefunden«, sagte sie. »Wir wollten es bis zum Ziel schaffen, weil – «

»Das ist ein Scherz, oder?«, unterbrach ihre Mutter.

Erschrocken schüttelte Malú den Kopf. Diesen schneidend scharfen Ton hörte sie sonst nur, wenn ihre Mutter jemanden zurechtwies, oder wenn sie sich über etwas in den Nachrichten aufregte.

»Wir haben dich auf dem Handy angerufen, und nur die Mailbox ging ran«, sagte ihre Mutter.

»Mein Akku«, begann Malú, aber ihre Mutter unterbrach sie sofort: »Wir haben auch im Jugendzentrum angerufen. Dort haben sie uns erzählt, dass du nie dort gewesen bist. Kannst du dir vorstellen, wie viele Sorgen wir uns gemacht haben?«

Malú sackte in ihrem Stuhl zusammen.

»Ich kann nicht glauben, dass du uns derart angelogen hast!«, schimpfte ihrer Mutter. »Und wegen was? Wegen einer *Schnitzeljagd*?«

Malú blickte nach unten auf ihren Kakao. Sie hätte erzählen können, dass es eine besondere, magische Schnitzeljagd gewesen war. Doch im Moment wirbelten viel zu viele Gefühle in ihrem Innern herum. Am liebsten hätte sie gar nichts mehr gesagt. Nur mit Mühe brachte sie eine weitere Entschuldigung hervor.

»Tut mir leid.«

Frustriert warf ihre Mutter die Hände in die Luft, und Malú machte sich noch kleiner.

»Du bist in einen Laden eingebrochen, Malú!«, rief ihre Mutter. »Weißt du, was das für eine Strafe hätte geben können?

»Ich habe mit der Polizistin gesprochen«, schaltete sich Malús Papa dazwischen. »Sie verzichten auf eine Anzeige.«

»Das macht die Sache keinen Deut besser«, sagte Malús Mutter, dann drückte sie sich die Knöchel ihrer linken Hand gegen die Stirn. »Ich fasse nicht, dass das gerade passiert. Wir wollten einen schönen neuen Anfang in London machen, und dann wird meine Tochter von der Polizei nach Hause gebracht.«

»Ich wollte nicht nach London«, murmelte Malú und duckte gleichzeitig den Kopf zwischen ihre Schultern. Die Worte waren ihr einfach so herausgerutscht.

»Was?«, fragte ihre Mutter überrascht.

Malú starrte weiter auf ihre Tasse. Sie wollte raus aus der Küche. Sie wollte in ihr Zimmer. Sie wollte sich unter ihren Lieblingsapfelbaum setzen und die Augen schließen, bis sich das Chaos in ihrem Kopf legte. Sie atmete zitternd ein, aber plötzlich war ihr alles zu viel. Der klebrig süße Duft des Kakaos. Der Pullover aus dem Secondhand-Laden, der auf ihrer Haut kratzte. Und ihre Eltern, die sich dicht an den Tisch und an sie herandrängten.

Malú verkrampfte die Hände in ihrem Schoß. »Ich wollte nicht nach London«, wiederholte sie.

Ihre Mutter runzelte die Stirn. »Was soll das heißen?«, fragte sie. »Du wolltest nicht umziehen? Benimmst du dich deshalb so unmöglich? Wird das hier so eine Teenagerrebellion?«

Malú presste erneut die Lippen aufeinander. Die Fragen ihrer Mutter trafen sie wie Nadelstiche, aber dazwischen blitzte ein Gedanke auf: Das war nicht fair!

»Schau mich an, Malú«, forderte ihre Mutter sie auf.

Malú zwang sich, den Blick zu heben.

»Ich erkenne dich gar nicht wieder«, sagte ihre Mutter. »Erklär mir, was das alles soll, denn ich verstehe es wirklich nicht.«

Die Enttäuschung stand ihr so klar ins Gesicht geschrieben, dass Malús Kehle sich zusammenschnürte. Wenn sie nur einen Moment hätte, um ihre Gedanken zu sammeln, um sich aus dem Gefühlschaos zu befreien.

»*Abelhinha?*«, fragte ihr Papa sanft, aber ihre Mutter sprach schon weiter.

»Ich hätte nicht gedacht, dass ich dir jemals mit Hausarrest drohen muss«, sagte sie. »Wir sind ein Team, erinnerst du dich? Ich dachte, ich kann mich auf dich verlassen.«

Das tat wirklich weh. Malú hatte immer alles gemacht, worum ihre Eltern sie gebeten hatten. Sie hatte immer am selben Strang gezogen. Selbst als ihre Eltern die Bombe mit dem Umzug hatten platzen lassen, hatte sie sich zusammengerissen.

Und auch jetzt gab ihre Mutter ihr keine Chance, durchzuatmen oder zu erklären, was tatsächlich passiert war. Wut flackerte in Malú empor, ein winziger, aber brandheißer Funke.

»Wir sind kein Team«, brachte sie mit gepresster Stimme hervor.

Ihre Mutter erstarrte. »Wie bitte?«

Malú dachte daran, wie sie mit Flo und George von einem Wegpunkt zum nächsten geflitzt war. Sie hatten die Rätsel zusammen gelöst und bei jedem Schritt gemeinsam beschlossen, ob und wie sie weitermachen wollten.

»In einem Team«, begann Malú, holte Luft, und fuhr fort: »In einem Team treffen die wichtigen Entscheidungen alle gemeinsam. Und wenn jemand im Team ein Versprechen gibt, dann wird das auch eingehalten.«

»Was meinst du damit, Malú?«, fragte ihr Papa.

Malú jedoch sah zu ihrer Mutter, deren Gesicht immer gewitterdunkler wurde.

»Ihr habt mich nicht gefragt, ob ich umziehen will«, platzte Malú heraus. »Ihr habt das einfach so entschieden!«

»Wir sind die Eltern –«, begann ihre Mutter, aber dieses Mal fuhr Malú dazwischen.

»Und ihr habt euer Versprechen gebrochen!«, rief sie mit erstickter Stimme.

Ihre Mutter stemmte die Hände in die Hüften. »Wovon redest du?«

Malús Kehle verkrampfte sich so sehr, dass es weh tat, aber sie sprach weiter. »Ihr habt gesagt, in dem neuen Haus gibt es auch einen Garten. Ihr habt versprochen, dass ich meinen Johannisbeerbusch mitnehmen darf!«

»Du bist sauer wegen eines Busches?«, fragte ihre Mutter ungläubig.

»Ihr habt euer Versprechen gebrochen«, wiederholte Malú.

Kurz herrschte erschütterte Stille am Tisch, dann ließ sich Malús Mutter auf einen freien Stuhl sinken.

»Ich fasse es nicht«, murmelte sie und schüttelte den Kopf. »Ich muss das alles erst einmal verdauen.«

Malú schluckte gegen den Kloß in ihrem Hals an. Ihre Mutter verstand sie nicht. Enttäuschung schwappte in ihr hoch. Kurz überlegte sie, wie sie ihre Gefühle besser erklären konnte, aber dann verließ sie der Mut.

Flo hat mich verstanden, dachte sie. Flo hatte sie ermutigt, über ihr Heimweh und den Verlust ihres Gartens zu sprechen. Sie hatte Malú nicht ungläubig angesehen, sondern abgewartet und wirklich zugehört, als Malú ihr davon erzählt hatte, wie sehr sie der Umzug aus der Bahn geworfen hatte.

Flo hatte sie in den Arm genommen, einfach nur, um sie zu trösten. Um ihr zu zeigen: Hey, du bist nicht allein. Und als Flo im Monster-Supplies-Laden die Hand nach ihr ausgestreckt hatte? Da hatte Malú *sie weggestoßen.*

Malús Papa griff nach ihrer Hand. »Da gibt es wohl einige Dinge, über die wir früher hätten sprechen müssen. Aber nicht mehr heute Abend.« Er wechselte einen Blick mit Malús Mama, und sie nickte. »Wir hatten alle genug Aufregung, schätze ich«, fuhr er fort. »Morgen früh machen wir uns ein schönes Frühstück, und dann reden wir.«

Er beugte sich vor und drückte Malú einen Kuss auf die Stirn. »Geh nach oben in dein Zimmer«, sagte er. »Und nimm deinen Kakao mit, ja?«

Malú nickte, obwohl sie schon wusste, dass sie den Kakao nicht trinken wollte. Sie nahm die Tasse und lief nach oben, ohne sich noch einmal umzudrehen.

In ihrem Zimmer lief Malú aufgewühlt auf und ab. Draußen ging die Sonne unter, aber sie bemerkte kaum, wie das Licht aus ihrem Zimmer schwand. Der Streit mit ihren Eltern lag ihr wie ein Stein im Magen. Gleichzeitig kehrten ihre Gedanken immer wieder in den Laden in der Hoxton Street zurück. Mit jeder Minute, die verging, hatte sie die Szene dort klarer vor Augen.

Flo, die den Polizisten einfach nur die Wahrheit erzählt

hatte. Flo, die Wonderlys Wegweiser vor Georges Tante beschützen wollte.

Und dann der Moment, in dem Malú Flo zwei Worte entgegengeschleudert hatte.

Sei still.

Je öfter Malú diesen Augenblick durchspielte, umso miserabler fühlte sie sich. Warum war sie Flo nicht beigestanden? Sie wusste nur noch, dass die Polizisten ihr eine Riesenangst eingejagt hatten. Und das nur wenige Sekunden, nachdem sie einer Monsterschlange entkommen war.

In jenem Moment wollte sie einfach alles ungeschehen machen: Den Einbruch, die Schnitzeljagd. Alles.

Sei still.

Malú schloss die Augen. Es war eine Sache, die eigene Angst nach innen zu stopfen und die eigenen Lippen zu versiegeln. Aber jemand anderem den Mund zu verbieten, nur weil man selbst überwältigt war?

Das war nicht in Ordnung. *Das war nicht in Ordnung.*

Malú lief zum Schreibtisch und ihrem Rucksack, den sie dort achtlos auf den Boden geworfen hatte. Sie zog Flos Walkie-Talkie aus der Seitentasche, hielt es dann jedoch nur in der Hand, ohne es anzuschalten.

Was sollte sie sagen? Und würde Flo überhaupt mit ihr reden wollen? Als Malú ihre Hand abgeschüttelt hatte, hatte sie so verletzt ausgesehen.

Malú biss sich auf die Unterlippe, dann holte sie die Tüte mit dem letzten Jagodzianka aus dem Rucksack. Ihr war genau das passiert, was sie eigentlich um jeden Preis hatte vermeiden wollen: Sie hatte die Menschen, die ihr wichtig waren, enttäuscht. Aber … vielleicht war das gar nicht das Ende der Welt?

Entschuldige dich einfach, sagte sie sich.

Mit klopfendem Herzen drückte sie auf den Senden-Knopf. »Flo?«, fragte sie. »Flo, hörst du mich?«

Als Flo nicht antwortete, war Malús erster Impuls, sich mit der Stille abzufinden. Sie sah hoch, und ihr Blick fiel auf das Marmeladenglas, in dem der Kokon aus Evelyn Killians Garten hing.

Nein. *Nein.* Sie würde *nicht* aufgeben. Malú schnappte sich das Glas und stopfte es zusammen mit der Bäckertüte in ihren Rucksack. Dann stieß sie ihr Fenster auf und kletterte hinaus aufs Dach.

Zauberlöscher

Flo

Flos Welt lag in Scherben. Die Polizisten hatten sie aus dem Laden geführt, sie und Malú nach Hause gefahren und bei ihren Eltern abgeliefert. Der Polizist sprach mit Papa und Essie, aber Flo hörte nicht zu. Stattdessen verfolgten sie Malús Worte wie ein Echo.

Mach's nicht schlimmer.

Als Flos Papa sie hochhob, sie an sich drückte und fragte, ob sie in Ordnung war, brach ein Schluchzen aus ihr heraus, aber sie sagte immer noch kein Wort. Erst als Papa sich mit ihr auf die Couch setzte und über ihr Haar strich, purzelte das ganze Unglück über ihre Lippen. Sie erzählte alles. Na ja, fast alles. Sie brachte einiges durcheinander und ließ aus, was es mit Wonderlys Karte auf sich hatte. Aber sie erzählte, dass sie richtige Freunde gefunden hatte und mit ihnen ein Abenteuer hatte erleben wollen.

»Aber ich hab Malú und George in Schwierigkeiten gebracht«, schluchzte sie. »Ich hab dich angelogen, und Malú mag mich nicht mehr leiden!«

Ihr Papa versuchte ein paarmal, Fragen zu stellen, aber Flo brachte keine sinnvollen Antworten heraus. Nach einer Weile hielt er sie einfach nur fest, und Flo heulte in seinen Wollpullunder.

Sie hatte es also wieder geschafft. Sie war so kurz davor gewesen, echte Freunde zu gewinnen, und dann hatte sie in ihrem Überschwang und mit ihren dummen Ideen wieder alles kaputt gemacht. Wieso nur hatte sie darauf bestanden, in den Monster-Supplies-Laden einzubrechen?

Kein Wunder, dass alles in die Binsen gegangen war. Kein Wunder, dass Lavinia sie erwischt hatte. Und dann hatte sie Lavinia auch noch so geärgert, dass sie ihren Zauberlöscher gegen Flo eingesetzt hatte.

»Ich hab's vermasselt«, murmelte sie mit tränenerstickter Stimme. »Ich bin wirklich wie ein Sturm, der über alle wegwirbelt. Bestimmt ruft Mama deshalb nicht an.«

»Flo«, sagte ihr Papa mit heiserer Stimme. »Flo, das stimmt nicht. Hörst du? Das stimmt überhaupt nicht.«

Essie setzte sich auf ihre andere Seite, reichte ihr ein frisches Taschentuch und legte eine Wolldecke über sie.

»Mein Mädchen«, sagte Papa und wiegte sie hin und her. »Es wird alles gut, ich verspreche es dir.«

Aber Flo dachte daran, wie Malú ihr den Rücken zugekehrt hatte, und konnte nicht aufhören zu weinen. Und je länger sie weinte, umso mehr breitete sich die Hoffnungslosigkeit in ihr aus, bleiern und leer, wie ein Novemberhimmel.

Irgendwann versiegten Flos Tränen. Ihr Papa schlug vor, die Nacht über bei ihr zu bleiben, doch Flo wollte sich nur auf ihrem Bett zusammenrollen und alleine sein.

»Schlaf eine Nacht darüber«, hatte ihr Papa geraten. »Morgen sieht die Welt schon wieder besser aus.«

Nur, dass Flo nicht einschlafen konnte. Während der Himmel draußen im Abendrot leuchtete, rutschte Flo auf den Boden und lehnte sich mit dem Rücken an die Matratze. Hier unten konnte sie sich ganz klein machen, und das fühlte sich im Moment richtig an.

Flo schniefte und rieb sich mit der Hand über die Brust. Sie spürte immer noch die Kälte, die Lavinias Kristall in ihr Herz geträufelt hatte. Noch war das die einzige Auswirkung, die sie bemerkte, aber das würde sich bald ändern, oder nicht?

Sie dachte an Lavinias düsteres Versprechen: *Spätestens morgen früh wirst du selbst nicht mehr an das glauben, was du heute gesehen hast.*

Was bedeutete das? Wirkte der Zauberlöscher wie ein schleichendes Gift? Würde sie morgen früh aufwachen und die ganze Schnitzeljagd vergessen haben? Würde sie sich auch an Malú und George nicht mehr erinnern?

Eine frische Welle aus Kummer brandete in ihr hoch. Sie schnappte ihren Rucksack, der neben ihr am Bett lehnte, und zog das Walkie-Talkie aus der Innentasche.

Sie wollte mit Malú sprechen, wollte ihr sagen, was Lavinia ihr angetan hatte. Aber bestimmt wollte Malú nicht mit ihr reden. Womöglich hatte sie ihr Walkie-Talkie bereits weggeworfen.

Flo hob den Daumen über dem Einschaltknopf, dann legte sie das Funkgerät beiseite. Sie könnte ihrem Papa und Essie von den magischen Wesen und vom Zauberlöscher erzählen, jetzt, solange sie sich noch an alles erinnerte. Aber was, wenn sie ihr genauso wenig glaubten wie die Polizisten? Denselben ungläubigen Blick in den Augen ihres Papas zu sehen würde sie nicht aushalten.

Sie senkte ihre Stirn auf den Rucksack, und ein verzweifelter Gedanke schlich sich in ihren Kopf: Vielleicht war es besser, wenn sie nicht mehr daran glaubte, dass es Magie gab. Dann würde sie in Zukunft vielleicht keine haarsträubenden Abenteueraktionen starten. Wenn sie je wieder Freunde hatte, würde sie die nicht in Gefahr bringen, und sie würde ihrem Papa keine neuen Sorgen machen.

Flo wollte sich noch kleiner zusammenrollen, als sie ein Maunzen hörte. Sie rieb sich die frischen Tränen aus dem Gesicht und sah nach, woher das Geräusch gekommen war.

Müsli saß vor ihrem offenen Fenster. Als er Flo sah, schlüpfte der Kater ins Zimmer, tapste quer über das Bett und sprang neben ihr auf den Boden. Er stupste so lange mit seinem Kopf gegen den Rucksack, bis Flo ihn beiseitestellte. Dann kletterte der Kater auf ihren Schoß, tappte mit den Pfoten auf ihre Schenkel und schnurrte.

Als er sich mit seinem flauschigen Körper gegen sie lehnte, schmolz ein wenig der Kälte aus Flos Brust. Sie senkte den Kopf, und Müsli rieb seine flauschige Stirn gegen ihre.

»Wenigstens du bist mir nicht böse, hm?«, fragte sie.

Müsli antwortete ihr natürlich nicht, aber irgendetwas schien ihn unruhig zu machen. Er stakste weiter auf ihrem Schoß herum und streckte sich schließlich in Richtung des Rucksacks. Er schnupperte an dem offenen Reißverschluss und schob den Kopf ins Innere. Ein Rascheln erklang, dann zerrte Müsli eine Serviette mit dem Logo des Grumpy Fairy Cafés hervor.

»Was willst du denn damit?«, fragte Flo und nahm ihm behutsam die Serviette ab. Ein paar Butterstreusel klebten noch daran. Flo sog den hefesüßen Duft der Streusel ein und Krystynas Küche flackerte vor ihrem inneren Auge auf. Für einen kurzen Moment sah sie die wilden Rosen und tanzenden Feen ganz deutlich, und ein Funken wehmütigen Glücks hüpfte durch ihre Brust.

Es gab Magie in der Welt. Selbst wenn Flo das bald vergessen würde, würden immer noch Wasserpferde durch die Kanäle von London schwimmen und Feen durch Krystynas Küche wirbeln.

Es sei denn, die GUMU fand tatsächlich die Quelle. Georges Tante hatte Wonderlys Karte so entschlossen an sich genommen, als würde sie keine Sekunde lang daran zweifeln, dass die Karte ihr gehörte. Dass sie damit machen konnte, was sie wollte.

Flo starrte auf die Serviette. Lavinia hatte Mab und Krystyna damit gedroht, ihr Café zu schließen, sobald sie die Quelle gefunden hatte. Und Krystyna hatte Flo und die anderen davor gewarnt, dass die GUMU die Magie der Quelle nutzen würde, um die Wesen, die sie für gefährlich hielten, auszulöschen.

Flo rieb sich übers Gesicht, aber ihre Tränen waren getrocknet. Zum ersten Mal, seit Lavinia sie in der Hoxton Street schachmatt gesetzt hatte, fühlte sie einen Anflug von von … von was? Trotz? Empörung? Die Vorstellung, dass jemand eine Quelle der Magie fand, nur, um damit andere zu unterdrücken und zu bedrohen, bohrte sich wie ein Stachel unter Flos Haut.

Dann kam ihr ein weiterer Gedanke. Sie wusste, wo sich der nächste Wegpunkt befand. George hatte erraten, welcher

Ort im letzten Hinweis beschrieben wurde. Eine Kathedrale mit dem Namen St. Duncan, nein, St.-Dunstan-in-the-East. Wenn sie schnell genug war ... dann was?

Flo bemerkte kaum, wie sich eine ihrer Haarsträhnen um den Finger wickelte. Dachte sie wirklich darüber nach, die Schnitzeljagd fortzuführen? So kurz, nachdem sie sich vorgenommen hatte, kein Chaos mehr anzurichten? Aber was würde passieren, wenn sie nichts unternahm?

Dann würde die GUMU die Kontrolle über die Quelle an sich reißen, und das wäre schrecklich. Flo spürte es bis in die Knochen.

»Ich weiß nicht, was ich tun soll«, murmelte sie.

Sie zog die Spitze ihrer Haarsträhne zwischen die Lippen, als der Rucksack gegen ihre Seite plumpste. Überrascht sah Flo zu Müsli, der auf der anderen Seite des Rucksacks saß und sie mit seinen hellgrünen Augen ansah. Fast so, als wartete er darauf, dass sie etwas Bestimmtes tat. Oder bildete sie sich das ein?

»Hey, Katerchen«, fragte sie mit wackeliger Stimme. »Willst du mir etwas sagen?«

Müsli schnaubte und neigte den Kopf, was so ziemlich alles bedeuten konnte.

Flo kraulte ihn zwischen den Ohren. »Soll ich die Schnitzeljagd zu Ende bringen? Ich hab doch keine Ahnung, wie ich die Quelle vor der GUMU retten soll.« Sie überlegte. »Wenn ich die Quelle als Erste erreiche, kann ich dann die Magie benutzen, um die GUMU aufzuhalten?«

Vielleicht ging das. Vorausgesetzt, sie erreichte die Quelle, bevor der Zauberlöscher dafür sorgte, dass sie die Quellmagie nicht mehr sehen konnte, oder vergaß, dass es die Quelle überhaupt gab, oder was auch immer Lavinias Kristall in ihr auslösen würde.

»Das sind echt miese Chancen«, murmelte Flo. Doch der Gedanke an Lavinia und was sie mit der Quellmagie anstellen mochte, ließ sie nicht los. Welche Wesen würden auf die Auslöschliste der GUMU kommen? Das Kelpie? Georges Meerjunge? Mab und Krystynas Feen?

»Okay«, sagte Flo. »Okay, ich versuch's. Wahrscheinlich mache ich wieder alles schlimmer, aber hey, vielleicht erinnere ich mich morgen nicht mehr daran.«

Müsli drückte seine weiche Schnauze in ihre Handfläche. Sie schenkte ihm ein zittriges Lächeln, dann schob sie ihn von ihrem Schoß und schlüpfte in ihre Turnschuhe. Ein letztes Mal sah sie auf das Funkgerät. Nein. Dieses Mal würde Wirbelsturm Flora niemanden in den Schlamassel mit hineinziehen. Sie würde das allein durchziehen. Irgendwie.

Als sie aufstand, wartete Müsli bereits an ihrer Zimmertür. Flo stockte. Wollte der Kater etwa mitkommen?

Als hätte er ihre Gedanken gehört, legte Müsli eine Pfote an die Tür. Flo schüttelte den Kopf, musste jedoch lächeln. Ganz allein würde sie also doch nicht sein.

Sie kritzelte rasch eine Nachricht für ihren Papa auf einen Zettel, schnappte ihren Rucksack und schlich sich zusammen mit Müsli aus dem Haus.

Silbersterne und Brieföffner

George

George saß auf der Kante seines viel zu großen Bettes. Die Nachttischlampe spendete ein kränklich gelbes Licht, doch der Rest des Zimmers lag im Schatten. In diesem Moment fühlte sich das Haus seines Großvaters wieder so an wie in seiner Kindheit: riesig, düster und in jeder Weise einschüchternd.

Willst du den Ruf unserer Familie mit Absicht ruinieren?

Tante Lavinias Worte griffen wie Klauen nach seinem Herzen und drückten es zusammen.

Er hatte sich so sehr bemüht, ihren Erwartungen zu entsprechen. Er hatte alles versucht, um es ihr, dem Vorstand der Gesellschaft und seinem Großvater recht zu machen.

Und doch war er nie gut genug. Er blieb ein eckiger Klotz, den sie durch ein rundes Loch pressen wollten.

Seine Augen brannten, und er wischte sich mit dem Handrücken über die Lider. Dann zog er den Sternenschal aus seinem Rucksack.

Das silberne Garn glitzerte im Licht der Nachttischlampe. Noch einmal dachte er an das Kelpie, an seine Begegnung mit dem Merrow, und im selben Atemzug erinnerte er sich an die Tischdecke mit den silbernen Stickereien, die er sich als Kind umgebunden hatte. Es war nur eine Tischdecke gewesen, aber für ihn hatte sie sich magisch angefühlt. Als hätte sie die Kraft, nicht nur die Welt um ihn herum, sondern auch ihn selbst in jemand Besonderen zu verwandeln.

Oder vielleicht hatte er sich gar nicht nach Verwandlung gesehnt. Vielleicht wollte er einfach herausfinden, wer er tatsächlich war. Das wollte er immer noch.

Tante Lavinia bestand darauf, dass er sich unauffällig und tadellos verhielt. So, wie man es von einem vernünftigen Jungen erwarten konnte. Er hatte graue Schuluniformen und dunkelblaue Pullunder angezogen, obwohl er solche Klamotten sterbenslangweilig fand. Er hatte versucht, sich das Tagträumen aus dem Kopf zu zwingen und nicht durchblicken zu lassen, wenn ihm verspielte Dinge wie Törtchen mit bunten Sternen gefielen. Aber warum musste er sich eigentlich für andere verbiegen?

Lavinia hatte sich auch verbogen, um in der GUMU wahrgenommen zu werden. Diese Erkenntnis machte George zu schaffen. Zum einen fand er es nun noch schlimmer, wie sie ihn behandelte. Zum anderen führte es ihm eines glasklar vor Augen: Er wollte sich nicht mehr anpassen.

Georges Brust zog sich noch enger zusammen. Doch er richtete sich auf und atmete tief ein und aus, bis sich seine Beklemmung zumindest ein Stück weit löste.

Er wollte sich nicht mehr verstellen.

Er war jemand, der sich Zeit nahm, um Schmetterlinge zu beobachten. Er war jemand, der manchmal Dinge verschusselte. Der davon träumte, auf Schatzsuchen zu gehen und knallbunte Socken mit Tiermustern trug. Außerdem schwamm er mit Kelpies, fand magische Gegenstände im

Schlamm, traf Meerjungen und löste Rätsel auf einer verzauberten Karte, weil in seinem Kopf jede Menge Informationen über Zauberwesen und die seltsamen, wunderbaren Eigenheiten von London steckten.

Lavinia hatte *unrecht*. Sie hatte unrecht über seine Fähigkeiten und über den richtigen Umgang mit Magie auch.

George ballte die Fäuste in dem weichen Stoff des Schals. Eines war klar: Die GUMU sollte nicht alleine entscheiden, was mit der Quelle der Magie passierte. Und auf keinen Fall durfte Tante Lavinia die Quelle zerstören.

George stand auf und schlang sich den Sternenschal um den Hals. Vorhin, im Monster-Supplies-Laden, hatte Lavinia behauptet, dass er Wonderlys Karte gestohlen hatte. Jetzt würde er ihre Lüge zur Wahrheit werden lassen.

Tante Lavinia hatte den Schlüssel der Schreibtischschublade abgezogen und eingesteckt. Davon ließ George sich jedoch nicht aufhalten. Er schnappte sich einen eisernen Brieföffner, rammte ihn in den Spalt zwischen Tischplatte und Schublade und hebelte so lange herum, bis das Schubfach mit einem Knack nach vorne rutschte.

Ohne zu zögern, griff er sich Wonderlys Karte und huschte aus dem Arbeitszimmer.

Sein Herz trommelte so laut, dass Tante Lavinia es eigentlich hätte hören müssen. Mit zusammengebissenen Zähnen schlich George ins Erdgeschoss hinunter. Seine Hand lag schon an der Klinke der Haustür, da schrillte der Klingelton seines Handys durch die ganze Eingangshalle.

»O Mist«, fluchte George leise. »Mist, *Mist.*« Hastig zerrte er das Handy aus der Tasche, ließ es beinahe fallen und erstarrte, als er sah, wer ihn anrief.

Malús Name leuchtete auf dem Display.

Wieder schrillte das Handy, und George stieß einen panischen Hickser aus, bevor er den Anruf annahm.

»Hallo?«

»George?«, ertönte Malús aufgeregte Stimme. »George! Flo ist weg!«

»Was?«, fragte George. »Was ist passiert?«

»Ich habe in ihrem Zimmer nachgesehen, aber Flo ist nicht mehr da, und sie hat einen Zettel für ihren Papa dortgelassen«, rief Malú. »Sie ist alleine zum nächsten Wegpunkt gegangen! Wir müssen ihr helfen!«

Mit einem Rutsch fiel alle Angst von George ab. »Wo bist du?«, fragte er.

»Vor Flos Haus, ich –«

»Bleib da«, sagte George. »Ich komme dich holen, und wir gehen zusammen zum Wegpunkt.«

»Beeil dich, okay?«

»Ich bin in fünfzehn Minuten da«, versprach George. »Alles wird gut, Malú.«

Er legte auf und griff nach der Türklinke und –.

»George?«

Er fuhr herum. Tante Lavinia stand am oberen Ende der Treppe und starrte zu ihm herunter.

»Was machst du da?«, fragte sie entgeistert.

George straffte die Schultern. Seine Kehle fühlte sich an wie zugeschnürt, aber er fand trotzdem die Kraft, das zu sagen, was er sagen wollte. »Ich bringe zu Ende, was ich angefangen habe«, rief er. »Es tut mir leid, dass dir die Regeln der Gesellschaft das Leben so schwer gemacht haben. Und es tut mir leid, dass du von mir erwartest, dass ich dieselben Regeln befolge.« Lavinias Augen weiteten sich, doch George fuhr unbeirrt fort. »Ich will das nicht mehr. Ich hoffe, du verstehst das irgendwann.«

Mit diesen Worten öffnete er die Tür und verließ das Haus, ohne sich noch ein einziges Mal umzudrehen.

Müslis Geheimnis

Flo

Als Flo aus dem Bus stieg, atmete sie erleichtert aus. Sie hatte einige schräge Blicke aushalten müssen. Besonders eine ältere Dame hatte so gewirkt, als würde sie jeden Moment fragen, warum Flo um diese Zeit allein in der Stadt herumstromerte. Und warum ein Glückskater auf ihrem Schoß saß.

Doch Müsli machte seiner Bezeichnung alle Ehre: Sie erreichten ohne Zwischenfälle ihre Haltestelle. Jetzt standen sie am Rand einer ungewöhnlich ruhigen Straße und blickten hinauf zu den Hochhäusern, die vor ihnen emporragten. Sie schienen sich mitten in einem Geschäftsviertel zu befinden. Wo sollte hier bitte schön eine Kathedrale stehen?

»Irgendeine Ahnung, wo wir hinmüssen?«, fragte Flo. Müsli gab ein kurzes Schnurren von sich, dann stolzierte er auf eine Lücke zwischen den Bürogebäuden zu. Zwischen den Häusern standen Bäume und aus ihrer Mitte ragte die dunkle Silhouette eines Kirchturms hervor.

Flos Herz machte einen Sprung: Das musste sie sein, die *östliche Kathedrale* aus dem allerletzten Hinweis.

Sie hatte immer noch keine Ahnung, wie sie die Quelle der Magie vor der GUMU beschützen sollte, aber sie hatte es immerhin bis hierher geschafft.

Müsli führte sie an einer Mauer entlang zu einem

schmiedeeisernen Tor. Im matten Licht einer Straßenlaterne beäugte Flo die Informationstafel, die dort hing.

»*St.-Dunstan-in-the-East*«, las sie vor. »*Neu aufgebaut nach dem großen Feuer von 1666 und erneut zerstört durch die deutschen Luftangriffe im Zweiten Weltkrieg, auch bekannt als* The Blitz.« Flo warf einen Blick auf Müsli. »Das stand in Wonderlys Hinweis, richtig? Dass diese Kathedrale von einem Blitz getroffen wurde, oder so ähnlich?«

Müsli maunzte.

Flo sah an dem Tor hinauf, das den Zugang zur Kathedrale versperrte. »Dann müssen wir nur noch einen großen Bären und einen Seeweg finden. Was auch immer das sein soll.« Sie rüttelte an der Türklinke, aber das Tor war natürlich abgeschlossen. »Du hast nicht zufällig eine Ahnung, wie wir da reinkommen?«

Müsli zwängte sich zwischen den Gitterstäben hindurch.

Flo schnaubte nervös. »Schön für dich, aber das wird bei mir nicht klappen.« Wieder sah sie das Tor hinauf, dann zurrte sie ihren Rucksack fest und begann zu klettern.

Mit einem dumpfen *Plumps* landete Flo auf der anderen Seite des Tores. Sie sah sich um.

In London herrschte nie vollständige Dunkelheit. Zu viele Lichter strahlten die ganze Nacht über und erhellten den Himmel. Trotzdem lag St.-Dunstan-in-the-East im Schatten, so als ob sich dieser Ort in einen Mantel aus Finsternis hüllte. Hinter dem Zaun gab es keine Laternen, und der Mond schimmerte nur schwach auf den gepflasterten Weg und die Büsche, die ihn säumten. Flo knipste ihre Taschenlampe an, die zum Glück wieder funktionierte.

Wie hatte der letzte Hinweis auf Wonderlys Karte gelautet? *Geh dorthin, wo ein Blitz nur die Knochen der östlichen Kathedrale übrig ließ.*

Nun verstand Flo, was Wonderly damit gemeint hatte. St.-Dunstan-in-the-East war eine Ruine. Der Kirchturm schien zwar intakt zu sein, vom Rest des Gebäudes war jedoch nur das Skelett übrig. Die Wand eines Kirchenschiffes stand noch, doch durch die steinernen Fensterbögen rankte wilder Wein. Hier und da ragte der Rest eines Kirchentors und weitere Mauerreste empor, doch der Großteil des Geländes hatte sich in einen Garten verwandelt. Der Lichtkegel von Flos Taschenlampe glitt über Beete mit buschigen Blumenstauden. Bäume breiteten ihre Äste über den gewundenen Pfad wie ein natürliches Dach.

Das würde Malú gefallen, dachte Flo traurig. Sie folgte dem Pfad tiefer in den Garten und ließ das Licht ihrer Taschenlampe umherstreifen. Laut Hinweis musste sie einen großen Bären finden. Flo fragte sich, ob es sich dabei vielleicht um die Statue eines Bären handelte oder um ein Steinrelief, wie im Keller in der Hoxton Street?

Ein Schauder lief ihr über den Rücken. In Gedanken sah sie den riesigen Schlangenleib, der sich an der Kellertreppe vorbeiwälzte und –

Kälte wehte aus ihrer Brust durch ihren ganzen Körper und das Bild, das sie eben noch vor Augen gehabt hatte, erlosch.

Flo blinzelte. Wieder erinnerte sie sich an das Gewölbe unter dem Monster-Supplies-Laden, wieder bekam sie eine Gänsehaut. Aber plötzlich wusste sie nicht mehr, warum sie sich vor dem Gewölbe fürchtete. Da unten war doch nichts Gefährliches gewesen, oder? Nur Glühwürmchen und die Dame in Grün, aber … waren sie und die anderen nicht vor etwas weggelaufen? Hatten sie sich vor einem Geräusch erschreckt? Oder sich irgendeine Bedrohung eingebildet?

Sie konnte das Gefühl nicht abschütteln, dass eine Lücke in ihrer Erinnerung klaffte. Dann fuhr ihr der Schreck wie ein Stich durch den Leib.

Lavinias Zauberlöscher! Die Wirkung setzte ein! Was auch immer Flo im Gewölbe gesehen hatte, der Zauberlöscher hatte die Erinnerung daran ausradiert. Und wenn er nun schon eine magische Begegnung gelöscht hatte, wie lange würde es dauern, bis er Flo all ihre Beweise für die Existenz von Magie stahl?

Flo ließ die Taschenlampe fallen und schlug sich beide Hände vor den Mund. Sie würde alles vergessen! Alles: das schimmernde Kelpie, Evelyns Lindwurmkokons –

Die Verzweiflung drohte sie zu überwältigen, da streifte etwas Weiches an ihrem Bein entlang. Flo sah nach unten. Es war Müsli. Müsli, der über ihre Schuhe stieg, sich an sie schmiegte und dann die Taschenlampe mit der Pfote anstupste.

Flo senkte die Hände und atmete zitternd aus. Sie schloss die Augen. Nicht ablenken lassen, sagte sie sich. Die Wirkung des Zauberlöschers konnte sie nicht aufhalten. Sie konnte nur hoffen, dass sie schneller war als seine Gedächtnisverwüstung.

Sie hob die Taschenlampe auf und ging weiter, bis sie einen Platz inmitten der Ruine erreichte. Ein flacher Steinbrunnen markierte die Mitte des Platzes, und rund um ihn herum standen Sitzbänke.

Flo sah sich um, entdeckte jedoch nichts, was auch nur im Ansatz an einen Bären erinnerte. Sie umrundete den Steinbrunnen, und das Licht ihrer Taschenlampe fiel auf einen Ring aus Kupfer, der um den Sockel des Brunnens herum in den Boden eingelassen war. Der Kupferzirkel war verziert mit geometrischen Mustern aus winzigen Punkten und Strichen, doch auch hier fand sich nichts Bärenhaftes.

Enttäuscht richtete Flo sich auf. Erst da bemerkte sie, dass Müsli nicht mehr bei ihr war.

»Müsli?«, rief sie verzagt. Keine Reaktion. Hatte der Kater sie alleine gelassen? Flo schluckte und drehte sich um, doch die Masse an Gebüsch und Mauerresten versperrte die Sicht auf den Ausgang. Plötzlich erschien ihr die Dunkelheit, die sie umgab, noch schwärzer.

Sie wollte den Platz eben verlassen, als irgendwo links von ihr ein Gebüsch raschelte. Erschrocken umklammerte Flo ihre Taschenlampe. Bestimmt war das nur ein Vogel. Oder eine Maus, oder –

Etwas knurrte.

Mit angehaltenem Atem wich Flo zurück. Ihre Hand, die die Taschenlampe hielt, zitterte, und das Gebüsch warf tanzende Schatten auf den Platz. Äste knackten, dann sprang Müsli aus dem Dickicht und schoss wie ein Pfeil auf Flo zu.

Flo stieß einen erstickten Schrei aus, aber da war Müsli auch schon bei ihr. Er hüpfte aufgeregt im Kreis, dann stemmte er die Vorderpfoten gegen Flos Schienbeine.

»Was«, begann Flo, doch da hörte sie auch schon das metallische Klirren eines Vorhängeschlosses. Jemand war am Tor!

Mit einem Mal war Flos Mund staubtrocken. Müsli sprang wieder zu Boden und stieß mit dem Kopf gegen Flos Beine.

»O Mist«, hauchte Flo, dann rüttelte sie sich aus ihrer Starre. »*Mist*!« Sie musste sich verstecken!

Panisch wirbelte sie herum und flitzte Müsli hinterher zu einem Gebüsch am Rand des Platzes. Eben ging sie hinter einem Rhododendron in Deckung, als auch schon drei Lichtkegel am anderen Ende des Gartens auftauchten und auf die Bänke zu schwankten.

Stimmen ertönten, erst als entferntes Raunen, dann lauter.

»... auf alles gefasst sein«, sagte eine Frau. »George ist naiv. Gut möglich, dass Mab ihn überredet hat, die Karte für sie zu stehlen.«

Flos Magen schlug einen Salto rückwärts. Sie erkannte die Stimme sofort. Das war Lavinia!

Im nächsten Augenblick betrat Georges Tante zusammen mit zwei Männern den Platz.

Flos Herzschlag pochte in ihrer Kehle und setzte beinahe aus, als sie bemerkte, dass ihre Taschenlampe noch an war. Hastig knipste sie das Licht aus.

»Da bin ich mir nicht so sicher«, sagte der Mann rechts von Lavinia. Flo bekam einen weiteren Schock, denn das war der GUMU-Agent, dem sie gegen das Schienbein getreten hatte.

»Wenn George ihr die Karte geben wollte, hätte er das doch bereits im Café getan?«, fuhr der Mann fort. »Vielleicht wollte er einfach nur derjenige sein, der die Quelle findet, und sich damit ein paar Bonuspunkte beim Vorstand verdienen.«

Die drei wanderten auf dem Platz herum, als ob sie etwas suchten. Du Mondschaf, natürlich suchen sie etwas, dachte Flo. Sie suchten den großen Bären.

»Wenn es wenigstens das wäre«, sagte Tante Lavinia. »Ich fürchte, mein Neffe denkt nicht so pragmatisch. Er wollte die Quelle finden, um die Magie zu beschützen.« Sie seufzte. »Er ist einfach zu jung, um zu begreifen, wie die Welt tickt. Er glaubt, er tut das Richtige. Aber Gutmenschen wie er sind für unsere Arbeit ungeeignet.«

»Ich finde, so schlecht hat er seine Sache gar nicht gemacht«, schaltete sich der zweite Mann ein. »Immerhin hat er Wonderlys Karte gefunden. Das hat fünfzehn Jahre lang niemand sonst geschafft. Und eins muss man ihm lassen, der Junge hat Stil.«

Lavinia schnaubte.

»Was?«, verteidigte sich der Mann. »Ich mag seine Socken.«

»Manchmal machst du mir wirklich Sorgen, Nigel«, sagte Lavinia, dann: »Ah, hier.«

Zu Flos Entsetzen blieb sie in der Mitte des Bankrunds stehen und leuchtete auf den Boden. Es klang so, als hätte sie etwas gefunden. Aber Flo hatte dort bereits nachgesehen. Da war nichts, außer der Kupferplatte mit den seltsamen Mustern.

Punkte und Linien. Irgendwo in Flos Hinterkopf klingelte ein Glöckchen. Die Zeichen auf dem Boden waren keine gewöhnlichen Muster, es waren …

»Sternbilder«, verkündete Tante Lavinia und schritt am Rand der Kupferplatte entlang. »Orion, Kassiopeia, ah, da haben wir es. Der Große Bär.«

Flo schlug sich die Hand vor den Mund, um ein Stöhnen zu unterdrücken. Der Große Bär war ein Sternbild! Warum verflixt nochmal war ihr das nicht eingefallen?

»Also wirklich«, sagte Lavinia. »Ich hätte gedacht, dass Wonderlys Hinweise kniffliger sind. Da haben wir ihn wohl überschätzt. Brian?«

»Wie knifflig können Aufgaben schon sein, wenn sogar Kinder sie lösen konnten«, brummte der Mann, den sie angesprochen hatte. Er ging in die Hocke und drückte mit den Fingern gegen den Kupferring. Ein *Klick* ertönte, dann folgte ein steinernes Schaben. Lavinia und die Männer traten zurück, und im Schein ihrer Taschenlampen sah Flo, dass der Brunnen zur Seite rutschte und den Blick auf ein dunkles Loch in der Mitte des Platzes frei machte.

Lavinia, Brian und Nigel beugten sich darüber. Auch Flo streckte sich, konnte jedoch nichts erkennen. Schauten die drei hinunter in einen Brunnenschacht? In einen Geheimgang? Oder hatten sie bereits freie Sicht auf die Quelle der Magie?

»Und jetzt?«, fragte Brian Atterby. »Klettern wir nach unten?«

»Das wird nicht nötig sein«, sagte Tante Lavinia. »Nigel, wann wollte die Abriss-Crew hier sein?«, fragte sie.

Abriss-Crew, formte Flo stumm mit den Lippen. Abriss-Crew?!? Was sollte das heißen, was hatte die GUMU vor?

Nigel warf einen Blick auf seine Uhr. »Ich schätze, in einer

Dreiviertelstunde. Aber bist du sicher, dass wir nicht zur Quelle hinuntersteigen sollten?«, fragte Nigel. »Jetzt, wo wir schon mal hier sind?«

»Wozu?«, gab Lavinia zurück. »Wenn wir hier alles mit Beton ausfüllen, lösen sich unsere Probleme von alleine.«

Dieses Mal wimmerte Flo vor Entsetzen, sie konnte sich nicht zurückhalten. Die GUMU wollte *was*? Die Quelle zerstören? Das durfte sie auf keinen Fall zulassen! Ihre Hand krampfte sich so fest um die Taschenlampe, dass das Plastikgehäuse knackte. Was sollte sie tun? Was *konnte* sie tun?

Ein leises Maunzen ließ Flo zusammenzucken. Müsli hockte so dicht neben ihr, dass sein Fell ihren Arm streifte. Flo legte den Zeigefinger auf die Lippen, doch als sie Müsli ansah, ließ sie ihn überrascht sinken.

Ein Leuchten glomm in seinen Augen. Es begann als kleines Flämmchen, wuchs und wurde stärker, bis die Augen des Katers wie grüne Gaslaternen strahlten.

Flos Mund klappte auf vor Staunen. »M-müsli?«

Der Kater gab ein knarzendes Raunzen von sich, dann zuckten winzige Blitze über seine Schnurrbarthaare.

»Was bist du?«, flüsterte Flo, doch da schlüpfte ihr funkenschlagender Begleiter bereits hinaus aus dem Gebüsch.

Allerhöchste Eisenbahn

Malú

Malú fühlte sich krank vor Sorge. Den ganzen Weg zur Kathedrale über stellte sie sich vor, wie Flo alleine durch die nächtliche Stadt pirschte. Niemand passte auf sie auf, niemand hielt ihr den Rücken frei. Und wer wusste schon, welche Gefahren am letzten Wegpunkt lauerten?

Als Malú und George den Eingang von St.-Dunstan-in-the-East erreichten, wollte Malú sofort durch das offene Tor stürmen, doch George hielt sie zurück.

»Vorsicht«, warnte er und zeigte auf ein Vorhängeschloss, das aufgebrochen und völlig verbogen auf dem Boden lag. Eine zähe, helle Masse quoll aus dem zerstörten Schlüsselloch.

»Was ist das?«, fragte Malú angewidert.

»Diebesglück«, sagte George. »Das ist ein verzauberter Schleim, der Schlösser knacken kann.«

»Verzaubert«, wiederholte Malú. »Heißt das …?«

»Die GUMU ist hier«, sagte George. »Verdammt, bestimmt ist es Tante Lavinia. Sie hat den letzten Hinweis auf Wonderlys Karte gelesen. Wahrscheinlich hat sie sich sofort auf den Weg gemacht, nachdem ich abgehauen bin.«

»Und was ist mit Flo?«, fragte Malú.

»Hoffen wir, dass Tante Lavinia sie nicht erwischt hat«,

sagte George, strubbelte sich dabei jedoch nervös durch die Haare.

»Gehen wir«, murmelte Malú.

Sie schlichen den Weg entlang, vorbei an Mauerresten und Hortensienbüschen, bis sie einen Lichtschimmer bemerkten. George deutete auf einen Baum, und die beiden huschten in den Schutz des Stammes. Vorsichtig spähten sie aus der Deckung heraus zu dem kleinen Grüppchen, das sich auf einem runden Platz versammelt hatte.

»Tante Lavinia«, raunte George. »Brian Atterby und Nigel Barnes.«

Mit einem flauen Gefühl im Magen erkannte Malú die beiden Männer, mit denen sie am Ufer der Themse aneinandergerasselt waren. Die drei standen am Rand eines Lochs und leuchteten mit ihren Taschenlampen in die Tiefe. Von Flo fehlte jede Spur.

»Was sollen wir tun?«, flüsterte Malú.

George setzte zu einer Antwort an, sog dann jedoch scharf die Luft ein. Aus einem Gebüsch auf der gegenüberliegenden Seite des Platzes trat ein kleines Wesen mit grell leuchtenden Augen. Malú runzelte die Stirn, verengte die Augen, um besser sehen zu können und hob dann die Brauen. Nein, sie täuschte sich nicht.

»Müsli?«, flüsterte sie. Und als sie Georges verständnislosen Blick sah, ergänzte sie: »Das ist der Kater meiner Oma.«

»Ich glaube nicht, dass das ein gewöhnlicher Kater ist«, gab George mit dünner Stimme zurück.

Er hatte den Satz kaum beendet, als Müslis Fell sich sträubte und grellgrüne Funken aus dem sonst so flauschigen

Kater sprühten. Müsli sprühte Funken, wie … wie vor zwei Tagen, als er Malú aus Oma Helens Truhe heraus angestarrt hatte. Von wegen Einbildung!

»Heilige Himbeerschnitte«, hauchte Malú.

Müsli duckte sich, schwenkte seinen blitzenden Schwanz hin und her, und sprintete auf Georges Tante und die Männer der GUMU zu. Wie eine wild gewordene Wunderkerze wirbelte er zwischen die Beine der Menschen.

Lavinia und die Agenten schrien auf und stoben auseinander. Eine Taschenlampe krachte zu Boden, und einer der Männer stürzte rücklings auf die Pflastersteine, nur um sich sofort wieder hochzurappeln.

»Schnappt das Biest!«, schrie Lavinia. »Brian, schnapp dir dieses …« Ein Blitz erwischte sie am Handgelenk, und sie stieß einen lauten Fluch aus.

Müsli fauchte, prasselte und trieb Georges Tante vor sich her, bis sie einen Haken schlug und durch einen der Torbogen in der Kirchenruine rannte. In langen Sätzen sprang Müsli ihr hinterher, die beiden Männer dicht auf seinen Fersen. Ein wahres Feuerwerk brach hinter der Mauer los, und ein wütendes Grollen erschütterte den Boden unter Malús Füßen.

Wie gelähmt starrte Malú auf das Chaos, bis George aufstöhnte. Malú fuhr herum und folgte Georges Blick zu dem Gebüsch, aus dem Müsli zuvor aufgetaucht war.

Ein Rhododendron wackelte, Zweige knacksten und ein Mensch krabbelte hervor, stemmte sich hoch und rannte quer über den Platz. Flo!

Noch bevor Malú Luft für einen Warnschrei holen konnte,

hatte Flo die Mitte des Platzes erreicht und sprang in das Loch.

»Flo!«, rief Malú entsetzt. Sie wollte loslaufen, doch George hielt sie fest.

»Nicht!«, warnte er. Im selben Augenblick kehrte Müsli zurück. Der Kater hechtete über den Platz, dicht verfolgt von dem Mann namens Atterby. Atterby schleuderte etwas nach dem Kater, das im Flug schrill sirrte. Was auch immer es war, schlug wenige Zentimeter neben Müsli auf den Boden und explodierte in einer Wolke aus lila Rauch. Müsli sprang zur Seite und duckte sich auf die Pflastersteine. Lavinia und Nigel Barnes tauchten auf und stürmten ebenfalls über den Platz, während Atterby vorsprang und versuchte, den Kater zu fassen zu kriegen. Es gab ein dumpfes *Wump!*, Blitze zuckten, dann wurde Atterby in einem Salto über Müsli hinweggeschleudert.

Lavinia schrie wütend auf und schleuderte ihrerseits so ein Glasdings in Müslis Richtung. Scherben klirrten, Rauchwolken wirbelten in alle Richtungen und versperrten die Sicht auf Kater und GUMU-Agenten.

»Jetzt!«, rief George und gemeinsam sprinteten Malú und er los. Atterby lag stöhnend auf dem Boden und hatte die Augen vor Schmerz zusammengekniffen. George sprang über ihn hinweg, geriet ins Straucheln und wäre fast kopfüber in das Loch gestürzt, hätte Malú ihn nicht rechtzeitig festgehalten.

»Da«, japste Malú und zeigte auf eine rostige Leiter, die vom Rand des Lochs nach unten führte. Hastig sah sie sich um, dann schnappte sie sich die Taschenlampe, die bei Müslis Angriff zu Boden gegangen war, und stopfte sie sich unter die Jacke. Links von ihnen ertönte ein Donnerschlag, und die brodelnde Brühe aus lila Rauch wurde von einem giftgrünen Blitzgewitter durchbrochen.

»Los!«, rief Malú. Sie warf einen letzten Blick auf den wirbelnden Rauch, dann kletterte sie nach unten in die Finsternis.

Der Große Bär

Malú

Malú sprang vom unteren Ende der Leiter und landete mit einem Platschen in einer Pfütze. Ein brackiger, modriger Geruch schlug ihr entgegen.

Sie rümpfte die Nase und knipste die Taschenlampe an. George hüpfte hinter ihr auf den Boden, während sie das Licht im Kreis herumhuschen ließ. Glitschige Algen überzogen die Wände, so als wäre der Schacht bis vor kurzem mit Wasser gefüllt gewesen.

»Flo?«, rief Malú.

»Da!« George zeigte nach links, und Malú schwenkte den Lichtstrahl herum, bis er einen schmalen Durchgang in der Wand streifte. Oben, über der Schachtmündung, krachten neue Blitze. Malú zog automatisch den Kopf ein. Etwas klirrte hinter ihr gegen die Leiter, dann ertönte ein *Knall-Puff!*, und lila Rauch quoll nach unten zu George und Malú.

»Los!«, drängte George. »Flo kann uns nicht weit voraus sein!«

Hustend zwängten sie sich in den Tunnel, der aus dem Schacht hinausführte.

»Was ist das für ein Rauch?«, krächzte Malú. Sie kniff ihre Nase zu, aber ein beißender Meerrettichgeschmack drängte sich mit jedem Atemzug in ihren Mund.

»Pixie-Pilzdunst, vermute ich«, keuchte George. »Ich hab … ich hab in einem Bericht gelesen, dass die GUMU Wurfbomben mit dem Zeug zur Verteidigung herstellt.«

»Wurfbomben«, wiederholte Malú, »zur Verteidigung gegen *Kater*?« Mit tränenden Augen tastete sie sich weiter.

»Das«, hustete George, »war kein Kater. Könnte ein … ein Kobold gewesen sein.«

»Ein *was*?«

»Ein Kobold!«

Malú ließ ihre Nase los. Der Rauch blieb hinter ihnen zurück, und der Gestank wurde zum Glück schwächer, je weiter sie vordrangen.

George holte rasselnd Atem. »Laut dem *Northumberland Buch der Besonderen Biester* können sich Kobolde in Tiere verwandeln«, erklärte er. »Und na ja, Kobolde stiften gerne Chaos, also würde ihnen die Gestalt eines Katers bestimmt gut passen.«

Malú sah sich ungläubig nach ihm um. »Aber … *Müsli*?« Sie konnte es nicht fassen. Der Kater ihrer Oma sollte ein Zauberwesen sein? »Ich hab ihn immer mit Thunfisch gefüttert«, murmelte sie. »Er – «

Weiter kam sie nicht, denn vor ihr endete der Tunnel und gab den Blick frei auf einen runden Raum. Dort, mitten auf dem Boden, kniete eine kleine, rothaarige Gestalt und hämmerte mit der flachen Hand auf den Boden.

»Komm schon!«, flehte sie laut. »Verdammt, komm schon!«

»Flo!«, rief Malú und rannte los. War sie verletzt? Wieso kauerte sie auf dem Boden? In vier raschen Schritten war

Malú bei ihr und ließ sich auf die Knie fallen. Flo hob den Kopf und starrte sie an, nur um überrascht zusammenzuzucken, als George auf ihrer anderen Seite auftauchte.

»W-Was macht ihr denn hier?«, stotterte Flo.

»Was machst *du* hier?«, rief Malú. »Wieso bist du alleine losgegangen?« Zu spät bemerkte sie, dass ihre Frage wie ein Vorwurf klang. »Wir haben uns Sorgen gemacht«, fügte sie rasch hinzu. »Geht's dir gut?«

Flos Wangen röteten sich. »Ja, schon«, sagte sie. »Nur – «

»Der Große Bär!«, unterbrach George sie. »Natürlich!«

Irritiert sah Malú ihn an und folgte seinem Blick hinunter auf den Boden, wo Flos Taschenlampe lag und ein kreisrundes Mosaik beleuchtete. Das Motiv bestand aus Tieren, die sich im Kreis tummelten. Malú erkannte eine Wespe, einen Hahn, einen Schwan, eine Schlange und, ja, da war auch ein Bär!

»Das ist eine alte Himmelskarte«, erklärte George und stupste Flo mit der Schulter an. »Gut gemacht!«

Flo jedoch sah ihn immer noch ungläubig an. »Wieso seid ihr hier?«, fragte sie erneut.

Sie klang so ehrlich verwirrt, dass sich ein Kloß in Malús Hals formte. Fiel es Flo so schwer zu glauben, dass sie ihr zu Hilfe eilen würden? Wenn ja, dann hatte sie Flo noch mehr verletzt, als sie befürchtet hatte.

Malú wollte nichts mehr, als sich zu entschuldigen, aber bevor sie sich die richtigen Worte zurechtlegen konnte, sagte George: »Wir sind auf einer Quest, erinnerst du dich?«

Das entlockte Flo zumindest ein zaghaftes Lächeln. Sie sah zu Malú, und Malú nickte.

»Wir sind ein Team«, sagte sie. »Und wir lassen niemanden im Stich.«

Sie schluckte trotz zugeschnürter Kehle und hielt Flo die Hand hin. Flo sog scharf die Luft ein, zögerte … doch dann schob sie ihre Finger zwischen die von Malú.

Eine Welle der Erleichterung schwappte durch Malú.

»Ein Team, ja?«, fragte Flo.

Malú grinste. »So was von.«

Tränen stiegen in Flos Augen, aber sie wischte sie rasch beiseite. Ihr nächstes Lächeln strahlte schon ein bisschen heller. Dann zuckte sie zusammen und warf einen panischen Blick zurück zum Tunnel.

»Lavinia!«, zischte sie. »Sie ist da oben und zwei Männer von der GUMU auch!«

»Wissen wir, aber im Moment sind sie noch abgelenkt.« George sah sich um. »Hast du schon rausgefunden, was dieser Seeweg sein soll, oder wo er ist?«

Flo schüttelte den Kopf. »Nein. Der Raum hier sieht aus wie eine Sackgasse.«

»Unmöglich«, widersprach George. »Es muss hier irgendwo weitergehen.«

Rasch ließ Malú ihren Blick über die gemauerten Wände streifen. Flo hatte recht. Der Tunnel, der sie hierhergebracht hatte, war der einzige Zugang zu diesem Raum. Sonst gab es keine Türen oder sonstige Durchgänge. Zumindest keine, die sichtbar waren.

»Vielleicht ein Geheimgang?«, fragte Malú. »Vielleicht müssen wir auf einen bestimmten Stein im Mosaik drücken?«

Flo machte ein frustriertes Geräusch und nickte zu dem

Mosaik. »Oben gab's ein Muster aus Sternbildern«, sagte sie. »Der Weg hier runter hat sich geöffnet, als Lavinia auf den Bären gedrückt hat. Aber mit dem Mosaik funktioniert das nicht, ich hab's versucht. Wir können schlecht jeden Quadratzentimeter hier unten nach einem verborgenen Knopf absuchen.«

»Mist«, fluchte George. »Wir müssen uns beeilen! Lavinia kann jeden Moment hier herunterkommen.«

Flo sprang auf. »Nein! Nein, es ist viel schlimmer! Deine Tante will nicht selbst zur Quelle, sie will sie zerstören! Sie wird hier alles kaputt machen!«

Georges Miene verfinsterte sich. »Das werden wir nicht zulassen«, sagte er. »Wir finden die Quelle zuerst, und sobald wir die Magie auf unserer Seite haben, holen wir Mab und –«

»Dafür reicht die Zeit nicht!«, unterbrach Flo. »Lavinia hat Leute hierherbestellt, die den Tunnel mit Beton fluten sollen, noch heute Nacht!«

»Heute Nacht?«, wiederholte Malú entsetzt.

»Einer von den GUMU-Männern meinte, die Abriss-Crew würde in fünfundvierzig Minuten hier sein«, sagte Flo. »Inzwischen bleibt uns vielleicht noch eine halbe Stunde.«

Rasch standen Malú und George auf und blickten zu dem Tunnel zurück, durch den sie hergekommen waren.

»Das würde Lavinia nicht tun«, sagte George. »Nicht, solange wir hier unten sind.«

Malú spürte, wie die Angst mit kalten Fingern nach ihr griff. Georges Logik hatte einen entscheidenden Haken.

»Sie weiß aber nicht, dass wir hier sind«, sagte sie. »Sie hat uns nicht gesehen, oder?«

Nervös berührte George den Sternenschal, den er sich um den Hals geschlungen hatte. »Dann geht ihr zurück. Ihr müsst Tante Lavinia finden«, schlug er vor. »Wenn ihr ihr sagt, dass ich hier unten bin …«

»… werden sie dich nach oben schleppen und die Quelle trotzdem zerstören«, sagte Malú. »Oder etwa nicht?«

George zögerte, dann nickte er resigniert. »Ja«, sagte er. »Sie tut es wirklich. Sie will alle magischen Wesen in London vernichten.«

»Das dürfen wir nicht zulassen«, flehte Flo. »Bitte!«

Malú dachte an die Dame in Grün und stellte sich vor, wie die Efeublätter um sie herum vertrockneten und ihr Gesicht zu Steinstaub zerbröselte. Und was würde mit dem Kelpie geschehen, mit den Feen und mit den Merrows in der Themse? Und Müsli! Würde er ohne Magie überleben?

Angst hin oder her, sie musste etwas unternehmen. »Wir müssen den Seeweg finden«, sagte sie. »Sofort! In dem Hinweis stand etwas davon, dass man die Karte mit hierherbringen muss, oder? Es hat etwas mit der Karte zu tun!«

»*Finde den großen Bären, vereine ihn mit der Karte und folge dem Seeweg zu der Quelle*«, zitierte George.

Flo wurde noch blasser, als sie es ohnehin schon war. »Dann war's das, oder? Die Karte ist bei Lavinia, und ohne sie kommen wir nicht weiter. *Verdammt.*«

George stieß ein mattes Lachen aus. »Na, so schnell geben wir nicht auf«, sagte er und zog Wonderlys Karte aus seiner Jackentasche. »Tadaaa.«

Flo riss die Augen auf. »Yes!«, rief sie. »Oh, du bist ein Genie!«

George wurde rot, aber er grinste. »Lavinia würde das anders sehen, aber hey, wen kümmert's.« Er kniete sich hin, faltete die Karte auf und hielt sie über das Mosaik. »Los geht's.«

Behutsam legte er Wonderlys Wegweiser auf den Bären aus Mosaiksteinen. Das Papier raschelte, dann begannen alle Hinweise, die Wonderly geschrieben hatte, wie goldene Glut zu strahlen.

Staunend ging Malú in die Hocke, um das Spektakel aus der Nähe zu betrachten. Das Funkeln wanderte durch die magische Tinte, über den Rand der Stadtkarte hinaus, und hinein in das Mosaik. Eines nach dem anderen leuchteten die Sternbilder auf und der Große Bär strahlte am hellsten. Ein Rinnsal aus Licht floss von der Vordertatze des Bären aus dem Sternkreis hinaus, über den Boden bis zur gegenüberliegenden Wand. Dort kletterte es hinauf und zerfloss in hunderte haarfeine Risse, die einen Torbogen formten. Licht und Mauerwerk erschauerten, dann verwandelte sich das Innere des Torbogens in gleißendes Wasser – und klatschte in einem Rutsch zu Boden.

Malú, Flo und George rannten zu dem neu geschaffenen Durchgang. Das magische Licht erlosch, doch Malú und Flo richteten beide den Strahl ihrer Taschenlampen auf den Torbogen.

»Muscheln«, murmelte Malú, und tatsächlich: Die Wände des Geheimganges waren mit Hunderten von Muscheln unterschiedlicher Farbe und Größe überzogen. Ein Geruch von Salz und Algen drang aus der Tiefe des Tunnels.

George trat unter den Torbogen und strich mit der Hand

über die Muscheln. »Der Seeweg«, sagte er zufrieden. »Dann nichts wie los.«

Malú nickte entschlossen und drehte sich zu Flo um. »Wie viel Zeit, hast du gesagt, bevor – «

Sie verstummte. Flos Gesicht war nicht mehr blass, es war grau. Ihre weit aufgesperrten Augen starrten ins Leere, ihr Mund stand offen, dann brach sie hinunter auf ihre Knie.

Nie wieder

Flo

»Flo, was hast du? Was ist los?«

Flo starrte auf den Boden vor sich und zitterte vor Kälte. Dieses Mal war der Hauch des Zauberlöscherfluchs noch eisiger gewesen.

Malú kniete neben ihr und rüttelte an ihrer Schulter. »Hey, sag doch was!«

Flo sah sie an, dann hob sie den Blick zu dem eigenartigen Torbogen in der Wand. Sie runzelte die Stirn.

»Wo … wo kommt das Tor her?«, fragte sie.

»Was?«, fragte Malú. »Wovon redest du?«

»Das Tor«, wiederholte Flo. »Das Tor war doch vorhin noch nicht da, oder?«

Malú wechselte einen besorgten Blick mit George. Der ging vor Flo in die Hocke und musterte sie sehr aufmerksam.

»Wir haben Wonderlys Karte benutzt, um den Seeweg zu öffnen«, sagte er. »Eben gerade! Weißt du das nicht mehr?«

Flo schauderte wieder und versuchte, sich zu erinnern. Sie war Lavinia entkommen, hatte es bis zum Sternenmosaik geschafft, nur um festzustellen, dass sie hier unten in einer Sackgasse feststeckte. George hatte Wonderlys Karte ausgepackt und dann … nichts. Dort, wo die Erinnerung an die letzten paar Minuten sitzen sollte, hing nichts als kalter Rauch in Flos Gedächtnis.

»Was passiert hier?«, fragte Malú ängstlich. »Was stimmt denn nicht mit ihr?«

Flo brachte es nicht über die Lippen, aber George hatte begriffen. »Es war Lavinia, oder?«, fragte er.

Flo nickte kläglich. Malús Finger gruben sich fester in ihre Schulter.

»Wovon sprecht ihr? Erklärt mir doch endlich, was hier los ist!«

»Tante Lavinia muss einen Zauberlöscher benutzt haben«, sagte George. »Der Zauberlöscher beeinflusst Flos Verstand. Zuerst wird jedes Zauberwesen und jeder Funken Magie aus ihrem Gedächtnis getilgt. Und dann …« Er schluckte. »Dann wird er ihre Wahrnehmung so trüben, dass sie nie wieder etwas Magisches sehen wird.«

Alle schwiegen.

»Es stimmt«, murmelte Flo. »Es hat schon angefangen.«

Ich werde nie wieder etwas Magisches sehen. Die Worte schlossen sich wie eine Faust um ihr Herz.

Nie wieder.

Nie wieder.

Malú sprang auf. »Nein, das ist nicht fair, das darf nicht passieren!«

Überrascht sah Flo zu ihr hoch. Malús Wangen glühten vor Ärger.

George senkte traurig den Kopf. »Ich fürchte, da kann man nichts –«

»Doch«, unterbrach Malú. »Doch, wir werden etwas dagegen machen! Wir werden die Quelle finden, und dann benutzen wir die Magie, um die Wirkung des Zauberlöschers umzukehren.«

Rasch rappelte sich Flo auf die Beine. »Meinst du, das funktioniert?«

»Das …«, begann George, dann straffte er die Schultern. »Das kann gut sein! Ja, warum nicht? Quellmagie ist garantiert stärker als ein Zauberlöscher.«

»Genau«, sagte Malú. »Wir schaffen das. Aber wir müssen uns beeilen, okay? Wir müssen schneller sein als der Zauberlöscherfluch seine volle Wirkung entfalten kann.«

»Und schneller als Lavinias Zement«, ergänzte George.

»Genau«, sagte Malú und stapfte mit entschlossenen Schritten in den Muschelgang.

Verbissen eilten sie durch den dunklen Tunnel. Das Licht ihrer Lampen flackerte über die mit Muscheln verkrusteten Wände, und unter ihren Schuhen knirschte Muschelkalk.

Flo folgte Malú und klammerte sich mit aller Macht an die Hoffnung, die Malús Idee in sie hineingepflanzt hatte. Wenn sie es rechtzeitig schafften, wenn sie die Quelle erreichten, dann hatten sie eine Chance, dann –

Ein weiteres Mal brandete der Atem des Zauberlöschers durch sie hindurch und ließ sie stolpern.

»Alles in Ordnung?«, fragte George hinter ihr.

»J-ja«, stotterte Flo und kämpfte sich weiter voran. Sie hatte keine Ahnung, welche Erinnerung sie dieses Mal verloren hatte, aber nach jedem eisigen Windstoß fühlte sie sich leerer, ausgehöhlter.

»Es wird alles gut«, sagte George sanft. »Das muss es. Sonst wäre das hier eine furchtbare Abenteuergeschichte.«

»Ha«, machte Flo. »Ja, das finde ich auch.« Trotz allem musste sie lächeln. Sie war nicht allein. Egal, was als Nächstes passierte, Malú und George waren zu ihr zurückgekommen. Das konnte ihr niemand nehmen, nicht einmal der Zauberlöscher.

Hoffte sie zumindest.

»Da vorne ist was«, sagte Malú. »Ich glaube –«

Ein dumpfes Rumpeln grollte durch den unterirdischen Gang. Flo stieß einen spitzen Schrei aus und prallte gegen Malú, die erschrocken stehen geblieben war. Der Zement! Ihre Zeit war um!

Das Grollen wurde lauter, die Wände bebten und Muschelkalk rieselte auf sie herunter. Flo klammerte sich an Malú, doch George rief: »Es ist okay, alles gut, das ist nur –«

Noch einmal vibrierte der Boden unter ihren Füßen, dann kehrte Ruhe ein.

»– nur die U-Bahn«, vervollständigte George.

»Was?«, fragte Flo mit dünner Stimme.

»Die U-Bahn«, wiederholte George. »Irgendwo hier in der Nähe muss ein U-Bahn-Schacht verlaufen. Das eben war nur ein Zug.«

»O Mann«, hauchte Flo. Ihr Blick huschte zur Wand. Es fühlte sich immer noch so an, als könnte der Tunnel jeden Moment zusammenbrechen.

»Weiter«, sagte Malú grimmig. »Ich glaube, da vorne ist irgendwas.«

Auf wackligen Beinen durchschritten sie den Gang und

tatsächlich: Nach wenigen Metern endete der Seeweg in einem weiteren Torbogen.

»Bitte lass das unser Ziel sein«, murmelte George.

Eine nach der anderen traten sie aus dem Gang hinaus in eine Grotte. Die Wände und Gewölbedecke der Höhle waren ebenfalls mit Muscheln überzogen, doch aus einer Wand ragte ein schlichtes steinernes Becken.

»Die Quelle«, flüsterte Flo und vor Erleichterung wurden ihr die Knie weich.

George trat neben sie und stupste sie mit der Schulter an. »Siehst du?«, sagte er. »Wir bekommen ein gutes Ende.«

Malú ging bereits auf das Becken zu und Flo folgte ihr mit wild klopfendem Herzen.

Flo stieg über eine mit Moos überwucherte Rille im Boden. Davon gab es einige, die sich wie die Strahlen eines Sterns vom Rand des Beckens ausbreiteten.

Sie runzelte die Stirn. Irgendetwas stimmte hier nicht, aber sie konnte nicht sagen, was genau. Erst als sie das Becken erreichten und sich über den Rand beugten, begriff sie, was sie störte.

Flo erstarrte und die Kälte in ihrer Brust schwoll zu einer Sturmbö an.

Das Becken war leer.

Die Quelle der Magie

Malú

Einige Sekunden lang sagte niemand ein Wort.

Dann beugte George sich vor und tastete über den Boden des Beckens. In der Mitte klaffte ein kleines Loch, aber es sprudelte nichts daraus hervor. Kein Wasser, und erst recht keine Magie. »Das kann nicht sein«, murmelte er.

»Ich verstehe das nicht«, sagte Malú. »Stimmt etwas nicht mit der Quelle?«

»Ich weiß es nicht«, gestand George. »Aber sie sieht aus, als wäre sie ausgetrocknet.«

»Das kann nicht sein«, widersprach Malú. »Mab hat gesagt, dass die Quelle der Ursprung der Magie in London ist. Mab hat uns doch nicht angelogen?«

George schüttelte nur wortlos den Kopf. Er sah aus, als hätte ihm jemand eine Ohrfeige verpasst.

Malú ballte die Fäuste. Das durfte nicht das Ende sein. »Die Quelle muss funktionieren«, beharrte sie. »Flo braucht die Magie!«

Sie hatte ihren Satz kaum beendet, als Flo erneut zusammenbrach.

»Flo!«, rief Malú und ging neben ihr auf die Knie.

Flo krümmte sich vornüber und schlang die Arme um ihren Oberkörper. »Es verschwindet. Es verschwindet alles!«

Ihre Stimme war so schwach und verzweifelt, es brach Malú das Herz. Hilfe suchend wandte sie sich an George, doch George sank zu Boden und vergrub das Gesicht in den Händen.

Tränen stiegen in Malús Augen. War wirklich alles verloren? Nein, sie weigerte sich, das zu akzeptieren.

Sie sprang auf und packte den Rand des Beckens. »Komm schon«, flehte sie. »Zeig uns, was wir tun müssen!«

Als nichts passierte, kniete sie sich wieder vor Flo und fasste sie an den Schultern. »Bitte steh auf. Du bist doch diejenige, die nie aufgibt! Du trittst GUMU-Agenten gegen das Bein, kletterst durch Fenster im ersten Stock und rennst mit Koboldkatern nachts durch London. Denk nach, wie bringen wir die Quelle zum Sprudeln?«

Flo hob den Kopf. »Koboldkater?«

»Müsli«, sagte Malú. »George glaubt, er ist ein getarnter Kobold. Deshalb schlägt er Funken.«

Flo starrte sie nur verständnislos an.

»Der Zauberlöscher ist zu stark«, warnte George. »Nicht mehr lange, dann wird sie sich nicht einmal mehr an Wonderlys Wegweiser erinnern.«

Malú spürte, wie der Riss in ihrem Herz noch tiefer wurde. »Müsli schlägt Funken«, wiederholte sie hartnäckig. »Damit hat er Lavinia und ihre Agenten abgelenkt, und du konntest in den Brunnen klettern.«

Flo runzelte die Stirn, dann wurde sie von einem Schauder durchgeschüttelt und sank mit einem erstickten Schluchzen in sich zusammen. Malú konnte nur entsetzt zuschauen. Lavinia hatte Flo den Glauben an Magie geraubt. Ausgerechnet

Flo, für die London eine Stadt voller Wunder gewesen war, noch bevor sie überhaupt einen Beweis dafür gehabt hatte, dass Magie tatsächlich existierte.

Malú beugte sich vor und lehnte ihre Stirn an die von Flo. »Du musst dagegen ankämpfen. Lass den Fluch nicht gewinnen. Magie ist überall, das weißt du.«

Langsam richtete Flo sich auf. »Es gibt Magie?«

»Ja!«, sagte Malú. »Es gibt Koboldkater und Kelpies und …« Ein Geistesblitz zuckte durch ihren Kopf. Rasch zerrte sie den Rucksack von ihrem Rücken, warf die Tüte mit dem Hefegebäck zur Seite und hob dann das Glas mit dem Kokon ins Freie.

George machte ein überraschtes Geräusch, aber Malú hatte nur Augen für Flo.

»Es gibt Lindwürmer«, sagte sie. »Siehst du?«

»Das ist ein Schmetterlingskokon, oder?«

»Nein, das glaube ich nicht«, sagte George. Er rückte näher zu ihnen heran und hob eine der Taschenlampen vom Boden auf. Er richtete das Licht auf den Kokon.

Das Licht fiel durch die dünne Membran des Kokons und offenbarte den schattenhaften Umriss eines kleinen, zusammengeringelten Wesens, das definitiv kein Schmetterling war. Malú erkannte einen gekrümmten Rücken, winzige Tatzen, einen Eidechsenschwanz und gefaltete Flügel.

Flos Augen wurden groß.

»Kannst du es sehen?«, fragte George.

Bitte, flehte Malú innerlich. Bitte, bitte.

»Es gibt Magie«, sagte Flo langsam, als ob es ihr schwerfiele, die Worte zu formen.

»Es gibt Magie«, bestätigte George.

»Jede Menge davon«, setzte Malú hinzu.

Flo runzelte tiefer die Stirn.

»Es gibt Magie«, wiederholte sie. »Es gibt Lindwürmer und K-Kelpies und …«

»… Koboldkater«, half Malú. »Du weißt das, Flo! Lass den Fluch nicht gewinnen!«

Flo presste die Lippen aufeinander. »Es ist so schwer.« Sie zögerte, dann sagte sie so leise, dass Malú sie kaum verstand: »Ich glaube, ich schaffe das nicht alleine.«

Malú und George wechselten einen Blick, dann rutschten sie dicht an Flo heran und legten ihre Arme um Flos Schultern.

»Du bist nicht alleine«, sagte Malú.

»Wir erinnern dich daran, dass es Magie gibt«, versprach George. »Egal, wie oft es nötig ist.«

Flo schniefte. Langsam, ganz langsam erwiderte sie die Umarmung, und für mehrere Sekunden hielten sie sich aneinander fest.

»Wir können nicht hierbleiben«, sagte George schließlich. »Lavinia wird den Zement auskippen, sobald sie kann.« Er half Flo auf die Füße und nickte Malú zu. »Sehen wir zu, dass wir hier herauskommen.«

Malú steckte das Glas zurück in den Rucksack und griff nach der Bäckertüte mit dem letzten Jagodzianka. Sie presste die Lippen aufeinander. Jetzt aufzugeben fühlte sich einfach nur falsch an. Nach all den Rätseln, die sie gelöst hatten?

Malú stand auf und trat an den Rand des Steinbeckens. »Das kann's doch nicht gewesen sein«, sagte sie. »Vielleicht müssen wir noch ein letztes Rätsel lösen?«

»Vielleicht«, sagte George. »Aber wir haben keine Zeit mehr, wir müssen –«

Ein Rumpeln dröhnte aus dem Tunnel und ließ sie zusammenfahren.

»U-Bahn«, sagte Flo, biss sich jedoch nervös auf die Unterlippe.

»Gehen wir«, sagte George, und wandte sich dem Tunnel zu.

Malú jedoch konnte ihren Blick nicht von dem Steinbecken lösen, und auch Flo rührte sich nicht.

»Was passiert wohl«, fragte Flo, »wenn Lavinia die Quelle endgültig zerstört?«

George schluckte, bemühte sich jedoch sichtlich, eine hoffnungsvolle Miene aufzusetzen. »Diese Quelle hier sprudelt ja nicht gerade«, sagte er. »Vielleicht hat sich die Magie schon längst einen anderen Ort gesucht, um London zu durchdringen.«

Flo ließ die Schultern hängen. »Oder die Magie verschwindet aus der Stadt«, sagte sie. »Genauso wie aus meinem Kopf.«

Malús Hand verkrampfte sich um die Bäckertüte.

»Wir wollten den Mittelpunkt der Magie finden«, sagte Flo traurig. »Fühlt sich an, als hätten wir versagt, oder?«

George erwiderte nichts mehr, aber Malú konnte ihm die Enttäuschung vom Gesicht ablesen.

»Bitte«, drängte er dann. »Gehen wir, bevor es zu spät ist.«

Malú sah auf die Tüte, und kurz schmeckte sie wieder

das süße Hefegebäck und die Johannisbeerfüllung auf ihrer Zunge. Sie erinnerte sich daran, wie traurig sie bei ihrer Ankunft in London gewesen war. So viel hatte sich seitdem verändert. Wenn sie zurückschaute, fühlte sie sich nicht mehr überwältigt. Stattdessen leuchteten die Ereignisse der letzten Tage wie sommerbunte Blumen in ihrem Gedächtnis.

Wasserpferde mit Mondscheinaugen. Steinerne Blätter, die sich in echten Efeu verwandelten. Lindwürmer, die in Kokons schliefen. All das hatte sie gesehen. Aber Magie war noch mehr, oder nicht? Magie steckte in Evelyns verborgenem Gartenparadies und dem Leuchten der roten Johannisbeeren in Krystynas Vorratskammer. Sie steckte in der ersten Begegnung zwischen Malú und Flo. Wie groß war die Chance, dass Malú ein Mädchen auf einem Dach über London traf, das ihr Leben auf die beste Art auf den Kopf stellte? Und was war mit George, der Wonderlys Karte verlor, nur um sie bei Flo und Malú wiederzufinden?

Sie passten zueinander. Sie passten aufeinander auf. Sie waren ein echtes Team. Malú fand das mindestens genauso wundervoll wie all die Zauberwesen, denen sie begegnet waren.

Wie aus weiter Ferne hallten Evelyns Worte durch ihre Ohren: *Magie ist überall dort, wo wir sie sehen möchten.*

»Es ist egal«, sagte Malú. Als Flo und George sie nur verständnislos anstarrten, sagte sie es lauter: »Es ist egal, was als Nächstes passiert oder was die GUMU mit der Quelle anstellt!« Mit jedem Wort fühlte sich ihr Herz wärmer an, und in diesem einen Moment wollte sie rein gar nichts zurückhalten. »Es ist egal, ob wir am Ende einen Schatz gefunden haben, oder nicht«, erklärte sie. »Mit euch auf Schnitzeljagd zu gehen, ist das Beste, was mir je passiert ist!«

Flo hob die Brauen, ihre Schultern entspannten sich, dann trat sie an den Rand des Beckens. »Mir auch«, sagte sie.

George warf einen besorgten Blick auf den Tunnel, schüttelte den Kopf und lächelte schließlich. »Du hast recht.«

»Und dann ist es doch egal, was wir ganz am Ende gefunden haben, oder nicht?«, sagte Malú. »Wir bleiben zusammen. Wir erinnern uns gegenseitig daran, was wir erlebt haben. Welche Rätsel wir gelöst haben. Wer wir sind. Das kann uns weder die GUMU noch irgendein Fluch wegnehmen.«

Sie zog das Jagodzianka aus der Tüte und leckte es behutsam in das Steinbecken. »Zauberbäckerinnen«, sagte sie.

George zögerte, dann trat auch er an das Becken. Er fuhr über den Sternenschal an seinem Hals, zog ihn aus und legte ihn ebenfalls in das Becken. »Kelpiefreunde«, sagte er.

Flo straffte den Rücken, dann zog sie Wonderlys Karte aus Georges Hosentasche und ließ sie zu den anderen Erinnerungsstücken fallen.

»Schatzfinder.«

Sie legte eine Hand auf den Rand des Beckens, sah die anderen beiden erwartungsvoll an, und Malú und George legten jeweils eine Hand über die von Flo.

»Alle Rätsel gelöst, alle Herausforderungen bestanden«, murmelte George. Sein Blick hing an Wonderlys Karte und plötzlich weiteten sich seine Augen. »Oh!«, rief er. »Ooooh! Moment, das –«

Weiter kam er nicht, bevor ein erneutes Grollen durch die Grotte rumpelte. Malú hielt die Luft an und wartete darauf, dass der Lärm abebbte. Der Boden unter ihren Füßen zitterte, und die Muscheln an den Wänden klapperten. Malú schloss die Augen und zählte stumm die Sekunden: eins, zwei, drei.

Das Grollen wurde lauter und steigerte sich zu einem reißenden, knirschenden Dröhnen. Das war keine U-Bahn, die hier in der Nähe vorbeiratterte. Das war –

Malú riss die Augen auf und sah, wie George entsetzt in Richtung des Tunnels starrte. Die Erkenntnis traf sie wie ein Schlag in den Bauch. Sie hatten zu lange gewartet!

»Nein!«, keuchte George, wich zurück und sah sich hektisch in der Grotte um.

Der Boden sackte so abrupt ab, dass Malú das Gleichgewicht verlor und sich am Beckenrand abstützen musste. Als sie wieder hochsah, leuchtete George die Wände um sie herum ab. Panisch folgte Malú dem Licht. Gab es einen anderen Ausgang? Sie sah keinen.

Der Lärm des heranbrausenden Betons schwoll zu einem Tosen an und fesselte ihren Blick an den Ausgang des Muscheltunnels. Da war etwas … etwas Helles, Grünes, das durch die Dunkelheit des Seewegs auf sie zusprang.

Flo packte Malú am Arm. »O Mann«, keuchte sie. »Schaut doch!«

Mit wild klopfendem Herzen fuhr Malú herum. Zuerst begriff sie nicht, was passierte, dann klappte ihr Mund auf, und sie riss ihre Hände vom Rand des Beckens.

Das Jagodzianka, Georges Schal und Wonderlys Karte lösten sich auf. Die Gegenstände zerfielen in glitzernden Sternenstaub, der wiederum zu einer Flüssigkeit zerschmolz, die so golden und weich wirkte wie Honig.

Flo streckte die Hand ins Becken. Das flüssige Licht lief über ihre Finger und ihren Handrücken, bis zu ihrem Handgelenk hinauf. Verwundert drehte Flo ihre Hand, während das Leuchten unter ihre Haut sank. Sie blinzelte, dann versteifte sich ihr ganzer Körper, und für einen kurzen Augenblick leuchteten ihre Augen golden auf.

Besorgt packte Malú Flos Arm, aber Flo schüttelte nur den Kopf, lächelte verwundert und stieß dann ein vor Freude sprühendes Lachen aus. Das übrige Licht floss in einer Funkelspur hinein in das Loch am Grund des Beckens, und plötzlich sprudelte Wasser aus der Quelle heraus.

Flo jauchzte im selben Moment, wie George aufschrie. Malú fuhr herum und sah: Müsli!

Der Kater, dessen Augen immer noch wie Sturmlaternen strahlten, sprang aus dem Tunnel und sprintete quer durch die Grotte an ihnen vorbei. Ohne innezuhalten, drückte er mit der Stirn gegen eine Muschelspirale an der Wand. Licht flammte in den Rillen der Spirale auf, floss über weitere Musterrillen die Wand hinauf, bis ein neuer Torbogen erschien, und die Mauer innerhalb des Bogens herabstürzte.

Malú wurde ganz schwindelig vor Erleichterung: Hinter dem Torbogen warteten ein Schacht und eine Leiter, die nach oben führte.

»Raus hier!«, brüllte George. Er hechtete quer durch den Raum. Ein mit Muscheln gespickter Felsbrocken brach aus der Decke und stürzte nur wenige Zentimeter hinter ihm zu Boden. Malú schrie auf und wollte Flo mit sich ziehen, doch die riss sich los, wand sich aus den Gurten ihres Rucksacks und zog ihre Trinkflasche heraus.

»Was machst du denn da, wir müssen hier weg!« Malú zerrte an Flos Ärmel, da schlug ihr der Gestank von nassem Zement in die Nase. Sie fuhr herum und dieses Mal sah sie eine gewaltige, dunkelgraue Masse, die sich durch den Tunnel auf sie zuwalzte.

Mit einem lauten *Krach!* platzte ein Riss im Torbogen des Tunnels auf, dann war plötzlich George an Flos Seite. »Zur Leiter, jetzt!«

»Nur eine Sekunde«, protestierte Flo, aber Malú packte sie am Rücken ihre Jacke und zerrte sie weg von der Quelle.

Eine der Säulen hinter dem Steinbecken brach in sich zusammen, und sie sprangen gerade noch rechtzeitig zurück, um den umherfliegenden Muscheln und Steinbrocken auszuweichen.

Jetzt gab es kein Halten mehr. Sie rannten durch einen Regen aus Muschelkalk und Splittern, bis sie die Leiter erreichten. George griff sich Müsli und hievte ihn auf seine Schulter. Mit dem anderen Arm stieß er Flo zur Leiter. »Raus, raus, raus!«

Flo kletterte los, flink wie ein Eichhörnchen, und Malú setzte ihr hinterher. Etwas donnerte mit einem Paukenschlag zu Boden, und das Prasseln der herabstürzenden Muscheln wurde von einem zähen Schmatzen übertönt. Malú konnte nicht anders: Noch während sie kletterte, warf sie einen Blick zurück über ihre Schulter. Beton quoll aus dem Tunnel wie eine Lawine aus grauem, zähem Schlick. Malú erhaschte einen letzten Blick auf die Quelle, deren schimmerndes Wasser über den Beckenrand und hinunter in die moosigen Rillen auf dem Boden strömte, dann stürzte die Decke der Grotte ein.

Am Ziel

Malú

Die Leiter endete unter einem Kanaldeckel, den Flo mit einem Ächzen beiseitestemmte.

Malú kletterte hinter Flo nach draußen, streifte ihren Rucksack ab und ließ sich ohne Umschweife auf die Straße fallen. Keuchend lag sie auf dem Rücken und starrte nach oben. Dunkle Hochhäuser ragten um sie herum auf, und ein schwaches Zitronenlicht waberte über den Nachthimmel.

Malú hörte ein *Flump!*, und ein empörtes Maunzen. Mühsam drehte sie den Kopf zur Seite.

George lag ebenfalls mit dem Rücken auf der Straße. Seine Haare, sein Gesicht und seine Kleider waren grau vor Schmutz. Müsli stand neben ihm, schleckte sich gelassen über eine Pfote und tappte dann zu Malú herüber. Er sah wieder aus wie ein ganz gewöhnlicher Kater. Keine Laternenaugen. Keine Blitze. Nur ein herablassender Blick, der klar aussagte, dass die Menschen ihm zu viel Arbeit machten.

»Danke, Katerchen«, murmelte Malú und hielt ihm die Hand hin.

Müsli schnupperte an ihren Fingern, zog die Schnauze kraus und lief weiter zu Flo. Die lag ebenfalls rücklings da, die Arme und Beine von sich gestreckt wie ein Seestern.

Malú ließ ihre Hand zurück auf die Straße fallen. »Glaub

ja nicht, dass ich dir noch mal eine Dose Thunfisch öffne«, murrte sie in Müslis Richtung.

George stöhnte und kämpfte sich hoch, bis er auf seinen Unterarmen lehnte. »Alles in Ordnung?«, fragte er. »Ist jemand verletzt?«

»Alles okay«, sagte Malú. Morgen würde sie bestimmt den schlimmsten Muskelkater ihres Lebens haben, aber das war ihr gerade herzlich egal.

»Flo?«, fragte George.

»Alles in Butter«, erwiderte Flo, obwohl ihr Atem immer noch vor Anstrengung pfiff. »Und bei dir?«

George sah an sich herunter, als müsste er sicher gehen. »Ja«, sagte er. »Ja, erstaunlicherweise ist alles heil geblieben.« Dann lachte er. Und lachte und lachte, bis er zurück auf den Boden sank.

»Ähm«, machte Flo und sah ihn mit hochgezogenen Brauen an. »Bist du sicher, dass alles klar ist?«

George gluckste, dann lächelte er breit. »Ja«, versicherte er. »Ich kann bloß nicht fassen, wie viel Glück wir gehabt haben.«

»Uff, ja«, erwiderte Flo. »Das nächste Mal, wenn wir in einer unterirdischen Gruft landen und auf eine Betonlawine warten, suchen wir bitte SOFORT nach einem Hinterausgang.«

Malú dachte an die Masse, die die Grotte wie grauer Monsterpudding unter sich begraben hatte, und presste sich beide Hände vors Gesicht. »O Mann«, stöhnte sie. Sie hatten es wirklich drauf ankommen lassen, oder?

»Nur gut, dass wir Müsli auf unserer Seite haben«, meinte Flo und kraulte dem Kater den Nacken.

George grinste immer noch. »Ja, das auch«, sagte er. »Aber

das meine ich gar nicht. Ich meine, wir hatten Glück, dass wir das Geheimnis der Quelle noch gelüftet haben, obwohl wir alle etwas Wesentliches übersehen haben.«

»Äh, was?«, fragte Flo und Malú runzelte die Stirn.

»Der letzte Hinweis auf Wonderlys Karte«, sagte George. »Ich war da unten so durcheinander, ich habe völlig vergessen, dass auf der Karte noch mehr stand. Nach dem Bären und dem Seeweg.«

Malú überlegte, dann setzte sie sich kerzengerade auf. »*Folge dem Seeweg zu der Quelle*«, zitierte sie.

»*Deren Zauber in deinem Herz beginnt*«, vervollständigte George.

»Ich versteh's nicht«, sagte Flo. »Was heißt das?«

»Na, es könnte viel bedeuten«, antwortete George. »Zum Beispiel, dass Magie in den Herzen der Menschen schlummert. Oder es heißt, dass Magie ein Geschenk ist, das man nur mit dem Herzen findet. Egal was, es war kein Zufall, dass die Quelle losgeplätschert ist, *nachdem* wir etwas in das Becken gelegt haben, das uns wichtig war.«

»Etwas, das uns am Herzen lag«, sagte Malú verwundert.

»Etwas, das für uns magisch war«, ergänzte Flo. »Wir … wir haben die Magie herausgelockt, oder?«

George lachte wieder. »Ich glaube, ja.«

»Ha! Ziemlich gut«, befand Flo und rubbelte Müslis Kopf. »Findest du nicht auch, Koboldkater?«

Malú sonnte sich einen Augenblick lang in dem zufriedenen Gefühl, alle Rätsel auf Wonderlys Karte gelöst zu haben, dann zuckte sie zusammen. »Hey«, rief sie. »Flo! Du weißt noch, dass Müsli ein Zauberwesen ist?«

Flo grinste verschmitzt. »Klar.«

Malús Augen weiteten sich. »Und der Fluch?«

»Wie weggeblasen«, sagte sie. »In dem Moment …«

»… als du die Hand in die Quelle gehalten hast!«, rief Malú aus. »Flo!«

Erleichtert fiel sie Flo um den Hals. Flo stieß ein überraschtes »Uff!« aus, dann drückte sie Malú fest an sich.

»Ende gut, alles gut?«, fragte sie zaghaft.

Malú löste sich mit einem Lächeln. »Mh-hm.«

»Mehr oder weniger«, korrigierte George und warf einen wehmütigen Blick auf den offenen Kanalschacht.

Die Erinnerung an die einstürzende Grotte verpasste Malú einen Dämpfer. »Glaubst du, der Beton hat die Quelle wirklich zerstört?«, fragte sie.

»Ich weiß es nicht«, sagte George. »Ich hoffe, nicht. Es wäre schon ziemlich bitter, wenn Lavinia am Ende doch noch bekommen hätte, was sie wollte.«

Müsli streifte an Georges Knie entlang, und er tätschelte vorsichtig den Rücken des Katers.

»Immerhin kann die GUMU jetzt nicht mehr auf die Quellmagie zugreifen«, sagte Malú.

»Stimmt«, bestätigte George. »Aber sonst auch niemand.«

Flo räusperte sich. »Da wäre ich mir nicht so sicher.«

Während George und Malú verwirrt abwarteten, zog sie ihre Trinkflasche aus dem Rucksack.

»Oh«, hauchte Malú, und George schlug sich vor Überraschung die Hände vor den Mund.

Flos Glasflasche leuchtete wie ein Abendstern, und in ihrem Innern schwappte funkelnde Magie.

Ein Garten über den Dächern von London

Flo

Zwei Monate später

Flo saß auf dem Rand ihres Betts und wippte mit den Beinen. Sie zwang sich, nicht aus dem Fenster zu schauen, aber ehrlich, diese Warterei grenzte an Folter.

Als jemand an die Fensterscheibe klopfte, wirbelte sie so schnell herum, dass ihre Zöpfe um ihren Kopf peitschten. Müsli saß auf dem Fenstersims und presste eine Pfote ans Glas.

Flo krabbelte über die Matratze und schob das Fenster auf. »Ist es so weit?«, fragte sie. »Darf ich rauskommen?«

Müsli rieb seinen Kopf an ihrer Handfläche und schnurrte.

»Deine Tarnung ist echt gut, weißt du?«, lobte Flo.

Müsli legte den Kopf schief, dann hüpfte er zurück aufs Dach.

»Okay«, hauchte Flo, atmete tief aus und kletterte aus dem Fenster.

Manchmal konnte sie immer noch nicht glauben, wie sehr sich das Dach zwischen ihrem Zimmer und dem Haus von Malús Oma verändert hatte. Dort, wo sich zuvor nur eine leere Fläche mit ein paar Schornsteinen und Lüftungsgittern befunden hatte, standen jetzt Dutzende Hochbeete. Orange Kapuzinerkresse, Thymian und Minze wucherte aus umfunktionierten Holzkisten, Wege aus Rindenmulch kreuzten das

Dach, und in riesigen Tontöpfen wuchs Lavendel, um dessen Blüten Dutzende Bienen summten. Es gab sogar ein kleines Gewächshaus, in dem Tomaten und Basilikum gediehen.

Die Mitte des Dachs war immer noch frei von Grün. Stattdessen befand sich hier eine etwas erhobene Holzfläche mit Sitzbänken, bunten Kissen und zusammengewürfelten Cafétischen. In den Blumenkästen ringsum steckten bunte Wimpel und eine Fahne in Form eines Wasserpferdes, dessen Schweif aus bunten Stoffbändern im Wind flatterte.

Flo fühlte sich, als hätte sie ein riesiges Glas Limonade getrunken, so stark prickelte das Glück in ihrem Bauch. Mit Müsli als Vorhut ging sie auf die Terrasse zu. Dort warteten ihre Familie und ihre Freunde, allen voran Malú und George, die Flo entgegengrinsten. Müsli sprang auf die Bohlen der Terrasse, und als Flo nah genug heran war, schmetterte die ganze versammelte Mannschaft laut: »HAPPY BIRTHDAY!«

Alle waren da. Flos und Hamzas Papas unterhielten sich begeistert über das letzte Kreuzworträtsel in der Tageszeitung, während Flos Papa Baby Henry an seine Schulter geschmiegt hielt. Essie schlürfte indessen Holundersekt mit Mab, Krystyna, Malús Mutter und Sammy. Evelyn und Hamza durchforsteten den Garten nach Schmetterlingen und anderen Kreaturen, während Hamzas Schwester gemütlich auf einer der Bänke lag und Musik hörte. Hamzas Mutter fragte Malús Papa über Pflanzen aus, die sie auf ihrer Buchbarke heranziehen konnte, und George half Oma Helen dabei, das Essen auf den Tischen zu verteilen.

Und was für ein vorzügliches Geburtstagsessen das war!

Es gab fluffige Scones, sesamsüßes Sfouf, Käsekuchen, Jagodzianki (dieses Mal mit Heidelbeeren gefüllt) und einen Berg von Himbeerschnitten. Alle Gäste hatten etwas mitgebracht, und so wie es aussah, würde es noch mindestens zwei Tage lang Geburtstagsleckereien geben. Vorausgesetzt, Flo würde irgendwann aufhören, sich den Süßkram zwischen die Kiemen zu schieben. Wofür sie nicht garantieren konnte.

Flo und Malú saßen auf einer Bank hinter dem Johannisbeerstrauch, den Malú vor ein paar Wochen gepflanzt hatte. Zwischen ihnen stand eine Kanne Tee, zwei Tassen und ein fast leer gemampfter Kuchenteller.

Flo hatte die Backen voll mit Sahnecreme und weichen Himbeeren. Malú schleckte sich Sesamkörner von den Fingern. Ihre Füße baumelten nach unten. Heute trugen sie beide jeweils einen grünen und einen lila Turnschuh.

»Mehr Tee?«, fragte Malú und hob die Kanne.

Flo griff sich ihre Tasse und spürte, wie etwas an ihrem Daumen entlangkitzelte. Etwas Schuppiges.

»Ups!« Vorsichtig kippte sie die leere Tasse seitwärts und pflückte einen Lindwurm von ihrem Rand. Lindwürmer, wie sich herausgestellt hatte, waren tatsächlich winzige Drachen mit einem salamanderähnlichen Körper und zwei Vordertatzen. Dieser hier hatte traubenblaue Schuppen und Flügel mit einer schwarzen Borte. Vorsichtig setzte sie ihn in einen besonders üppig blühenden Lavendel.

Wahrscheinlich hätte es niemanden überraschen sollen, dass Evelyns Lindwürmer nur einen extra Schluck Magie gebraucht hatten, um aus ihren Kokons zu krabbeln. Trotzdem war der Tag, an dem Flo und die anderen beobachten durften, wie die Minidrachen schlüpften, einer der besten Tage in Flos Leben.

Wobei sie in den letzten zwei Monaten so einige phantastische Momente erlebt hatte.

Nachdem sie Wonderlys Schnitzeljagd beendet hatten (ziemlich erfolgreich, wenn man das so sagen durfte), hatten Flo, Malú und George sich darangemacht, das magische Quellwasser an alle zu verteilen, die ihnen geholfen hatten. So breitete sich die Magie, die Flo aus der Muschelgrotte gerettet hatte, Tröpfchen für Tröpfchen durch London aus. Lindwürmer sausten jetzt durch Evelyns Garten und schmuggelten sich völlig ohne Flos Hilfe in Rucksäcke, um auch bei ihr zu Hause ihr Unwesen zu treiben.

Ein Schluck des Quellwassers war – nach Rücksprache mit Hamza und dessen Familie – im Regent's Canal gelandet. Hamza hatte schon berichtet, dass er bei Sonnenuntergang zwei Kelpies mit einem Fohlen unter dem Wasser entlangschwimmen gesehen hatte.

Gäste, die sich im Grumpy Fairy Café mit Leckereien versorgen ließen, gingen besser gelaunt, zuversichtlicher oder nach langem Kummer getröstet aus dem Café hinaus. Und in Sammys Klamottenladen fand nun jeder Kunde und jede Kundin genau das Kleidungsstück, das ihnen die meiste Freude bereitete.

Die Magie breitete sich aus und sickerte klammheimlich in den Boden der Stadt. Und irgendwann, irgendwo, an einem Ort, den noch niemand vorhersehen konnte, würde eine neue Quelle hervorsprudeln. Das behauptete zumindest Mab.

Malú schenkte Tee ein. Flo blies den Dampf aus der Tasse

und schaute zufrieden über den Dachgarten. Ein paar Schlucke des Quellwassers waren in den Hochbeeten gelandet, aber Flo war sich ziemlich sicher, dass der Garten hauptsächlich wegen Malús Fürsorge so überschwänglich blühte und grünte.

»Hey«, warnte Malú und griff sich den Lindwurm, bevor Müsli ihn mit der Pfote aus dem Lavendelbusch fegen konnte. »Also, wirklich.«

Müsli schaute unbeeindruckt drein, während Malú den Lindwurm behutsam in ihrer leeren Tasse absetzte. Der Drache ringelte sich auf dem noch warmen Porzellanboden zusammen, als George zu ihnen herüberkam. Er hatte sich zur Feier des Tages ein weißes Hemd angezogen und blaue Socken mit silbernen Sternen, die zu seinem Nagellack passten.

»Braucht ihr Nachschub?«, fragte er und hielt einen Teller mit Gurkensandwiches in die Höhe.

»Uff!«, machte Malú, aber Flo schwenkte einladend ihre Teetasse.

»Immer her damit!«

Mit einem Grinsen stellte George den Teller auf dem Hochbeet ab und setzte sich zu ihnen.

George hatte seine Eltern überredet, dass er ein weiteres Praktikum in London machen durfte. Nur dass er dieses Mal weder im Haus seines Großvaters wohnte noch mit seiner Tante ins Hauptquartier der GUMU pilgerte. Stattdessen wohnte er bei Mab und Krystyna und lernte in Krystynas Küche so ziemlich alles, was die Schnösel der GUMU nicht über Magie wussten.

»Guter Geburtstag?«, fragte George.

»Perfekter Geburtstag«, seufzte Flo, stellte ihre Tasse ab und lehnte sich zurück auf ihre Hände. Von hier aus hatte sie den besten Blick über London. Die Glasfronten der Hochhäuser glitzerten im Abendlicht, und Pfirsichwolken bauschten sich am Spätsommerhimmel.

George hielt Müsli ein Stück Gurke hin, das der Kater genüsslich wegschnabulierte. »Wenn mir am Anfang des Sommers jemand gesagt hätte, dass ich heute einen getarnten Kobold mit Gurken füttern würde, wäre ich wahrscheinlich vor Aufregung in Ohnmacht gefallen.«

»Nah«, sagte Flo. »Du hättest wahrscheinlich bloß gefragt: ›Wann ist es endlich so weit?‹ «

George schmunzelte. »Wenn du das sagst.«

»Hey«, sagte Flo. »Wir wissen, wer wir sind.«

»Zauberbäckerinnen«, sagte Malú und streckte ihre Hand aus.

»Kelpiefreunde«, fügte George hinzu und legte seine Hand über ihre.

Flo fühlte sich so leicht, leicht, leicht wie eine Feder. »Schatzfinder«, sagte sie und legte ihre Hand über die ihrer Freunde.

Müsli schob seinen Kopf von unten gegen ihre Handflächen. Malú lachte, und auch Flo und George grinsten.

»Ja, ja, und Koboldkater«, sagte Flo und kraulte Müsli den flauschigen Hals. »Wir haben dich nicht vergessen!«

Müsli gab ein niesendes Schnauben von sich, als wollte er sagen, ist mir doch völlig schnuppe, ob ihr an mich denkt. Im selben Atemzug legte er sich jedoch quer über Flos Schoß. Besser konnte es nicht mehr werden.

»Ist jetzt ein guter Moment?«, fragte George.

»Yep«, sagte Malú, »ich glaube schon!«

»Moment?«, fragte Flo. »Was für ein Moment?«

Malú beugte sich zur Seite, raschelte durch einen Blumenkübel und tauchte dann mit einem länglichen, messingschimmernden Gegenstand auf.

»Tadaaa«, sagte sie.

Da waren sie wieder. Die Schmetterlinge in Flos Bauch. Entzückt starrte sie auf ein antikes Fernrohr, das mit einer grünen Schleife dekoriert war.

»Alles Gute zum Geburtstag«, sagte George, und Malú drückte Flo das Fernrohr in die Hände. Voller Staunen strich Flo über Leder und Metall, bis sie den Zettel entdeckte, der an die Schleife geheftet war. Er war pink und zusammengefaltet und auf seiner Vorderseite stand in Malús schönster Handschrift:

Erster Hinweis.

Lexikon der seltsamen Tiere, leckeren Süßigkeiten und anderen wichtigen Wörter

Baba – arabische Bezeichnung für ›Papa‹

Bunyip – sagenhaftes Tier, das laut der Mythologie der Aborigines Südaustraliens in Flüssen, Wasserlöchern und Sümpfen hausen soll

Dobhar-chú – ein sagenhaftes Tier aus der irischen Mythologie, das wie eine Kreuzung aus einem Otter und einem Hund aussehen soll

Fudge – ein in Großbritannien beliebtes Karamellkonfekt aus Zucker, Butter und Sahne

Gremlin – eine Koboldart, die sich darauf spezialisiert hat, Technik und Maschinen zu sabotieren

Jagodzianki – polnische Hefeteilchen, in der Regel mit Blaubeerfüllung

Kochanie – polnische Bezeichnung für ›Liebling‹

Minha Abelhinha – portugiesische Bezeichnung für »mein Bienchen«

Nessie – Seeungeheuer, das im Loch Ness in Schottland leben soll

Scone – britisches Gebäckstück, das häufig mit dicker Sahne und Marmelade serviert wird

Sfouf – marokkanische Süßspeise aus gerösteten Mandeln und Sesam, gewürzt mit Zimt, Anis und Honig oder Zucker

Yeti – auch bekannt als Schneemensch; Fabelwesen aus der Himalaya-Region

Inhaltsverzeichnis